樊龙智 著

上海三联书店

卷首语

生命是一场体验。

一次灵感火花的尝试，一次勇敢的冒险，一个长期主义的热爱坚持，如此种种，都在扩展我们生命的边界与深度。

从这个意义上说，生活需要多一些实验精神，在庸常之外，看见更丰富、更辽阔的可能。

这正是"生活实验"系列 MOOK 推出的初衷。

比如《沿长城奔跑》，它不只是一本图书，更是一个事件。一个中年男人，在疫情期间，每天在小区里刷圈跑步，然后有一天，他作出了 50 年人生中最特殊的一次选择——带着猫，从山海关跑到玉门关，历时 100 多天，沿长城跑过 4000 余公里，完成了一次自我的长征，也看见了彼时彼地"五环外"的中国。

让我们一起去遇见更多有趣的新可能。

目 录

时　　　　间

2022 年 9 月 — 2023 年 3 月

路　　　　线

从 山 海 关 出 发，到 玉 门 关 结 束

最强队友

Tina（张琳琳） 号称"一个顶八个"，马拉松爱好者，有高海拔登山和户外运动经验，驾驶技术好，读地图、导航、沟通能力俱强，还会按摩及运动理疗。爱猫人士，同时担纲随队拍摄。

小妖 生于黄海之滨的山东荣成九顶铁槎山下，3个月大时便开始旅行，与老樊一起踏上跑长城的征途时刚满5个月。

生活实验者

老樊，大名樊龙智，原北京"山岳救援队"的一员。曾供职于户外杂志，工作、生活都是爱好。热爱山野，愿意把每个周末都挥霍在荒郊野岭。

后来离职创业做马拉松赛事。从一个单纯的跑者，成为一个赛事组织者，仍旧与山野有关。跑过冰雪覆盖的东北田野，跑过高原宝石青海湖。希望通过奔跑，给生命注入一些奇幻的色彩。

摄影：冯开华

道路漫长。

157 天的云雨风雪，

4182 公里的漫漫长路，

都已经留在了身后，

化为过往尘烟。

五十岁，在路上

50 岁对男人来说是一个尴尬的年龄，尤其是大城市里的 50 岁。

我是一个从来不愿正视自己真实年纪的人，总以为自己的心理年龄停留在 28 岁，也不会给自己制定多少多少岁之前要如何如何的计划。所以，当我决定跑长城的时候，也没有意识到，这和年龄有什么关系。直到踏上征途，媒体的老朋友仔仔细细、浑身上下打量我一番，最后给我贴上一个"50 岁男人跑长城"的标签时，我才"幡然悔悟"，噢，原来自己已经 50 岁了，于是欣然接受"50 岁男人和他的猫跑长城"的设定。

我跟很多人讲，跑长城实际上是一个灵光闪现的脑电波 bug，或者说，正是粗粝且蓬勃的原始驱动力，催生出大脑中的这个 bug，并且在脑子里闪烁了好几日——尤其是每天清晨我在附近公园跑步的时候，脑电波都像是电动马达一样，咕嘟咕嘟冒泡。

于是，我小心翼翼地，和我朋友圈里唯一有能力一路不间断给我作保障的 Tina 同学讨论了这个话题，直觉告诉我，踏上征途的可能性大大增加。

或许是为了给自己更大的心理暗示，我又向《三联生活周刊》的李伟和刘刚两位好友，作了一次"民意调查"，说我要去跑长城，要从山海关跑到玉门关。他们评估一番可行性后，对这个大胆的想法手动点赞，并且开心地说会给予媒体支持并赞助一部分经费。

心理建设到这个程度，我自己都觉得，再不出发，都不好意思了。

　　随后，我又和豹妈、儿子表述了自己的设想，儿子不大愿意我去，豹妈倒是觉得没问题。小妖，我们的奶牛咪，不用征求意见，只能跟我去，要不然每天得跟我的另两只猫打得猫毛满天飞。

　　就这样，跑长城天团组建成功，我在不确定和迷茫中，启动了万里长城奔跑。那是2022年9月，疫情像打地鼠一般在各个地方爆发，72小时核酸已经成为生活中的日常。

　　我不确定疫情的发展会不会影响计划，阻碍我抵达终点。我也不确定自己的体力是否能完成这场万里征程。我更不确定一路上可能发生什么样的不确定。这是出发前的担忧，可我还是上路了。

　　总体而言，我们很幸运，疫情没有阻断我们前进的路途，只是把步步为营一直向西的军棋变成了跳棋。但是，在大致走向和长城各段的跑量上，我丝毫没有偷工减料。

　　我们没有在进程中感染过新冠病毒，我唯一一次生病，还是因为在银川贪吃，下肚了很多海鲜，导致肠胃炎，躺了一天。

　　小妖一路上也健康快乐，从一只懵懂的少年猫，成长为一枚皮毛发亮、肌肉紧实、目光炯炯、心有天下的大帅猫。

　　而且，它也从来没有离开过我们的视线——我最担心的就是把它弄丢了。现在它正躺在椅子上，享受家居猫的幸福时光，睡得昏天暗地，时不时喵呜几声梦话。

　　Tina在整个过程中非常辛苦，辛苦得胖了很多斤——在跑步的路上，她大部分时间坐在车里，没有办法按照原来的生活习惯，每天也跑上十公里。

我在奔跑的 157 天里，实际上是以一种异于以往生活习惯的模式往前推进。我们要去适应，去把这种异常变成平常。现在我跑完了长城，又要改变这种"平常"，再恢复到跑前的平常状态。

李伟曾说，在疫情艰难时刻，看我们每天奔跑在路上，感觉我们生活在另一个平行世界，跟现实完全不搭嘎。我们也深有同感，不管是无人的旷野，还是繁华的省会城市银川，我们存在于另外的异度空间。

我们传递的影像和文字，给艰难岁月带去了些许快乐、向往和希望，这是那段时光里，让我们觉得最有价值的地方。

出发前，我也没想过会记录太多的内容，从简单发朋友圈，到长文，再到在公众号上每日连续发布日记，不知不觉，我已经用手机写了 30 万字。在陕北黄土高原，我蹲在路边的土包包上，跟 Tina 自嘲说，我是来写字儿的，顺便跑个长城。

我把这一篇篇日记整理出来，给大家展示一幅幅我眼里的山河岁月——没有波澜壮阔，没有步步惊心，有的只是长城脚下的日用平常。

八千里路云和月，被亲情、友情和温情包裹，让我度过秋天、冬天，又到春天，送我与春风共度玉门关。

道路漫长。157 天的云雨风雪，4182 公里的漫漫长路，都已经留在了身后，化为过往尘烟。

一件事情干完了之后，会怎样？另一件就开始了呗。

我每天看老樊发回来的日记，

神游至千里之外的广阔世界。

两人一猫一车，

在这个清冷的世界上踽踽而行。

我问老樊需要什么，

他说寄点红酒来。

生活实验观察 | 李伟

终点

沙丘上插着一面红色的小旗，四周是茫茫戈壁。早春的风还很冷，在刺耳的尖啸声中卷起细沙和碎石，远处蒙上了一层黄色的烟尘。一团团骆驼刺，随着风在沙丘上滚动。亿万年来，荒凉没有改变。

那是 2023 年 3 月中旬的一个周末早上，在敦煌距离玉门关还有 20 公里的地方，我们十几个人在那面小旗子下拍了张照，然后迈开步子，跑向此行的终点——玉门关。

一天前，老樊在这里插上了旗子，作为最后一站的启程标志。历时 157 天、长达 4182 公里的奔跑历程，终于、终于……到了最后一站。最后的 20 公里，留给朋友们一起跑完。

大家拍好照，嘻嘻哈哈地出发了，就像参加某个跑团的一次聚会。其实，在沙地里跑步并不舒服——脚下松软吃不上劲。塞外的风像砂纸一样，吹得脸痛。我们跑过沙丘，跑上笔直的公路，被恢弘的戈壁黄沙包围着。几千年间，商人、使节、士兵、僧侣、探险家们从这里经过，不绝如缕。一切似乎没什么改变，那些砾石、黄沙、狂风还是当年的样子。我们吹着同样的风，看着相似的风景。

老樊跑前跑后地很开心，他和朋友们一边跑一边聊天，招呼摄影师拍照。他拿出自拍杆，做最后一次直播。他说一段漫长的旅程终于熬到终点，要好好享受最后一段风景。接近玉门关了，他去把亲密伙伴——一只名叫小妖的猫——从车里放出来，在沙地里撒个欢，参与这最后一程。小妖似乎还不太习惯这么多人，有点儿紧张。

中午 12 点，我们看到了大名鼎鼎的玉门关。那是一座小小的关隘，像沙漠中的一颗石子。在丝绸之路上，这里既是终点也是起点。旅人们在此告别中原文明，前往一个旷阔的未知的域外。我们设置了终点线、鲜花和香槟，大家陆续穿过小城的门洞，把最后的荣耀时刻留给老樊。

老樊跑过最后的游客栈道，绕着玉门关又跑了一圈，最后冲过门洞，挥舞双臂撞线。香槟鲜花合影，朋友们欢呼起来。时空在此定格，一路的风雪兼程、身心的困顿疲惫都飘在了空中。明晃晃的太阳挂在戈壁滩上，此刻也云淡风轻。

长城已经在身后，前面是一个广阔的新世界，是未知，是更辽阔的辽阔，比遥远还遥远。

作为跑长城这项活动的发起者，我看着远处的无人区，被一种历尽艰苦后的巨大满足感包围着。我知道此时老樊的心中一定是平静的。那种平静的喜悦，值得好好享受。

出发

把时钟向前拨动 5 个多月，2022 年 9 月中旬的一天中午，我、老樊、刘刚约在单位附近的一家湘菜馆吃饭。进餐厅先出示"健康码"，天气还很热，我一边找座位，一边跟服务员抱怨为什么不开空调。

没等菜上来，老樊擦擦头上的汗宣布了一个计划——他想用几个月时间，沿长城奔跑，从山海关出发，到玉门关结束。当时我有点出神，想到了鲁迅先生在《呐喊》中的自述：我感到寂寞了——"这寂寞又一天一天的长大起来，如大毒蛇，缠住了我的灵魂了"。我一直觉得，我们的很多改变，很多刻意或者不刻意的行为与"壮举"，都是被那种难以言说的寂寞所驱动的。人总是寂寞的，尤其在这几年，有人被消磨了，有人决定反击。中年男人向谁反击呢，不如折腾自己。

老樊说计划中秋之后就出发，地图上看是 3000 多公里，顺利的话春节前就能完成。他的朋友 Tina 可以作为助理，帮他开车作补给。我觉得这个想法挺酷的，就像阿甘一样，穿越美国，越来越多的人跟随。在某个时刻戛然而止，停下来，结束，转身离开。事了拂衣去，深藏功与名——一切都不重要了。

很有宗教感，跑步确实是一项最有宗教情怀的运动。

老樊解释说，反正每天都下楼跑俩小时，跟驴拉磨一样，每天绕着一样的圈，不如跑出去，跑得远点。

我是理解老樊的，疫情三年了，一直被毒打，被按在地上反复摩擦。自从马拉松运动成为中产的"广场舞"后，作为资深"舞者"，老樊便开始马拉松创业。他筹办了新年冰雪马拉松、中俄跨境马拉松，还有最酸爽的环青海湖5日马拉松。在全国马拉松热潮中，独树一帜，钱不一定赚到，但项目很有特色，积累了一票超级跑者，每年跟着他到处跑。

疫情以来，受冲击最大的就是线下活动，尤其是马拉松这种"大型聚集"活动。上海马拉松都停了两年，老樊的项目也不能做了，只能在楼下绕圈跑。中年人不能躺平，没法撒娇，只能跟自己较劲。

我表态支持老樊——也许跑到半道就被疫情隔离了，也许也有一票追随者，也许这是一场行为艺术，谁知道呢？我在《三联生活周刊》旗下孵化了一个新的生活方式"内容IP"——"三联生活实验室"，倡导多元有趣的生活形态。"生活实验室"可以跟老樊合作，他提供内容，我们负责一些资金的支持，做好传播和用户运营，再搞一些商业赞助。

临别的时候，我说，跑不完没事，认怂不丢脸。

奔跑

大概一星期后，老樊和 Tina 从山海关出发，万里征程从头跃。

我和老樊是在 2008 年认识的，那年汶川地震。老樊叫樊龙智，曾是北京"山岳救援队"的一员，去四川救灾，我去现场采访报道，我们在成都机场汇合。接下来的几天，我们一直在一起，沐风栉雨，风餐露宿。户外圈是一群荷尔蒙爆棚的疯子集合，充斥着各种身手不凡、桀骜不群的"体力怪"，一副我行我上的劲头。我纯粹是个菜鸟，第一天跟他们在山里奔袭50多公里，脚上就打了水泡。

老樊当时在一家户外杂志工作，工作、生活都是爱好。他身材精瘦，为人成熟、热情，身上挂满了绳子和锁扣，好像随时能飞檐走壁。他们这样的人真正热爱山野，在山里露营比躺在五星酒店舒服多了。他们愿意把每个周末都挥霍在荒郊野岭，探出一条没人走过的路。就像贝爷那样，越苦越险越乐呵。循规蹈矩地朝九晚五，更像一种苦刑。

后来老樊从户外杂志离职，创业做马拉松赛事。老樊成了樊总，从一个单纯的跑者，成为一个赛事组织者。老樊的赛事仍旧与山野有关——跑过冰雪覆盖的东北田野，跑过高原宝石青海湖。他总是希望通过奔跑，给我们的生命注入一些奇幻的色彩——在一些人看来是发疯；在另一些人看来，则是庸常生活的调料包，是个体生命的新高度。

当赛事无法正常举办的时候，老樊决定自己默默上路，跑进山川河流，在烈日、狂风和雨雪中前行。他是一个游侠、一个自在的歌者，是一根野草。好风凭借力，送我上青天。

50岁的男人、一只黑白色的叫小妖的土猫还有一辆小小的铃木吉姆尼，以平均每天30公里的速度前进。我在北京开着空调的办公室，看着他从河北到北京、进山西入陕西，跑过拉煤车轰鸣的黄土高原，跑过苍凉浑厚的河西走廊。他躲在树荫下喝冰啤酒，跳进清澈的水潭中解乏，在长城穿过的古村里寻访遗落的历史碎片，他一边跑一边拍摄路上最真实的中国图景。

因为疫情的原因，连续奔跑也是一件不可能的事情。每一个外来者都可能是一个危险分子，而封城、封路也越来越司空见惯。他不得不先放弃某些路段，跳跃进入下一程，再返回来补上缺失的空白。这些破碎的行程让人身心俱疲，更多是哭笑不得。

2022年年底，注定是个奇幻时期。在一个封闭的世界里，我们更加向往远方。我每天看老樊发回来的日记，早上看他的直播，神游至千里之外的广阔世界。两人一猫一车，在这个清冷的世界上踽踽而行。我问老樊需要什么，他说寄点红酒来。

我跟老樊说，你不是自己在奔跑，你是替我们在跑。

道路

2022年10月，因为疫情，老樊放弃了部分河北和山西路段，绕到陕西跑过宁夏。在银川又遇到封城，随后全国解禁，一番折腾后到了春节。老樊暂时中断行程，休假半个月，再返回河北山西，把丢下的路程补上。然后上河西走廊，过武威、张掖、嘉峪关转向敦煌。

早春时节，终点在望。

老樊越跑越瘦，我很担心他半路上化作一道青烟消失了。

原本在地图上规划的3000多公里的距离，延展到了近4200公里，时间也拉长到了逾5个月。看山跑死马，看地图也是跑死人的。地图上永远是最直接、最理想的路线和距离。但实际上，我们脚下的路没有一公里不是曲折而起伏不定的，永远有意外。我们定下计划，规划未来，设置目标，但是困难和曲折总是常态。

在漫长的奔跑中，最疲劳的不是身体，而是精神。精神所承担的消耗要更甚于肉体。很多跑者的崩溃，不是因为没有体力了，而是精神和意志被消耗殆尽，无法再驱动双腿迈出下一步。明明浑身有劲，但就是不愿意跑出去，对跑步失去热情——心里那团火灭了，再多的木柴也没用了。

我最钦佩老樊的地方，便是他的心性——强大的耐心、信心和自驱力。长跑本身就是一种艰苦、孤独的运动。尤其是在这接近160天的日子，日复一日去刷三四十公里。面对烈日、狂风、雨雪，还有数不清的上坡下坡，心中每天都会有无数个理由说放弃，算了吧，去他妈的——内心就算是一块铁板，也能被打成筛子。

放弃其实很简单啊，停下来回到车上，那里有温暖的座位，有热茶和咖啡，找个舒服的酒店躺下，晚上去喝瓶啤酒，没有什么不能放弃的。我时常会想起，2006年世界杯决赛场上，齐达内用头顶翻马特拉齐，自领红牌下场。我觉得他是真累了：老子不想玩儿了，一分钟都不想呆了，你们爱咋咋地。在那个疯狂的名利场上，牛逼如齐祖刹那间顿悟，立地成佛。放弃其实是人生中一个不坏的选项。人生在世能把握的事不多，懂得放手止损也是难得的智慧。

老樊居然跑完了。我知道，他心里一定无数次喊着去他妈的，但都不影响他爬过每一个坡，跑完每一步。我不想赞颂人生的坚强，因为坚强不是人生的解药，我们都有脆弱的权利。每一个行为并非都要编排进所谓的"目的"，人生不是一部由"目的"首尾相连的电视剧。

老樊牛逼的地方就是他的内心，俯仰天地，不拧巴，不对抗，不言胜，不言败。那条沿着长城的路，就是老樊的金刚道场——见天地，见众生，见自己。他跑着，万事皆在脚下，灵魂飞升九霄。他跑着，色即是空，空即是色，众生皆我，我即众生。

这条路翻山越岭，从大海到沙漠，沿着长城，在北中国的脊背上划过一道弧线。沿途的村庄、城市、庙宇以及世世代代生长于斯的人们，是这道弧线上的风景。老樊不仅在用双脚丈量着长城内外的热土，他还在用双眼去观察时代的变迁，用心体悟生活百态，看大地苍茫，看渺渺炊烟。老樊描绘了一个我们所不了解的时代现场，那是理解中国的一个隧道，一端是历史一端是当下。长城的躯体淹没在大漠风沙之中，但是长城沿线人们的生活仍旧是鲜活的，昂扬着无限活力。正是这些有趣的人们，这些多样的生活，赋予长城永恒的意义。

我跑故我在。我能感受到生命的自由与博大，那种张扬肆意的力量，那种与天地同在的透彻。我为此感到震撼和喜悦。某种意义上说，这是跑步对于跑者独特的馈赠。此时，你已化作一阵风掠过田野；你是海浪，永不疲倦地拍打着沙滩；你是那道光，正在穿透黑暗。

老樊跑完长城，迅速淹没在人群中，一个消瘦的50岁的中年男人，并不会带来什么流量。他继续做着和跑步有关的事情，步履不停，激情澎湃。我鼓励老樊把这一路风景写下来，八千里路云和月，够吹牛一辈子了。

向前望，道路漫长，不如放开跑下去。

这 13 天，我跑完 415 公里，途经河北、辽宁、天津三个省市，经过秦皇岛山海关区、海港区、绥中县、青龙县、抚宁县、丰润县、迁安县、迁西县、遵化县、兴隆县、蓟州区 11 个区县。

每天都是固定的日程安排：起床，吃饭，做核酸，到起点，跑步，收官，入住客栈，洗澡，吃饭，写文字记录，剪视频，逗逗小妖，睡觉。每天的作息时间都非常精准、环环相扣，任何一个环节出现一点不连贯，都会影响一系列日程安排。

第 **1** 章

老龙头的初次
山河漫漫
燕山深处有人家

河北——辽宁——天津

十三 天

415 公里

自拍一张，从此开始我将一步步跑向西方，远离大海

山海关

山海关又称榆关，位于秦皇岛市区东北约 15 公里处，其北依燕山，南临渤海，位于山和海之间，因此得名。山海关是唯一集山、海、关、城于一体的海陆军事防御体系，在中华传统的文化语境里，一直被看作万里长城的东部起点（实际上，明长城现存中国境内的最东端，位于辽宁的安东县）。山海关是明长城著名关隘之一，汇聚了中国古长城之精华，有"天下第一关"的美誉。

山海关有镇东门、望洋门、迎恩门、威远门等东南西北四座主要城门。在东西两门外，还有延伸而出用以加强防卫的城圈，名叫罗城。全城四周水池环绕，东面还专门设有夹池。城外有南北两翼城与主关相依，高处设烟墩、营盘，南面便是老龙头。

入海石城是山海关老龙头伸入大海的部分，它长达 22.4 米、宽 8.3 米、高 9.2 米。这座石头城的九层巨石主体墙面昂首挺拔，矗立在碧海蓝天、悠悠白云之中。老龙头之上，建有仿明代木架结构建筑澄海楼，楼上悬有乾隆御笔书写的"澄海楼"大字，以及明朝大学士孙承宗所题的"雄襟万里"牌匾。

带着大海的咸湿开始奔跑

"嚓嚓嚓""呼呼呼"，明亮的秋天里，安静的路面上，只听见我奔跑的脚步声和呼吸声。

我正从河北山海关的角山长城，跑向辽宁绥中九门口长城。这是我沿万里长城奔跑的第一天：2022 年 9 月 17 日。

在出发之前，为了让更多人看到长城脚下的风景，也为了让更多人了解我这一段"阿甘"式奔跑，《三联生活周刊》的朋友帮我开通了直播通道。

我站在渤海之滨的老龙头沙滩上，海浪拍打着岸边。从海面望向老龙头关城，它看上去是那么高大雄伟，迎风抗浪，散发着豪迈之气。

从老龙头开始万里长征第一步。
在长城脚下，有一块地理信息标志石碑

清晨的海风凉爽湿润，带着淡淡的海咸味，这是我最喜欢的空气。我深深呼吸了几口，因为接下来很长一段时间，就闻不到海的味道了，我会一路向西，一步步跑向极旱之境，湿润将是美好记忆。

带着大海的咸湿味道，我开始奔跑。

刚开始，我浑身散发着兴奋感。我是一名体育工作者，也是户外运动爱好者，这些年都在做一些体育赛事的组织和筹备工作。我有每天跑步的习惯，要不然也不会贸然挑战万里长城。第一阶段的奔跑，于我而言比较轻松。带着开启一个新征程的新鲜感，我一路带风往前冲。

那是九月的海边，四季的轮回早已带走酷暑的炎热，我奔跑在路上，气温宜人、空气湿度适中，海风吹拂着肌肤，毛孔微微张开，倍感凉爽。

我一路跑过海滩，穿越山海关的街区，深入熙熙攘攘的早市。疫情第三年，这里仍然散发出热气腾腾的烟火气。

我从山海关南门"望洋门"高大的城墙下，径直跑进古城，跑过高大雄伟的箭楼。

父亲有一张照片，就是在箭楼上拍摄的。在"天下第一关"匾额下，他端坐在椅子上，眺望远方。那时候，他比现在的我还要年轻许多，睥睨万物、英气勃勃。他肯定没想到，将近半个世纪之后，有一天，我会从这块匾额下面跑过。此时古城路没有多少游人，店铺也多是关闭状态。

我跑出北门威远门，第一个节点是角山长城。"再见，山海关！"我猛然加速，扯着嗓门，大吼道。

何处是燕山

从角山开始，我跑进了宏伟连绵的燕山。在中国的版图上，横亘在蒙古高原、华北平原和东北平原之间的山脉就是燕山。燕山山脉东起山海关，西到张家口的万全区，东西直线长度 400 公里。海拔在 500—1500 米之间，山势陡峻。

这一带长城，都是沿燕山山脉的脊线构筑，而我从山海关出发，也意味着开局第一阶段就要翻越群山，这在整个行程中是"地狱"级别难度。

Tina 已经在停车场等我，我穿上越野跑背心，装了水和补给品，准备跑到辽宁绥中的九门口——角山有一条路可以直接抵达，但是那里已经被土堆封上，Tina 只能开车绕行。

我的队友

小妖今天玩得比较开心。中午吃饭的时候，它在水边玩，很谨慎地低伏着钻草丛、追蚂蚱，它喜欢在大自然里无忧无虑地嬉戏。

13

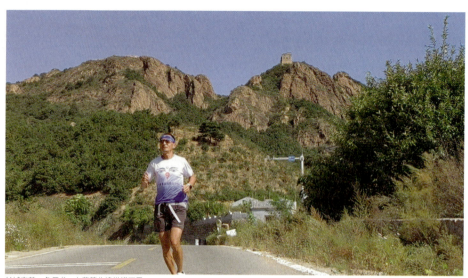

长城宛若一条巨龙，在莽莽北境纵横万里

土堆处于两省交界处，在疫情状态下，没人值守已经算比较宽松了。我看本地人也是翻过土堆你来我往，于是就随大溜，翻进了辽宁界内。

我规划的路线，是从绥中九门口再跑回河北九门口村。其间只有一条省际公路，已经被蓝色铁皮瓦钉死。两地来往的群众，把电动车、小卡车停在铁皮墙的两侧，中间开了个只容一个行人通过的小口。

从辽宁到河北，我是钻洞过来的。好在没人跟我要核酸检测报告。等再次回到河北地界，我赶快打电话问 Tina，她也是一波三折，不过已经回到河北。

从那以后，我们决定不能让后勤补给车和我相距太远。

好在，重新上路了。这条路安静，一条小溪蜿蜒，少有车辆，我与两拨机车爱好者相遇，轰鸣的马达声，打破山区的宁静。有的兄弟看我在跑步，就鸣笛打招呼——有人加油的感觉还是能减轻疲惫的。

下午两点，到了万里长城奔跑第一天的终点，甘城子村。

今天在哪住呢？我们一路寻觅，最后在董家口找到一家农家乐——因为疫情，这里的很多农家乐已经不接客了，顺便发现了一家主营烤羊腿的饭店。跟店家订了一条烤羊腿，晚上去吃的时候，被小院里种的鲜花和雅致的环境迷住了。老板很有心，连木头做的狗窝都极精致。店名也起得很有调调——"不等花开"。

羊腿的味道好极了，就是量太大，吃不完，打算做明天的路餐。

第一天的状态，就是接下来 156 天里我的常态——奔跑在大地上，奔跑在长城脚下，不断地调整身体与心理，保持最好的长征状态，遇到各种不同的人，看到不同地区人们的生活，感受着万千普通人的生活汇集成生命长河的壮阔波涛。

从海边的低缓平原而来，我奔跑在燕山的小径上，有一种天高地迥，觉宇宙无穷的渺小感。

让我印象深刻的是，燕山地区河流众多，水蚀作用显著，形成了很多深沟峡谷，这些峡谷多是南北走向，成为东北和草原民族进入中原的孔道。所以，中国历史上多个朝代以燕山为防线，在山峦与峡谷等要害地域，构造城墙、烽燧，其中尤以明朝长城最为坚固精良，成为中国长城的代表典范。

我奔跑在这种雄伟与浩大工程之中，每天都会感叹古人决绝的气魄。

不过，在这里跑步，实在不易。深陷在高山大壑之间，我被无尽的起伏和弧度阻隔。

从山海关到玉门关，漫漫万里征途，对身体和意志力，以及跑步规划，都是极其严峻的考验。这一阶段，我有一个重要任务——调整奔跑的节奏。

小到跑步姿态、抬腿频率，大到每天的跑步量和路线规划，再到日常作息和饮食，我都在尽量调适，找到让自己舒服的节奏，然后作为习惯，坚持下来。

或许是荷尔蒙被开局新鲜感所激发，或许是自我鼓励和自我暗示在作祟，我有点过于兴奋了！这兴奋能帮助我克服燕山崇山峻岭的阻隔，但也是一种"大功率"消耗。漫漫征途，我不能让自己的体能和热情过度燃烧。于是，我尽量克制自己，专注每一次步幅的调整，每一次休整时的肌肉放松，以及充足的睡眠和健康的饮食补给。

跑步最大的好处，就是不能急驰而过，遇到我感兴趣的任何人和事，都可以停下来打招呼、聊天……

长城跑步地理

燕山古村

燕山长城脚下的村落，多数是古村，动辄几百年历史，因为村子的历史和明代长城的卫所制度、军户制相关。

明初，朱元璋学习唐府兵制，并融合元代的世袭军户制，创造性地实行了"世兵制"，即世袭兵制的军户制度。它以卫所为编制，将军户们集合起来进行屯田生产，达到自给自足的目的。

卫所军士户籍单独设立，称为军户。军户的军籍由五军都督府掌管，父子相继，世代为军。明朝总共设立了493个卫、2593个所、315个守御千户所，统管200多万大军。

长城沿线的卫所驻地，逐渐发展为村落。在燕山这一带，长城被称为边墙，长城的守军被称为守边人，我遇到的几位村里人，对自己是守边人子孙的身份都非常认同，并引以为豪。

他们对保护长城、宣扬长城文化，有着发自内心的责任感，这一点在板厂峪长城窑址保护者许国华先生和界岭口杨晓志老师身上表现得非常鲜明，这是发自内心的、不掺杂任何功利心的热爱。

通过与沿途的放羊人聊天，我知道这里的山羊味道很好——这里泉水多，草木丰茂，羊有好草吃，加上空气也好，自然味道就好。在董家口我更是见识了一个以烤全羊为特色的旅游村。

本地人自创的焖炉烤羊，也是一大特色。当你看到一个门口十几个烤羊炉子一起冒烟的样子，就知道什么叫顾客盈门。我们在"不等花开"农家乐吃的烤羊腿，就是用本地羊烤制的，味道好极了。

板厂峪窑址，据估测最鼎盛时期有数万人在场工作

板厂峪窑址里存留的长城砖

第四天从吴庄路口出发，抱着小妖拍出发视频

守边人的后代

板厂峪是我起跑第二天经过的一个村子。原本，这里不在我的奔跑线路上，但因为它曾经是蓟镇长城最大的窑厂，我特意增加了这一站。在这里，可以了解当年修建长城所需的大量建筑材料，尤其是长城砖，究竟是如何生产的，为什么选择在板厂峪烧窑……

这里现在已经建成长城窑厂遗址公园。正巧遗址公园董事长、秦皇岛著名的长城保护人许国华也在，便请他给仔细讲讲。许先生身材高大，说自己从小就生活在长城脚下，是戚继光义乌兵的后人。作为戚家军的后裔，他有责任去保护长城、宣传长城文化。这些窑址也是在他的呼吁下，得到了历史和考古工作者的重视，进而被发掘整理的。

他领着我来到窑址，介绍了板厂峪长城砖窑当年的生产规模、制作工艺、原材料供应、工作人员的组织及组成，以及板厂峪关里关外的人员及物资流动状态。

板厂峪窑址是山海关一带最大的窑厂，包括砖窑、灰窑、铁窑等多种分工。根据考古发现，规模曾经达到210座，每个窑一次的出砖量，竟然达到5000多块。

他还给我理清了疑惑——为什么在板厂峪有如此大规模的工厂：

第一，这里是河谷冲积平原，地面开阔平整，场地面积大。而烧砖需要制坯、晾坯，得有场地。

第二，烧窑需要黏土，作为河谷冲积平原，这里有沉积下来的优质土。

第三，烧砖需要充足的水源，这里溪流众多。

第四，大规模烧窑造砖，需要煤炭、石灰和铁矿，这一带矿产丰富，储量足够。

按照工种和生产规模，我们判断，这个巨大的窑厂工作人员应该不下数万人，而当时长城沿途的县府，人口也就几万人而已。

板厂峪一带后来又陆续发掘出与之相隔的生活区等遗迹，面积巨大，其规模就如同现在的万人大厂。想象一下，那是多么繁忙的场景。

说到这里，许先生总是很感慨当年窑厂两百座砖窑同时点火烧窑的景象，火光会在夜晚照亮板厂峪的夜空。

遇到小确幸

我们远望燕山，就像看一幅剪影，一个二维画面，只有身处其中，才会发现里面丰富多彩，让人感到很神奇。

这一带秋天最主要的山货就是板栗。燕山的板栗软糯香甜，可以说享誉全国，很多板栗为了标榜自己，都会声称是"迁西板栗"——燕山板栗的代表。跟杨晓志约时间的时候，他说上午要先去捡他家的板栗，今年栗子价格好，他还没倒出时间去捡呢。

我在燕山奔跑的十多天里，每天都能看到收板栗的车，上面放一个喇叭，循环播放"收栗子的来了，谁家有栗子，收栗子的来了"。

每个村里都能看到收板栗的商户和板栗合作社的招牌，还会看到板栗脱壳机的广告。我们在北未庄住宿的农家乐旁边，就是收购板栗的商户，天天有人在等着称重卖栗子。栗子属于不好保存的山货，稍微干些口感就不好了，还不好剥壳，分量也会掉很多，所以栗子收下来之后，就要尽快卖到收货人的手里。这是个赶时间的果实。

跑过重峪口时，我被两种东西吸引了，一是体型巨大的山羊——在这一带本地山羊奇大，一只成年山羊体形直追马驹，而且有着巨大旋转的羊角，就如同野生盘羊。

重峪口另一特色风物是桃子，又大又红，仿佛是王母娘娘种的大蟠桃。我经过的时候，桃农们正在卖桃，不是零散几个，而是本村的种植户都把桃子拉到村头的空地上，等收购商上门收货。这一排排红彤彤的桃子，又壮观又喜人。

与老农们攀谈得知，此地温度好，桃子

重峪口村的大秋桃又大又美艳

花厂峪长城下，村民正在晾晒豆子

可以摘到下雪时。桃子其实也不是特殊的抗低温品种，就是因环境好，长得大，结果期长。出了重峪口范围，两侧林地里还真不再有桃树。

从老农们口中得知，一棵桃树每年的养护成本不到两百元，虽然桃子收购价很便宜，但一年一棵桃树也可以赚到五百元左右，收益还是很好的。看着这么可爱的桃子，不买些就感觉亏了，于是我称了一筐 40 斤，让

我的队友

Tina 开车装着。不过这批鲜美的桃子命运有些悲惨——因为没有合适的包装，桃子在车里磕来碰去，很多都破了皮，加之白天温度高，等我们到了清东陵住进温泉民宿的时候，大部分桃子都烂了，清理出来的桃子就让民宿老板娘帮忙做成了桃罐头。

这里秋天水果比较多，很多人家都有做罐头的习惯。我们有一瓶特别好吃的桃罐头，是车厂村民宿的老板娘送的。

车厂村不在我的跑步路线上——第二天从董家口出来，我经历了一次跑错路口，附近唯一的住宿地就是车厂村。不过这里实际上是车厂新村，祖山边的仙女小镇才是原来老村子的村址，已经被征用建设特色小镇了。现在的新村是搬迁补偿所建，所以家家格局一样，都是二层楼带小院。

车厂村看起来颇为富裕，私家车多是合资车或者是 BBA 一类，年轻人的穿着也和城里一般。我住的这家民宿干净整洁，装修与用品都与城里无异，房东家还有一架钢琴，是他们的孩子在学。在北方农村人家里看到钢琴，我是第一次。

从界岭口出来，我的腿部肌肉还没有完全恢复，所以还是不能跑太远，我当天的跑步计划只有 25 公里左右。

又是一路上坡，直到罗汉洞长城，然后穿城而过，翻山下坡，溪水相伴。

罗汉洞村里，两个村妇在小溪边洗衣服，这个场景我看着亲切而熟悉——小时候我经常跟姥姥、表姐们去河边洗衣服，那是一件开心的事情，她们洗衣服，我就在河里捞小鱼。那河水也如同我眼前的小溪一样，洁净明亮而欢快。

　　这一天的终点是赵各庄，一个喧闹的村庄，可是周边没有住宿的地方。地图上显示最近的酒店都在抚宁县，实在是太远了。我们开车奔波了 20 公里，也没有找到农家乐或酒店。电子地图显示河口村有一个"在河山居"民宿，不确定是否还开业，也没写联系方式，我们没办法，就决定先开车去看看，实在没辙，还可以露营。

　　驾车十几公里后，还真在深山里找到了这家民宿，再晚十分钟到，老板就回秦皇岛市里了。

　　我和 Tina 进去一看，这哪是民宿，分明就是私人会馆——很大的院落，几栋石头老房子，装修既质朴雅致又舒适。

　　老板说，360 元一间，但他们现在需要回秦皇岛，只有父母两位老人在这，没有饭，如果会做，可以自己 DIY，院子里的开放式大厨房随便用，院子里的菜也可以想吃啥就摘啥。整个如同地主家大院子的豪宅，只有我们一户住。

　　院子是经过精心设计的，风格古拙，把老石头院子与现代简约感的内饰风格结合得非常和谐，绕过前院的石门、小甬道，就是后院有落地玻璃的客房，夜晚黄色的灯光把院落照映得非常温暖。

　　我们把所需物品都从车里搬了进来，先熟悉了厨房物品和使用方式后，赶紧做饭。

　　晚饭是牛肉罐头炖白菜土豆，用砂锅炖得香喷喷的，再拍个黄瓜，加上菜地里的尖椒，齐活！在房间客厅里巨大的原木大条案上，摆好饭菜，倒上啤酒——很久没吃自己做的饭了，真好吃啊。

燕山深处农家乐

跟老人聊天才知道，他们一家都是河口村人，她儿子在秦皇岛生意做得比较好，但一直留恋老家的环境，后来就把村委会的老房子买下来改造，给家人和朋友们回乡时，留个落脚的地儿。

老板比较喜欢收集老物件，并在旁边建了一座民俗博物馆。第二天中午，我们参观了他的收藏，从农用工具到老式收音机、缝纫机、手工艺品等摆满了整栋屋子。这是我们一路上体验感最好的一家民宿，不光设施舒适，更主要的是山里那种安宁的氛围以及老人家的热情，当然，还有店主对家乡的那份拳拳爱心。我们感觉不是住在酒店里，而是借宿在农村的老友家里。

在燕山一带，我们的线路串联起来的村落，可以当作长城脚下乡村游的攻略。燕山是一个非常独特的山脉，崇山峻岭、山坳大壑里，星星点点散落着风格各异的现代民俗。短途旅游的印记，给这里描绘上后现代的水彩。同时，这里又是静止的，戚继光、满蒙铁骑和山地农民耸立对峙，留下一圈圈历史的年轮。

我们经过的村庄很多，看到的村民基本都以老年人为主，而且大部分都是70岁以上的老人。在鼻子峪，村里几位老奶奶在路上聊天，看我们过来便好奇地攀谈，还指着自己的鼻子告诉我们这里的村名。老人们都八九十岁了，身体依旧硬朗，耳聪目明，声音洪亮。

在石门子村，一个满是色彩明快壁画的古村，我们跟村里杂货店门口的几位大妈聊天，她们都八十多岁了，最高龄的已经86岁，依旧精神矍铄，说起话来中气十足。

在去往蓟县黄崖关的路上，中午时分，当我气喘如牛地跑上盘山路顶端时，对面走过来一位须发皆白的老大爷，老人家八十了，从距离这里得翻几个山头的青山岭来，要去下面的刘庄子——这身体真是好啊，走个山路就如同散步一般。

一路上，这样的健康长者我们每天都会遇到。山里淡泊的生活，安静的环境，清新的空气，没有纷繁复杂的人事干扰，不息劳作，都是他们能尽享天年的原因吧。

当然，也有身体状况不是那么理想的老人——我们在北未庄住宿的农家乐老店主中了风，仍在康复中，能走路，就是不太利落，也能说话，就是口齿稍有不清。他很爱与人聊天，我也基本能听懂他说的内容。

这一片原来多有煤矿，老人年轻时，也曾到矿上挖煤，挣了家业出来，后来是村里较早做上农家乐的人家，疫情之前生意好着呢。疫情期间，他们也没闲着，又把房屋翻新了，现在生病了，觉得自己没用了，啥都不能干了。我就安慰他，说他康复得很好，坚持运动，多和人聊天，以后会恢复得更好。他在店里也闲不住，拄着拐杖，一会儿弄弄院子，一会儿四处转转，不愿意闲下来。

实际上，现在即使非常偏远的村庄，也能通网络，有4G网，可以刷抖音、看朋友圈等，但是地理的差异，还是会带来不同的村庄生态。

移动互联时代，村里也会有网红打卡地——离开河北遵化跑往黄崖关时候，进入天津界的第一个村子，西稻地，竟然做了彩

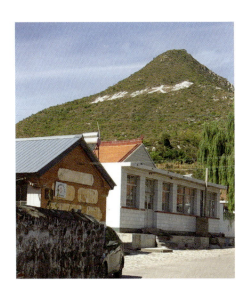

虹跑道，把我一直引到一幅网红打卡景观旁边，一面被刷得粉嘟嘟的墙。墙上画着汽车站，跟周边的青山小溪反差极大，我抱着小妖，让 Tina 在粉墙下拍了一段搞笑视频。

在山水之间，更多的村子还保持着岁月的痕迹。感觉比较强烈的是擦崖子村，刚一进村就感觉到浓浓的隔世感，巨幅"农业学大寨"的标语，嵌在高大的山体上。村里保留着不少 20 世纪六七十年代的建筑，大兴水利年代的水渠，横亘在村里。"擦崖子小学"的门头状态就如同五十年前一样，只有旁边明黄色的美团广告牌把时间拉回到现在。村里到处都是带有时代色彩的建筑，时光似乎在这里停止了。

这里的人质朴简单。也许是少有外来人，我们的出现让村里人倍感新奇，不停地问这问那，也不婉转，表达也很直接。有一家在办婚礼，全村人都来吃席，一拨一拨人从他家出来。

棚子里还有在喝酒聊天的客人，旁边露天空地就是火热的厨房，两口大铁锅在煤气灶上架着，几个村妇正在忙活着刷洗碗筷，以便使用。

擦崖子村环境比较干燥，一条小溪也快断流了。而转过擦崖子北门山丘，就是一条哗哗流淌的清澈小河，河岸上草色青青，林木茂盛，溪流清澈。清河沿村村名如同这眼前的景致，环境跟擦崖子简直是天壤之别。

转过小桥，扑面而来的强劲音乐已经吸引了一群老人和孩子——竟然有戏班子要唱大戏。村里人陆陆续续地搬着小板凳找最佳位置，剧团负责人在认真地翻看一册手写的本子——看墨迹有些洇散，应该是有年头了。戏班人员也在认真地准备行头，最生动的是一个女角儿，站在车尾箱处整理头饰，我给她拍照，她莞尔一笑，然后继续对镜化妆。

戏台悬挂的条幅上写着标语"政府买单，百姓看戏"。戏要连演两天，下午是评剧《花为媒》。在热场音乐下，观众们都等着开戏。一位妆容利落的老奶奶坐在前排，脸上带着会心的笑容，一只脚跟着节奏轻轻打着拍子，这种欣赏的仪态，如同在金色大厅观看爱乐乐团演出一般惬意。

而化好妆的角儿，则静静地坐在舞台中央的道具桌旁边，如同泥塑一般，等待着开戏。

清河沿村给我的感觉透亮又愉悦。对于我这样的城市人，就如同看一幅米勒的农村场景油画般舒爽与震撼，而这只是清河沿村的一个普通的下午而已。

山里人也比较开朗，每次我和他们打招呼，都会爽快地回复我，有的还会善意地开个玩笑。

在离开白羊峪经过马井子村时，Tina买梨，旁边的老爷子很健谈，听说我们看长城，便告诉我们对面白花花的长城，是真正

第二天是周日，跑到平房峪时，两个八九岁的小姑娘在村里的路上玩，我说"来呀，一起跑"。健康活泼的两个孩子，就如同两只欢快的小羊，开心地跟我跑起来，边跑边说"哎呀，好厉害"，她俩兴奋地加快速度，我和Tina给她俩拍照片。

跑到喜峰口村，我正感慨看不到喜峰口长城，在中午太阳下闷闷地在柏油路上跑时，轰一下，身后过来一堆孩子——五个小家伙，三个挤在一辆电动单车上，另外两个骑着自行车。他们跟着我，不停地说"哇，好牛，好酷啊！"一个小胖还指着我的手杖说："叔叔、叔叔，这是不是就是那个那个，登山杖？"

他们还问我是不是去登山了，看来孩子们也见到过在这一带徒步的户外人群，对这些已经有所了解。我鼓励小胖也多运动，一听要跑步，小胖调转车头走了。

很多长城村庄依旧保留着古朴的样貌，过着鸡犬相闻的田园生活——门前的小溪，在小溪里洗衣物，在河边看大戏，老奶奶与乐曲轻轻相和地摇动……这些都是城市生活失落的诗意记忆。

不过，有时候这种山野的宁静也会被意外打破——第三天到界岭口村，我跑过老沟村的时候，村里很多人都围在河边的小桥上激烈讨论着，一打听，是丢东西了：一个村民前两天把三轮车停在山路边，车上装了两大桶柴油，等他从山里出来，车在桶却没了，这种事情在这里基本没有发生过，报警了，但是油还没有找到。

乡村的平静被一起盗窃案打破了，我不知道最后的结果，但是村里人有可能开始戒心重重了。

的大理石修的，叫"狼牙长城"，要去看看。

老爷子看我穿着纱网跑步短裤，诙谐地说"这现在的年轻人，男的都穿个小纱裙了"，差点没让我们笑喷了。

我们夸老爷子精神状态好，他自嘲地说心脏都搭了两个桥了，还指着准备卖我们梨子的那位老哥，说"他也搭了一个"。

在第十一天，我跑过孤山子镇，镇上有一家货车改装厂。我路过时正好见到工人在用电焊焊接一辆矿山用的载重货车，裸露的发动机、粗壮的横梁底盘和弹簧钢板，还有焊接师傅一身铁锈油渍的工作服，带着浓浓的工业风，与我一路跑过的田园风有着强烈的对比，就围着拍了几张图片。

从孤山子镇出来进入山间乡村小路，环境重归安静与清新。

在沙坡峪，一位拄着拐杖的老奶奶看我拿着两个手杖跑过，就喊：干啥呢，咋还拄俩个棍儿？

我也高喊：拄两个棍儿轻快。

我很享受在燕山里的一切，最让我念念不忘的是在燕山的溪流里游泳

肌肉开始适应长城的蜿蜒

对于我每日 30 公里左右的跑量，眼前这样生动的场景，是很治愈的。我的身体在第一天之后，开始进入适应期；第三天进入最疼痛时期，从这天开始，筋膜枪已经无法解决我的肌肉过度劳累状况，Tina 的按摩理疗上场了——每天我都会被按得死去活来，真是疼啊。而且，燕山段地形起伏比较大，我每天的海拔抬升都在 1000 米左右，经常一出发就是连续的上山，一回头就发现盘旋的山路在下面蔓延到很远。

第七天，去往徐流口，这一带长城连绵不断，徐流口向西北，过河流口、冷口关，就是这一天计划的终点白羊峪。

公路在这里已经被长城阻断了，Tina 只能开车绕行到长城的另一面公路与我汇合，我则可以翻过长城，直接下到对面公路。从长城过来一路下坡，我下得很快，突然才意识到，我跑步的时候，已经忘了我的腿，身体是一个奇怪的信号系统，当你不觉得身体部位存在的时候，说明自己的身体状态比较正常，恰恰是感觉到哪个部位存在时，就说明这个部位不适，出状况了。

我的腿已经隐藏在意识的后面了，说明腿部肌肉群开始适应每天高强度的奔跑，太棒了，要恢复正常了，轻松而欢快的奔跑感，再次回到我的身上。

七天之后，我过了磨合期，身体机能恢复到奔跑的运动状态，起飞时刻到了。

过了喜峰口，我的路线开始和省道重合。从喜峰口到洒河桥镇、龙井关一线是交通相对繁忙的路段，加之周围多有煤矿，空气里

龙井关

此关自古就是南北重要通道，当年皇太极就是带兵绕过山海关，从龙井关杀向北京。这一带属于燕山前冲积扇地带，地势相对平坦。洪山口也是明代重要关隘，守备为参将级。现关城只残存北墙，城内有一座明代戏楼，保存较好。

总是弥漫着煤烟子味。洒河桥镇是我们在燕山段唯一的城镇住宿地，有半天额外休息时间，这也是我起跑十天以来第一次休息。

我很幸运，正好赶上了本镇五天一次的大集——赶大集是我最喜欢的活动，非常有烟火气，能体验本地人的日常生活。

洒河桥镇大集上好多摊贩都是老年人，在这里现金交易是主流。一个大叔收款后，认真地一张张数完，再放到自己上衣口袋里。卖菜的老爷子，向我展示着他种植的新品种豆角——一个豆荚就有 30 厘米长，据说炒着很好吃。

在磨刀的摊位前，老师傅戴着花镜，一脸凝重地打磨着手里的菜刀，专注不苟。

一位肤色晒得黝黑的中年妇女，扛着五彩斑斓的泡沫防潮垫，大步流星地往回走。

一位大姐，带着精心描画的妆容，穿着绛红色丝绒旗袍，从马路穿过。这一幕在说：生活需要仪式感，即使是在小镇里。

赶完大集，Tina 开车带我绕过潘家口水库。离开潘家口不久我就跑到 355 省道，重型卡车的柴油尾气、粉尘、日晒、噪音，瞬间笼罩在我的周围。8 公里后，我终于进入乡道，第一站就是龙井关。

洪山口几百户人家，最让我惊讶的是啤酒消耗量——我途经两个超市，每个超市啤酒都堆积如山。询问老板，备货也就是一个月销量——这是我一路上见到的啤酒消费量最高的村子。

另一个让我惊讶的是，村子的路况实在太糟糕了，灰土飞扬不说，跑着还硌脚，路况都不如村口的乡道。跑出村子时，我跟路边闲坐看着我经过的村民表达了对他们村道路的评价，村民一脸无奈。

洒河桥镇大集一瞥

大集上仔细数钱的大叔

我的队友

小妖已经习惯在外面玩耍，每次中午休息，它都非常急切地要出来玩，往树丛里钻，往山坡上窜，往洞里探索，把它装进猫包，就会拼命地挠，要出来。每次出来玩一会儿，就浑身土，满身草籽，只好再把它塞回包里。

翻越黄崖关长城那天，我中午在栗树下睡觉，小妖在树下玩得非常开心。玩蚂蚁，追蝴蝶，蹭树。Tina拍了一组我睡着时小妖的样子：它蹲在树根下，望着四周，好像给我站岗一样。

重返故地黄崖关

翻越了刺玫花峪、冷咀头、上关水库，就进入了清东陵所在的马兰峪。

在康熙大帝的景陵前，Tina先给小妖拍了一批写真，又航拍了一段我跑步的影像。

2019年，我帮朋友考察赛事路线时，途经东陵，就想有时间要在东陵的大理石神道上跑个步，感觉应该会很美。没想到有一天，我会在跑长城的途中，奔跑在清东陵。估计康熙大帝也没想到，有一天我会跑在祭拜他的神道上。

跑在大理石跑道上是什么感觉，我很快便体验到了。脚下感觉很轻快，摩擦小，但是不滑，落地的缓冲很柔和，不硬。在帝王御道上奔跑，数百年大理石带来的脚感，是我跑过的赛道里，感觉最舒适、最独特的。

东陵气势恢宏，远胜于明十三陵，可惜保护还是很随意，村子附近的御道，就这么被淹没在乡路灰土与车轮碾压之下。

车道峪村旁的古长城则需要从村后的山路上去，这段古长城属于北齐时期，用石头修筑，距离黄崖关太平寨长城13公里。

车道峪和三年前比，变化很大，开了很多家精品民宿，有不少还是地中海风格，有的竟然做成了石头堡的样子，看来这几年车道峪也成为民宿经济的投资热土。

2019年，我帮哥们在黄崖关设计过"原始征途"超级越野赛，所以对黄崖关的古长城比较熟悉。

重返故地，这里与我三年前考察线路时相比没有变化，依旧是那条上山的林间小路，依旧是坚硬的石头墙，连暴晒的太阳都与那

长城跑步地理

清东陵马兰峪

据说东陵是顺治帝选址定下的。《清史稿·礼志五》记载："康熙二年，相度遵化凤台山建世祖陵，曰孝陵。先是世祖校猎于此，停辔四顾曰：'此山王气葱郁，可为朕寿宫。'因自取佩韘掷之，谕侍臣曰：'韘落处定为穴。'至是陵成，皆惊为吉壤。"

在修东陵时期，昌瑞山、马兰峪一带的长城就被拆毁了。

穿越黄崖关长城

长城跑步地理

黄崖关长城

位于天津市蓟州区北 30 公里的崇山峻岭之中。它始建于北齐天保七年（556 年），明代名将戚继光任蓟镇总兵时曾重新设计，包砖大修。历史上，蓟州城共有守营墩台 18 座，黄崖关为其一，也是最为重要的关隘。早在唐代，安禄山就在这里驻扎其精锐部队——雄武军。杜甫《渔阳》诗中写道："禄山北筑雄武城，旧防败走归其营。系书请问燕耆旧，今日何须十万兵。"这首诗里的"雄武城"，就是黄崖关。

天相似。路线相对比较熟悉，就没有耽误多少时间。在过一座石头烽燧时，还自拍了一段视频。站在长城之巅，西方群山连绵，暮霭升起，温暖的黄色笼罩着天空，我的后面，是已经跨过的山河，我的前面，是将要继续奋进的莽莽路途。

我得赶在太阳落山前到达黄崖关，所以基本是快速跑下山坡的，五点半到达公路路面，六点前拍完了结束视频。

Tina 开车从公路绕到黄崖关，我们本来计划在黄崖关住宿，这样她可以先去找一下住宿地。但当我在四点半左右翻过最高点时，她的电话进来了，说黄崖现在所有的宾馆都不让营业，连饭店也是关门状态，除非去蓟县住宿。的确，我们从遵化进入蓟县后，一路上见到的民宿和餐馆都是歇业状态，完全看不到即将迎来"十一"黄金周的预热状态。

晚上住哪儿再次成为问题，我们见面时得好好商量一下。

眼下还有一个比较严峻的问题：天津有疫情。我们在蓟县多停留一天，就多一点可能被封在天津界内，进不了北京。

考虑到防疫政策，最稳妥的策略，就是赶快回到北京，这样就可以保证"十一"假期期间，我能继续北京段的奔跑。

车灯在路上照射出一个穿越黑暗的隧道，我已在回北京的路上。黑暗如同疫情一样，无形地笼罩在我们的周围。车灯在黑暗中撕开的一小片空间，就如同我跑长城的路，一条还没有看到尽头的路。

顺利经过检查站，可以正常进入北京。长出一口气啊，在夜里十点，我回到了怀柔居所。

游乡口关附近，有一块大石头标志："距今 26 亿年大洋地壳遗迹"。这里的高大山体，

我的队友

小妖在这 13 天里，已经适应了每日的奔波和车上生活，它每次在我出发之后，都会吃饭喝水拉屎，然后在车里睡一觉，有时候也会被外面的景色吸引，不停地看着外面的世界。在我停车补给的时候，它的大眼睛会萌萌地看着我，小脑瓜随着我的运动而跟着转动。在我跑过之后，还会在车里急切地喵喵叫。Tina 说，它在惦记我。

每次进到住宿的房间，它都会把屋子仔细勘察一遍，然后开始玩。燕山里我们的住处多是农家乐，有院子，也有猫子。在白羊峪农家里，店家的三只猫子就让它充满了好奇，经常趴在窗户那看着院子里的猫。但我们不能让它去院子里玩，一是怕它跑丢，二是村里的猫猫都是散养，会接触各种环境，带有很多小妖无法抵御的细菌或者虫卵，所以只能让它待在屋子里。

我们在中午休息的时候，会找一个适合它玩耍的位置，让它与大自然零距离接触，最后成为一只草猫或者土猫。

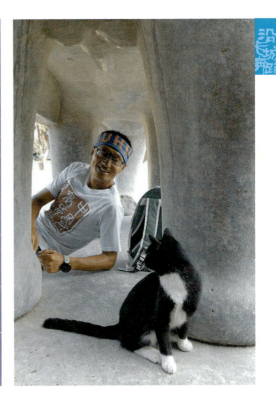

小妖站在游乡口关附近的大洋地壳遗迹碑石上

经历了地球的大部分岁月。26 亿年，人类的进化史在它的尺度面前，简直微不足道。

我有一位好友哈巴老师，是地质学专业的高材生，退休后隐居在云南抚仙湖。我有一次过年期间去探望他，他拿出自己绘制的地球 800 万年和 3000 万年后的地壳演化图。那是他根据地壳运动规律，加上自然侵蚀等各种自然因素，经过计算制作的假想图。800 万年后，已经是沧海桑田，我们现在的世界早已不知所终。

小妖在 26 亿年的碑石上，伸懒腰，走猫步。它就是这万亿年地球孕育出来的一个独特生命，我们每个人，都是这地球上的一个独特生灵。对于地球，我们就是一瞬间，却又有着如同焰火一般独特的绚烂。

如果用上宇宙标尺去度量，一切都那么渺小，我的三千公里奔跑，也只是蝼蚁之步而已。

跑 步 路 线
9 月 17 日 —29 日
0km—415km

古北口

北 京

黄崖关

10

11

13   12

唐山市

辽 宁

鼻子峪村——界岭口
山势陡峻，沿途少有行人和车辆，非常适合跑步或者骑行

板厂峪
长城窑址遗迹，可解开对于建筑长城的一些基本疑惑

马井子村大理石长城（狼牙）
需要走一段山路才能到达长城脚下

绥中九门口——董家口
有溪水相伴，安静

9

8

7

6

5

4

2

3

1

白羊峪
民宿和农家乐比较多，可以保障食宿

擦崖子村
有很强的年代感

清河沿村——城子岭长城
一路有溪水相伴，非常适合跑步和骑行，自驾也不错

角山

老龙头

秦皇岛市

花场峪
安静，春天山花烂漫

北京段明长城的外围，从蓟县黄崖关，经过平谷、密云、怀柔、延庆延伸到张家口一带。在北京界内，我跑了 352 公里，用时 12 天，其中有一天"居家隔离"，我们就当放假休息了。

第2章

京畿七百里
"十一"假期里
的长城脚下

北京

十一 天

352 公里

途经北京，熟悉的陌生人

回到北京的居所，我很开心，比我任何一次出门旅行回来都感觉亲切。十三天在燕山深处的奔跑，让我深入山脉、长城之间，似乎已经忘记了北京的都市繁华与喧嚣，回到熟悉的地方，记忆有种苏醒的感觉。

回来的时间节点很巧，马上就是"十一"假期。在开启长城奔跑前，我虽然在地图上对燕山段的长城作了丈量，估算了大致里程，但是不够精确。一是因为有很多乡村道路，没有办法确定每天的行进路线；二是身体还处于适应期，无法确定自己每天能跑多远，在第一周里，最少的一天只跑了25公里；三是疫情防控的不确定性。所以当时的估算是，十天左右完成山海关到北京的这一段长城，却无法知道到底哪天能到北京。

在自己的居所，心理上有一种轻松感。第二天早上我先规划好北京段的线路，确定出发的起点——我只能从北京与蓟县的交界处开启北京段长城的奔跑。

经过十多天的奔跑，有些设备需要更换和调整，我先请朋友小太阳帮我定了一双hoka的跑鞋。亚瑟士（asics）的gel跑鞋，鞋底比较耐磨，但是回弹有点硬，需要再搭配一双鞋底弹力更好的跑鞋。hoka的鞋底比较厚，回弹也更好，能给我的脚更多保护。

跑步的手杖也需要再准备一副，因为每日都使用，频率太高，而且多是硬化路面，虽然BD的手杖质量比较可靠，但我担心现在这副不到山西就用坏了，所以又让老朋友老尹帮我订了一副。再加上一些补给品，快递陆续到了，需要去代收点取回来。

很久没有在家里了，感觉上午的时光很舒适。中午我们开车前往起点。

起点位于北京平谷的小东沟路口，前面就是通往蓟县的检查站，我们在旁边的路口起跑。这条路已经被铁网制作的大门封堵上了，特别具有防疫时期的色彩。我坚信疫情一定会过去，这些围栏和检测站、核酸点都会消失，我们拍下这里的影像，也是给未来一个记忆，记住这段艰难岁月。我虽然奔跑在长城脚下，虽然还在自由地一路向西，但也算带着无形的心理镣铐在奔跑。

我们先不去考虑最终将抵达哪里，也不去焦虑疫情变化会在哪个地方羁绊住我们的脚步，只要能够向前，就要距离玉门关更近一些。出发的时候，我没有考虑过跑长城的宏大意义，也不会去拔高一场奔跑的价值，但是希望我的不止步，能给疫情里的人们一点力量与希望。没有迈不过去的河，没有跨不过去的山，即使今天我还在广阔的燕山山脉里，但一定会有一天，四百公里燕山只是我身后的景色。

沿北京周边的长城跑步，跟在河北燕山深处跑步不太一样。遇到的村里人对于跑步的过客熟视无睹。在北京的郊区，长年有很多骑行、徒步、自驾旅行的人，村里人已司空见惯了。我也不用跟人解释我在干啥，只管"哒哒哒"地往前跑。

虽然地处首都郊县，但当地依然是明显的北方乡村面貌，我们在清河沿村见到农村大戏，在平谷中心村也能看到文化下乡的活动。我跑到中心村的时候，村广场传来阵阵乐曲声——村里一定有活动，去看看。在富有动感的背景乐下，只见一群红男绿女在翩

在北京与天津蓟县的交界处开启北京段长城的奔跑

平谷中心村的文化下乡活动

翩起舞，主角是一位男生小胖，一脸的自信与享受，舞步流畅，富有节奏感，而美女和小胖的双人舞蹈富有喜感，在背后苍翠青山的衬托下，带着《乡村爱情》的娱乐感。

北京第一天就规划跑个半马。我从小东沟村口很快就跑到了将军关。时间足够，我们就在村里漫游。硬朗的老大娘正在用一根木杆捶打着红小豆秧子，还告诉我们，红小豆和大米一起做小豆饭，味道好极了。

在一座老房子的外墙体，竟然还有惩治反革命的相关条例，我用手机按照上面的文字搜索了一下，发现是1951年2月21日中央人民政府颁发的《中华人民共和国惩治反革命条例》。字迹有的已经漫漶不清了，有的已经剥落，但是主体还在，历经70多年的风雨，它见证了长城脚下村子里的暴风骤雨，也是一个文物了。

从将军关去往黄松峪关，按照长城的走向，应该要经过陡子峪，但是陡子峪属于河北兴隆，需要经过省道的检查站。我跑到检查站问执勤的警官，告知可以过去，但再进来就需要提供24小时核酸检测报告。

在疫情时期，跨省是个大事，我们还是尽量降低风险系数，就不执着于经过陡子峪了，改从将军关直接到今天的终点黄松峪。

接下来是"十一"黄金周，不过我和Tina事先担心的交通拥塞现象没有出现，郊区人流没有那么可怕，总体来说，我跑得很愉快。

在北京郊区跑步，沿途遇到很多骑行爱好者。在这个时刻，在这片山林里，在这条山路上，我们都是一样的运动人，我不给自己预设一个完成中国历史上绝无仅有的长城奔跑的标签，我就是在北京沿着长城跑步而已。当我看到那些摇着自行车，坚持着爬坡的骑行者时，自己实际上也在呲牙咧嘴地努力奔跑着。没有人表示惊讶和不解。

古北口 500 公里
竹杖芒鞋轻胜马

"十一"长假的第一天，路上车流明显比昨天多了，相关部门也安排了工作人员在主要路口进行疏导。

两边高峰林立，甚是险峻，路上车辆川流不息，景点人声鼎沸。这半个月的奔跑我都没有遇过如此大的人口密度，有点不太适应，只好闷头向前。好在过了主要景区后，车流量和人群就没那么稠密了。

山势也一直往高处延伸，盘旋的山路都是回形弯。尤其从天云山到黄土梁隧道，一路回旋上坡，我已经累得如同喘着粗气的狗子。一辆山东牌照的车经过我又倒车回来，车上兄弟下车要给我一瓶水，我谢过他的好意，告诉他我目前不缺水，然后继续前进。

前面是一个隧道，一群骑行者正在旁边休息，我吃了块巧克力，便跑进黑暗的隧道。我没有戴头灯，跟着一位骑行者的车灯光线往前跑。黑暗里，我反而感觉不到累，于是

加速奔向隧道的尽头，与一群骑行者嚎叫着穿过黄土梁隧道。

过了摇树峪蜿蜒的上坡路，就是下坡和平缓路段。摇树峪垭口是北京段的一个重要节点，从这里我跑进密云，作别平谷。

第 16 天，烟雨蒙蒙的秋色让人心旷神怡，清冽的空气，合着干草被打湿的湿润气息、各种树木发出的香气、野香蒿淡淡的草药香，远处云雾从山间升腾飘散。雨雾已经起来，在霏霏霁雨里跑起来也感觉轻松，踏遍青山人未老，拄着登山杖撒腿奔跑，颇有"竹杖芒鞋轻胜马，谁怕？一蓑烟雨任平生"的东坡风范。

百度地图按照骑行模式，给我找了一条村村通的防火道，路窄林密，景色粗野。就在京承高速下面，开车驶过完全想不到下面是如此荒野之地。

中午我在北庄镇附近野餐，此地景色绝佳，远山陡峻，云蒸霞蔚，餐桌前一大片香蒿。我泡着脚，把所有食物一扫而光。天气逐渐转凉，室外午餐机会越来越少了。

500 公里打卡，位于国道 234 的 48 公里处

天云山段的曲折上山路，又把我累成狗

长城跑步地理

苍术会四十八烈士纪念碑

苍术会村赫然耸立着一座烈士纪念碑——80 年前，48 名年轻人牺牲于此。1942 年 10 月，冀东党组织选派 13 名青年学生，前往平西抗日根据地受训，由一个排的战士护送。由于汉奸的通风报信，他们被日伪军伏击，48 名学生、战士壮烈牺牲。他们最小的才 18 岁，大的也不过 20 多岁，为了中华民族的解放，他们的青春定格在这片山坡上。我献上一束野菊花，以示敬仰。

几只大黄蜂闻着肉香飞了过来。我以前看过大黄蜂习性的文章，说大黄蜂是吃肉的，但是没见过具体怎么吃，现在可以仔细观察了。原来大黄蜂的口器非常发达，如同锯子，很快就切下了一小块牛肉，抱着飞走了，不长时间又飞回来，继续切肉，附近应该有蜂巢，不忍心已结束的午餐让它们失望，于是留了一片牛肉给它们继续忙碌。冬天要来了，生灵们开始为过冬储备。

500 公里！第 16 天午饭后不久，在 234 国道"47 公里"路碑处，正好是我跑长城总里程达到 500 公里的点位。当时错过拍照，

可是我也不想浪费力气再返回去拍照，就在 48 公里处拍照留念发了个朋友圈，可惜此处竟然没有路碑。

跑古北口段，赶上小雨降温，本着风雨无阻的原则，还是要继续。起跑时因向东北方奔跑，逆风前行，体感温度也就 10℃，过了潮河，已经可以在水面看到雨滴打出来的涟漪了。

密古路这段大货车还不算多，虽然路窄，但跑得没什么压力。去往司马台，从密古路转上京密路（101 国道），货车密集呼啸而来，路面上已经有了积水，大货车如同狂暴的巨

北庄镇的午休地点，景色壮阔

35

长城跑步地理

古北口长城

古北口长城，是明朝蓟镇长城的军事险绝之地，也是拱卫北京的要塞。燕山山脉属于多雨地带，水蚀作用对岩体影响大，从而形成了很多深谷和宽流地势。潮河和白河是两条最大的水流。潮河以南北向穿越燕山，在古北口形成一个宽广的通道，也是历史上北方进入中原的主要通道，所以明朝古北口长城横亘山巅，严守这个入口。古北口长城由卧虎山、蟠龙山、金山岭和司马台四段组成，金山岭属于河北境内。

古北口镇里还保留着给马钉马掌的架子，我也在上面沾沾千里马的灵气

兽，带着特效般的水幕从我身边掠过，我只能马上转过身去背对水幕，后背立刻一片冰冷。

雨已经停了，但气温依旧非常低，往古

北口镇方向，可以看到蟠龙山上的长城了。蟠龙山古北口长城路石上的题字，很巧就是《明长城考实》的作者董耀会先生题写的。

秋色越来越浓了，地面铺满了落叶，在秋雨的洗礼下，泛着亮黄色，我奔跑在落满黄叶的小路上，发出沙沙的声音。

穿过古北口村、古北口隧道后，14:50，我在古北口古城完成今天的奔跑。古北口长城所在的古北水镇和古北口镇是两个地方。古北水镇和古北口长城景区是浓浓的黄金周状态，而古北口镇还保持着古镇的安详风貌。在一座明代小石桥前的房前，摆放着一个给马钉马掌的架子，我把腿架上，沾一沾曾经在这里留下的千里马的灵气。镇里的明代汉白玉小石桥，雕刻古拙精致，周边人来车往。

有的老房子就静静地空置在那里，没被改成各种网红店，镇子如一位老人一般，静静守着过去的岁月。

东西坨古村，葵花子飘香

第 18 天，我从古北口镇出发，经过西菜园、下河村、香水峪、半城子、陈家峪、东坨古村，跑到西坨古村。

雨后天气依旧很冷，但是大自然满是灿烂秋日的色彩。长城屹立在巍峨的卧虎山。我顺着潮河大拐弯往古北口西跑去。出乎意料，古北口西线竟然没有被野蛮的商业化所侵袭，旅游业态依旧是朴实的农家乐为主，不见一家浮夸的时尚民宿。越往里面走，越有秦皇岛长城脚下村庄的感觉。本色的村庄，田里收拾玉米的农民，小小的超市，几十年前的标语，让我感觉很轻松，没有体会到商业旅游氛围的压迫感。路面上车也非常少，我可以嚣张地沿着中线跑。

在黑峪偶遇一村里大姐，看着我的腿嚷到："还跑呢，那么瘦了，看你的腿都没人家胳膊粗了。"

"哈哈，大姐，你也太能黑我了吧。"

今日路上最好听的名字是"香水峪"。一户人家的女主人正在墙上画壁画，画的是椰风海韵，上去搭讪，原来是自家装潢，不是开民宿装点。在惟余莽莽的燕山深处，深秋里，墙面画上海南岛的景致，也是对温暖和远方的向往吧。我们有时候带着嘲笑的心态，觉得"新农村建设"所画的壁画粗陋，但除去政治层面的诉求，那一幅幅充满张力和质朴的画面，也是每一位村民对美好的想象和期望。

西驼骨关在明代长城防卫上，属于比较重要的关口。利用出发前的时间，我和 Tina 在村里寻访了一下古迹。村里很多老房子，有不少还是用长城砖砌的石头房子，在其中一座房子里，我们还发现一块带字砖，刻有"山东右营秋"的字样。

老乡说，抗日时期，为了对付鬼子，拆了不少关城城墙。不过这不是当事人的说法，功过就不论了。

途中我们接到社区人员的电话，说有天津行程的还是需要居家隔离七天，因为蓟县属于天津范围。按照我们 9 月 30 日回到北京计算，明天居家一天，后天就解除了。好吧，我们一直没有休息，是需要休整一下了。

香水峪村，一户人家的女主人正在墙上作画

东西坨古村

途经东坨古村、西坨古村，询问了村口防火值班的村干部才搞明白，正确读音断字如下："西—坨古—村"。"坨古"本为"驼骨"。民国《密云县志》：驼骨山因二山连亘而得名，一座叫青草顶，另一座叫柏查山，如驼峰耸立，统名曰驼骨山。山两侧有东驼骨关与西驼骨关。"驼骨"不知何时改写为"坨古"。西驼骨关，明永乐年间建造，关口建于山口，能走骑兵，战略意义极为重要，关下建有城堡。

但是味道非常香，我抓了几个瓜子嗑了起来。在我们东北老家瓜子被称为"毛嗑"，据说是因为老毛子喜欢嗑，"老毛子"是东北民间对俄罗斯人的称呼。大妈告诉我们，油瓜子是用来榨油的，一斤葵花籽出四两油，他们自家吃油都是把葵花籽油和核桃油混在一起用的，我想想都觉得香。

嘴里带着瓜子的香气，我开始了每日的奔跑。过了西坨古隧道，没想到是一个长长的下坡，山道回环盘旋而下，山脉连绵起伏，

这是跑长城途中的第一场隔离，好在是在自己的居所里，也算是一种幸福吧。

充实的一天隔离期很快就过去了，我可以继续奔跑了。在北京的好处，就是每天都在自己的居所休息，心态和活动都比较随性，缺点就是每日驾车往返起终点的时间和路程比较长——去往西坨古村的路程是 130 公里，这也是从北京往返的最远路程了。

到村里第一件事是做核酸，村口值班大爷说今天村里正在做核酸，就在村委会，随到随做，这种送上门的核酸必须做，不用耽误时间专门跑一趟核酸点。

村里现在多是老人，都非常和蔼，笑眯眯地和我们闲聊。一位大妈看我们抱着小妖，就说她家有九只猫，天天在外面耍，饿了才回来。老太太认为猫就应该这样生活，自由自在，无忧无虑，还说让小妖和她家的猫子一起玩，小妖已经吓得跑到磨盘那儿躲着了。

在清爽的秋色下，一位老大妈用木棍大力敲打葵花头，脱瓜子，瓜子是很小的那种，

西坨古村的老大妈在脱葵花籽，用来榨油

长城的敌台点缀在山巅，非常壮观。

下营路口右转，去往白马关，我没有登上去看楼橹——按照《北京市长城保护管理办法》规定，攀登未批准为参观游览场所的长城，属于违法行为，罚款 200—500 元。

白马关村里立了一座白马的雕塑，汉白玉材质，带着农民画的喜感，马的脖子粗壮，四肢粗大有力，很像一匹耕田的老马。这个样子的马的雕塑，我在路上看到好几个，感觉好像是一家工厂雕出来的，不过这里要是摆上鄂尔多斯广场 80 万一匹的青铜马，还真违和，还是这匹耕田马合适。

从西庄子到河防口段，有个小确幸——终于跑进怀柔了，有种离家更近的感觉。这天是十一假期的最后一天，这段路要经过怀柔游客流量加大地区，密云水库段。不过好在是最后一天，路上的车流和人流都不多了。我经过云蒙峡的入口处，这里是我以前经常来徒步的地方，很熟悉，不过很多年没进去过了。

我第一次露营应该是在 2000 年，后来到北京师范大学读研究生，更是喜欢上了露营。那时我经常带同学来云蒙山登山、露营。云蒙山也是北京户外徒步的一条经典线路——从云蒙山后山的豪宅，到山顶，再经万岁杨到对家河，为两天的徒步路线。

过了密云水库，我跑进一条山间小路，密云跟怀柔的交界处没有任何标志，问了路边一位大爷，才知道路边有两个限宽墩子的地方就是分界线。终于跑进怀柔了，也就是说，很快就可以完成北京段长城奔跑了。我把小妖从车里拉出来，抱着它拍了冲出密云的视频。

白马关

白马关有水关和关城，水关还保有一部分城墙。白马关段长城与东部古北口段长城相连。村里的关城城门和墙体保留完好，上面还有"白马关堡"石刻匾额。即使在清代，白马关也没有被废弃，而是属于拱卫京畿的重地。据《密云县志》记载："清乾隆时期，石塘路守营由白马关移驻，隶提标把总一员，外委两员（驻白马关、大水峪关）。"

白马关和冯家峪长城都还保留有完好的楼橹。"楼橹"，是中国古建筑术语，即"高台战具"，建在敌楼上，又称铺房，供士兵观察敌情。这样的长城楼橹建筑在北京地区仅存两三处。

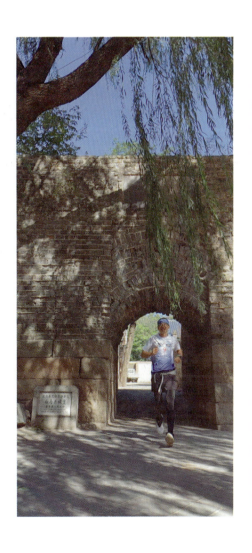

烟雨蒙蒙慕田峪，戚家军往事

河防口是我进入密云的第一个终点。

跑河防口到慕田峪段，有些波折，也有喜悦。波折是河防口往亓连关，原可以从雁栖湖北沿山路过去，现在此路已经被单位大院隔断，只能沿雁栖湖南路绕过去，好在雁栖湖就是个小水库，不大，多10公里而已。雁栖湖沿岸多是国际化高档次高标准会议场所、国家级机构、联合国机构级办事单位，连草坪似乎都得到了阿联酋皇家园林级别养护。跑在雁栖湖徒步绿道上的脚感与跑清东陵皇家大理石御道的脚感一模一样。这应该是跑长城全线我途经的最高级别的奔跑路段。

这一整天都是微雨蒙蒙，不像是秋天，反倒像是烟雨春日。从雁栖湖到亓连关得穿过神堂峪——北京最著名的民宿一条谷，不夜谷。沿范崎路进入山区，连绵不断的农家乐、民宿、宾馆，一家比一家规模大。北京民宿的代表店"山吧""那里"都在这条沟

长城跑步地理

河防口

河防口也是明代防御重地，这里河谷宽阔，可以直通北部草原。《四镇三关志》载："河坊口，永乐年建，通大川，宽漫通众骑，极冲。"过了河防口，就进入怀柔，直到紫禁城都是一马平川的坦途，所以河防口对于拱卫京师，意义重大。

亓连关

亓连关，据《四镇三关志》载，为"永乐年建"。光绪《顺天府志》记载："亓连口通大川，正关水口宽漫，通连骑，极冲。"明为极冲之地，东起山海关的蓟州镇长城止于此，西接慕田峪，为长城进昌镇黄花路界，也是两大军分区蓟州镇和昌镇的分界关。

里。节后，又有很多家在大兴土木，带着对未来营收的憧憬，加大投入。我在拍各个客栈的门头时，有一个村里工作人员模样的人还很紧张地问我为什么拍照，我说是"旅游的"，他才放心地走了。

"十一"长假已经结束了，山谷里又恢复了往日的宁静，有两家较大酒店的员工在自家院子里做着拓展活动，我兴致勃勃地拍了一段视频。

亓连关就在不夜谷的尽头，现在只是县道旁一座不起眼的小关楼，这条路实际上可以通往口外，史上曾经是南来北往、兵马相戎的关口。

从亓连关去往慕田峪，理论上可以从山路上去，翻入慕田峪景区，这也是明长城当年的正常通道。但现在我只能选择绕道慕田峪景区入口，再补上这段长城距离。

现在的慕田峪关只是山脉中的一个隘口，并不处于交通要冲。慕田峪之所以能成为北京长城的代表之一，还有一段轶事：当八达岭长城开放成为旅游景区后，游客量越来越大，八达岭逐渐不堪重负。有关部门决定再开放一部分长城，经过考察，慕田峪因为山峦起伏跌宕，森林覆盖率高，城墙和敌台多样而入选。慕田峪有名，不是因为其军事价值，而是因为美，这应该是很多人想不到的。

对我来说，慕田峪段最开心的是有三个好友，小晗哥、李伟和刘老师，要来探班陪跑。我们约好在慕田峪汉堡王餐厅见。小晗哥早早到了餐厅，还带来了很多补给品。非常开心见到英姿飒爽的老大哥。我们俩在直播镜头前，侃了一个小时。下午两点多李伟兄弟和刘老师也到了，李伟一身跑步打扮，这是要横扫慕田峪啊。刘老师把家里存了十年的老白茶送给我，李伟则给我带了很多红茶。天凉了，路上能喝一杯热热的浓茶，将是我未来艰险前路的慰藉。

一路上，我们边跑边感叹慕田峪的美丽和隽永。在烟雨蒙蒙中，两位缓步游览长城的姑娘的身影，让雄壮的长城多了幽兰般的纤美。

小晗哥一路在认真地拍视频，他是业内知名的视频博主，创作了很多展示跑者风范的短视频。两个小时的慕田峪奔跑，很快就到了下山再见时刻。因为前途漫漫，也不能

与来探班的好友在慕田峪长城下的汉堡王餐厅相聚

在慕田峪长城与好友一起奔跑，下次再见就是在玉门关终点了

和好友把酒当歌，只能约好等我回来，一起举杯豪饮。

离开慕田峪，也就出了明代边关九镇最重要的蓟镇。蓟镇的灵魂人物是戚继光，我们都知道戚家军勇武无畏，所向披靡，平倭寇、守蓟镇，但是很少有人知道戚家军最后的归宿。万历十年（1582 年），朝廷里内阁首辅张居正病逝，皇帝开始清洗张居正的势力，同年戚继光调离蓟镇，三年后被解职，回到山东老家后不久就过世了，戚家军继续镇守蓟镇。

我在板厂峪遇到的许国华先生就是戚家军浙兵的后人，也是幸运，他的先人能在明末军阀的倾轧中幸存下来。

我的队友

慕田峪，完全是我们五人和小妖的专场，少有游客，长城上也没有工作人员，只有蒙蒙的雨雾，还有一只巡城的大橘猫将军。它总是安静地蹲坐在敌台门口的台阶上，看着远方，它会想什么呢？

小妖在长城上又野出新花式，在城墙上，熊孩子从城墙箭口钻出去，沿着外墙的狭窄花砖边走起猫步，下面可是数米高的边墙，好在听Tina 的话，拧哒拧哒，又从另外一个箭口走了回来。

黄花城长城现在是比较火的民宿区

二道关，再遇"民宿焦虑症"

从慕田峪出来，过渤海所，路上车和人都少了，蓝天白云衬托着远山近树，叶子已经开始发黄变红。尤其在入山阶段，山路回环，偶尔有树叶的沙沙声传来。

一路的感觉就是干净：空气通透，干净；植物绿得一尘不染，干净；蓝天如海，干净；红叶野花，缤纷在秋风里，干净；连道路也干干净净，我跑得也很清爽。

中午我们在黄花城附近的一条小路口午餐，已是深秋天气，停下来还是很凉。我穿上羽绒马甲，还套上了外裤。在大风天里我们还比较幸运，吃饭期间一直是微风，只是在喝咖啡环节，一股妖风狂吹，掀翻了咖啡杯——午餐时光的好日子要到头了。

风力开始增强，我继续顶着风前行。

从东宫村开始，开启了"民宿沟"模式，

快三年没来，这里已经布满旅游店铺，自建的、完工的、营业的、农家乐规模的、客栈式的、民宿调调的、酒店级别的、度假山庄气势的……林林总总。

我们在这一带玩耍时，二道关的关地发农家乐是唯一的落脚点，我也曾经与一群同学好友在他家热炕头上把酒言欢。豹子小时候，一来这里就喜欢去鸡窝看鸡，有一回还把母鸡刚下的蛋掏出来给我看。他家做的菜味道也非常好，尤其是红焖大公鸡，一想就流口水。

我的好友林哥得了一种罕见绝症，幸运的是在患病两年后，北京协和医院竟然将他治愈了，林哥想在北京周边找一景色清幽的地方静养康复，我就推荐了关地发。后来林哥恢复得非常好，我从心里为他开心。

疫情三年，我没来过黄花城一带，看到安四路上热火朝天的精品民宿风，我特别担

翻越海字口山，这里是观景台的位置

心关地发被卖了，或者没了。到了他家门口，我长舒一口气，一点没变，还是老样子，虽然邻居已经开了家热带水果般的民宿。

我和Tina开玩笑说，这里的人现在是不是觉得不在安四路开家民宿，都不好意思住在里面了？我感到一股浓浓的焦虑——来自安四路和北京郊区弥漫的"开民宿赚钱焦虑症"。凡是环境有点姿色的地方，都在宅基地上盖客栈和相关建筑，俨然第二条神堂峪。每家投资都不小，每家都挖空心思起酷炫的店名，挖空心思装点店里，挖空心思设计，挖空心思让游客选择自己家。在一片远郊县的偏远山谷，我竟然还遇到机车吧、面包房、啤酒屋、游泳池，感觉像山寨版三里屯。

从老龙头一直到今天的黄花城，我已经沿长城跑过700公里了，看到了燕山深处不同的生活状态。大城市周边的风景是具有巨大商业价值的资源，是钱；而远离都市的深山里，乡村的风光再美，也不过如村里的旺财和狗剩一样平常而安静。有点像黑洞星系，黑洞周边的天体距离中心越近，转动得越快，不是它想快，而是被强大的核心裹挟着，被迫快速旋转；离中心越远，越岁月安澜。

安四路的酒店业膨胀不会停下来，希望关地发还能安心不动。

长城跑步地理

黄花城长城

此地山势险峻，长城巍峨盘旋在山巅，因为水库建设淹没了昔日关口一带的边墙，形成长城与水面相连的景致。明成祖朱棣迁都北京之后，将陵寝设于昌平天寿山南坡，而黄花镇在天寿山之北，所以此关的长城不仅是守卫京师的要冲，还是护卫明皇陵"十三陵"的重要门户。黄花城长城为一道关，在北面还建有一道长城，称为二道关。这里是怀柔较早做乡村旅游的地方，曾以养殖和烹饪虹鳟鱼而闻名。

离开北京段
突如其来的"乱纪元"

该离开怀柔家里了，这回一走即将是三个月之久。

原计划早上九点出发，但各种物资装车，快递收发，核酸充值，离开怀柔时已经11点，到鳞龙山正好12点。本日到刘斌堡，我需要奔跑38公里，有点不确定在日落前能否完成，无论如何，不会超过五点收腿。

一起步就是上坡，从安四路到四海，要翻越一段长长的盘山路。从起跑点到延寿山垭口，怀柔和延庆的交界处，是一个9公里长的大坡。

一路上比较干净，除了一些跑山的摩托骑士，少有人气。我大部分时间都在安静的路上闷头跑步，在去往刘斌堡的路上，又与在延寿山认识的帅大叔的车相向而遇。

帅大叔开一辆20世纪90年代款式的软顶短轴牧马人。在直播的时候，他从我后面超过，我还随口喊了一句，"快看，经典牧马人"。等我到上面停车区，他们也在，就闲聊了几句。他们以前也有一辆吉姆尼，所以看到吉姆尼很亲切。Tina说我们在跑长城，又引得大叔和女伴的连声赞叹。

我惦记赶时间加之有点儿陌生人社恐症，就没再多磨叨，在保障车里喝了点水，又赶紧出发。饿了就在路上边走边吃，共补了一条士力架、两个奶酪小面包、两个麻薯小面包。

延庆的温度明显低于怀柔，树上的叶子已经落光，只剩下坚毅的枝条在风中摇动。气温越来越低，天气预报显示河北赤城夜晚

一路上见到的最狂放装置艺术，天门关村一户人家门口的大金子

已经到零下五度了。

在天门关村口，我歇了一会。旁边人家的门口有一块巨大的金疙瘩，应该是石头涂了金粉。我瞬间戏精上身，念出莎士比亚《威尼斯商人》的经典台词：

金子啊，金子，你是多么神奇，
你可以使丑的变成美的，
卑鄙变成高尚
懦弱变成勇敢
啊，金光闪闪的金子！
都是我的！

之后，又以一个夸张的动作扑在这块大金子上。

表演的效果，让我和Tina同时爆场，我俩的狂笑打破了村里的宁静。

在刘斌堡吃完饭，我打算买一双棉拖鞋，

就去村里超市。哇塞，凡是能想到的，这里都有。单是帽子一类就有几十个款式，保温杯至少 30 个款，而且商品摆放有序。我说一定放到短视频里，给大家开开眼。商品物美价廉，我买了一款毛线帽、两双棉拖鞋。

结账时候，我问老板，有一万种商品不？老板答差不多。老板是浙江人，不知是否知道，曾经有一群浙江人浴血奋战在大明的长城沿线。

这是北京段的最后一天，出了刘斌堡，翻过山就该进河北张家口地区了。进入香龙路，少有人和车，只听到鸟叫和虫鸣还有我的脚步声。

小妖一直在睡觉，它已经不拉稀了，我们也放心下来。

过了黄峪口村，就进入翻山模式，只有翻过这座大山，才进入河北界。这是一个连续 5 公里的盘山路上坡，一路上人烟稀少，到了省界，只遇到三辆车。

没有人时，自己就比较随意，在两山相对的山谷里，时不时喊一句"有人吗""吃饭啦"，也无人应答。

跑着跑着我就敲起两个登山杖，打着节拍，哼着"大王叫我来巡山……"

过了河北界，下去就是赤城的后城。后城有一座大红石山，山体为铁红色，就在这盘山路的尽头。

然后，被河北的检查站告知，张家口全域封闭了。后城封了，赤城县也封了，饭店宾馆都关门歇业了。进了就是红码，无法出，只能等到月底。检查站的工作人员还很关心我们车上带了多少天食品，建议我们赶快返回北京才是上上策。

形势很严峻啊，如果进了张家口就只能静默没法动了。大脑迅速启动，跟 Tina 拿着地图合计了一下，决定立马返回北京地界，然后驱车前往山西大同市的天镇县，先开始山西段长城的奔跑，等张家口疫情缓和了，再返回来补上此段。

没想到，从此我们就开始了疫情下奔跑的"乱纪元"时代。

我的队友

距离刘斌堡还有 15 公里左右时，小妖又拉稀了，有点儿精神不振，它已经拉稀两天了，Tina 有点儿担心，我们也没准备相关的药，就决定让她先带小妖去刘斌堡找一家宠物医院看看。

半个小时后，Tina 打电话过来，说没有宠物医院，兽医院也没有，不过她在药店给小妖买了儿童用的蒙脱石散，可以缓解小妖拉稀，已经用注射器给它喂食了，应该有效。

在日落西山的最后余晖中，我跑到了刘斌堡，在镇政府门前拍了今天的结束视频，小妖刚吃完药，就没有把它抱出来拍视频。Tina 相中了一家客栈，院子很大，很方便。

45

跑　步　线　路

9 月 30 日 —10 月 11 日

415km—767km

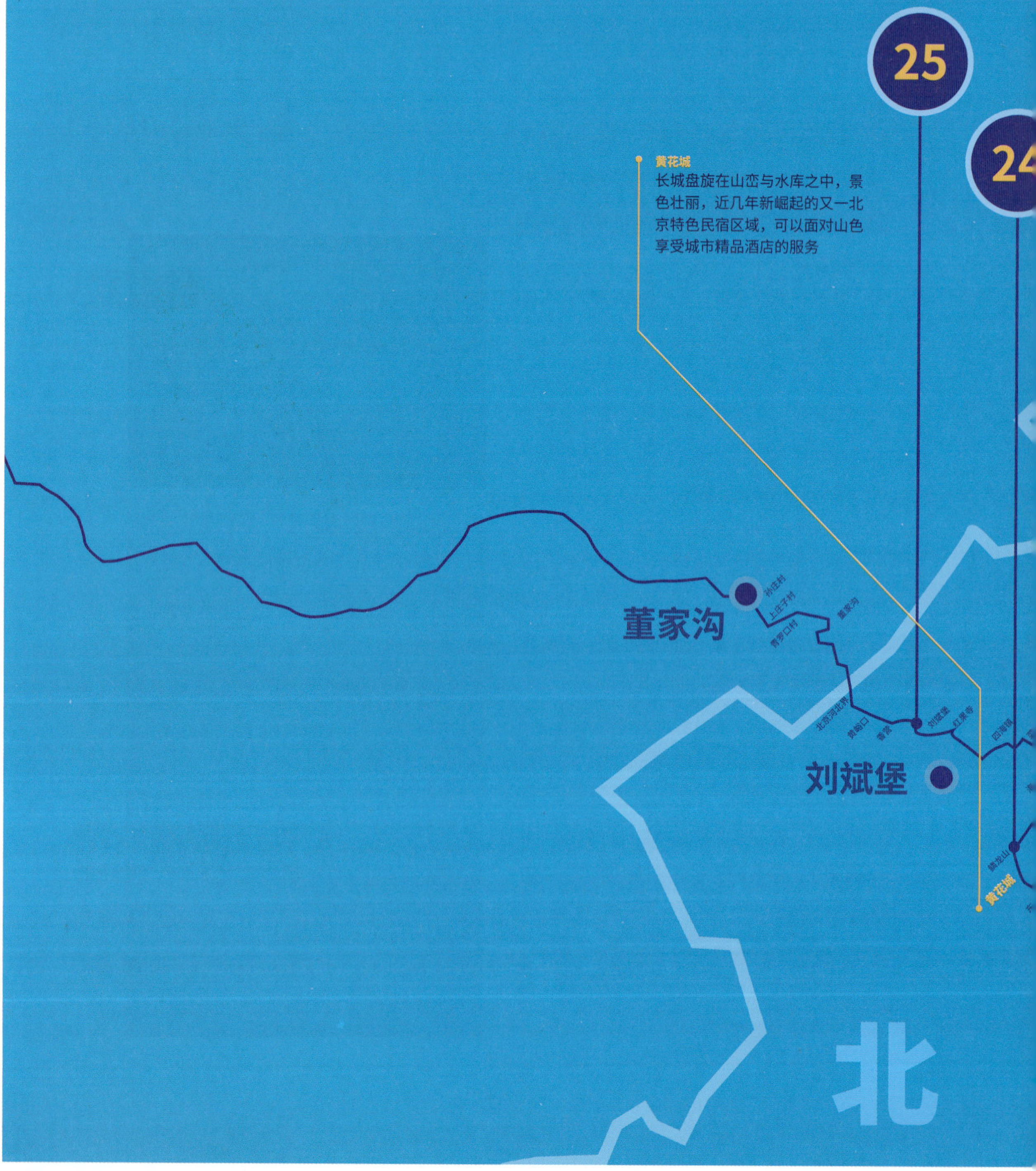
25
24
黄花城
长城盘旋在山峦与水库之中，景色壮丽，近几年新崛起的又一北京特色民宿区域，可以面对山色享受城市精品酒店的服务
董家沟
孙庄村
上庄子村
青罗口村
董家沟
北京河北界
黄峪口
香营
刘斌堡
红果寺
四海镇
刘斌堡
黄花城
北

18

古北口——白马关村
山路上少有车辆行人,非
常安静,村庄保持着农业
劳作的样式,与北京大城
市相比如同另一个世界

17

慕田峪
长城随峰峦起伏,
森林覆盖率高,
北京长城的流量
"二哥"

20

21

23

16

22

14

15

白马关

古北口

下会村
有一条清澈的溪流

蓟连关

慕田峪

黄崖关

神堂峪
北京最早开发的民宿
村庄,现称"不夜谷"

张庄子——辛庄
难得的充满野趣的路段,
虽然不远处就是高速路,
但多了安静与自然

京

陕西段长城，我奔跑了 675 公里，用时 28 天，从陕西长城最东端的府谷县出发，途经神木县、榆林市区、横山县、靖边县、定边县。陕西的明代长城主要分布在陕北高原，基本都在榆林市辖区所属县区范围。

第**3**章

疫情防控突变
"连连看"跑成"跳棋"
跳入陕北征途

陕西

二十四 天

675 公里

榆林长城

榆林地区，即明朝边关九镇之一的延绥镇。明成化十年（1474年），延绥巡抚余子俊，率军士四万人，在原隋朝长城的基础上，历时4个月，修筑了东起府谷县皇甫川、西到定边县盐场堡的延绥镇长城，也称榆林镇长城。榆林长城亦称边墙，总长880公里。

经过20个小时的奔波，我和 Tina 早已疲惫不堪。等到一觉醒来，我又满血复活，小妖惬意地躺在房间里，呼噜呼噜地享受着安逸时光。原来的计划都被打乱，我们开始重新规划路线。

出发地定在了麻镇。

从府谷县城到麻镇还得开车近50公里，到了麻镇已经下午两点多了，陕西段的奔跑终于开始了。

陕西第一天，因为时间原因，我只设置了一个15公里左右的跑步距离，准备先熟悉一下黄土高原的跑步环境。时间足够，我可以先在麻镇逛逛。

二楼的窗子打开，一个少妇看着窗外往来的人流……

一匹骆驼打着响鼻，从牌楼下走过……

一群蒙古汉子，裹着羊皮蒙袍，走进烧麦馆……

这是我走在麻镇的街头上，脑补出来的画面场景。对于麻镇，我总是不自觉地说成鹅城，姜文的电影《让子弹飞》里的县城。

午夜狂奔，抵达陕北"鹅城"

当晚21:10，我们抵达了天镇县——山西接张家口段长城的第一个县。天镇县归属大同市，而此时大同市区存在高风险区域，全域实行封闭。

经过考虑，我们最终选择连夜奔榆林。

过了榆林市的高速收费站，我们怀着紧张心情进入榆林。防疫人员看眉眼是个精干的姑娘，看了陕西一码通，绿码，做了个落地核酸，就允许我们通行了。

从榆林前往府谷县，国道上是无尽的重载货车，用车河形容很恰当。在重型大卡车的海洋中穿行，像极了我曾经在海上划皮划艇的感觉。

长城脚下的这条路，数百年来曾经走过多少征人，见证了多少边境风云

这里竟然有很多新中式楼宇、招牌，看着都是民国街面楼的样式。

麻镇，曾经是黄河中上游最繁华的集镇，紧邻黄河古渡，对岸就是山西的河曲。

麻镇通联山西、蒙古草原和陕西，是水陆交通的节点，尤其在抗战时期，更是汇聚了晋绥蒙地的大户聚商，买卖非常兴隆。村中三角形的广场上，建有一个很大的戏台，上书"塞上戏台"，竟然是1948年修造的。

村里不常见陌生面孔，我们在村里闲逛时，村民都停下来看着我们，偶尔会问一句"干啥的"，答曰"看长城"，他们就会应和"噢——"，含有突然理解和醒悟的意味，似乎他们突然想起来，长城是麻镇的重要代表形象。

我们正好赶上村里一位高寿老人的殡礼，喇叭里播放着秦腔，乡邻们欢快地交谈着，我跑出去很远了，还能听到大喇叭里在颂赞：谁谁谁，礼金500元。

我开始沿着长城跑。这里的长城均为黄土夯筑，包括墩台。长城的建筑用材因地制宜，黄土高原自然是以黄土为主原料，加之地处半干旱地区，常年干燥少雨，土夯坚固耐用，千百年后还屹立在高原的西北风中。

脚下的路沟沟壑壑，这是黄土高原的典型地貌特征，对我来说意味着需要不断地跑上跑下。第一天的初步适应过程，就已让我对未来几十天将会遭遇的疲惫有所预感。

小妖在陕西段为数不多的烟墩转角楼留个倩影

51

到转角楼一路都没什么车辆，遇到的都是田里干活的本地农民，带有西北人的纯朴与土味，似乎与千百年前的农人相差无几。

在陕西段，长城就在身旁，不像在燕山里，需要攀爬很久，才能触摸到长城的墙体。另外，黄土高原上的长城，基本在至高点范围修建，视野极其开阔，古代战士站在墩台上，可以瞭望十几公里的范围。

从陕西开始，我们住宿地基本以县城为基地，每天需要开车往返跑步的起终点，一是因为我每天跑步的长城沿线，基本上没有民宿农家乐等服务商家；二是因为即使有些乡镇有住宿，保障条件也不如县城里的。

在立体的陕北，唱起《兰花花》

陕西第一天的奔跑，让我感觉很舒心。除了能够从山西逃出生天，不受疫情影响，继续向前的原因外，主要是麻镇的民国风物感带来与燕山深处截然不同的体验。而且，陕西段的长城就在我奔跑的路旁，触手可及，黄土夯造的墙体，在苍茫的黄土背景下，透露着历史的沧桑感，让我感动。

陕北的奔跑路线，有时候需要上到货运繁忙的路上。这里遍布煤矿和石油天然气田，尤其是煤矿，分布面积占整个榆林市面积的54%，可以说每个村子地下都有一个大煤矿，陕北煤炭外运繁忙，即使在疫情时期，也没有受到阻断，就是外省货车门上都贴着封条。而我有时候只能与大货车为伍。

公路上的大卡车很多，公路下的河道平

坦宽阔，宽度只有一步之距，还有车辙压出来的便道，为了躲开大货车，这段我选择下到河道里，沿河向上游跑去。

离开公路，世界又交给了自然，能听到鸟鸣和溪水发出的细微的哗哗声，河道里的柽柳还挂满丰水期冲下来的草。

黄土高原上的河流基本都属于季节性河流，到了秋冬季，再宽的溪流都会瘦身成闪电。在河道里跑，虽然一直是越野跑状态，但我还穿着公路跑鞋，好在河道比较平坦，石块比较细小，河沙也比较硬实。在公路上我开始还担心河道里都是黄泥，踩上去才发现原来都是细沙，非常细。

黄土高原是立体化的，我们所处的低地平原是平面化的。转向古城村方向的路，风格彻底进入黄土高坡模式，深沟大壑，山路盘旋。如同信天游里说的：羊肚子手巾三道道蓝，见面容易拉话话难；一个在那山上一个在沟，拉不上话儿招一招手。

深沟大壑中只有我们一行人。无尽的沟壑，让人有吼两嗓子的冲动，可惜我这破锣

我的队友

Tina 绕道开车过来，把小妖带到河道上，让它在这么好的河沙上撒个野。好嘛，这货脚一沾地儿，立马进入打滚模式，还用腿蹬着地，成蛇形向前蹭。然后起身，惬意地使劲儿抖身子，一股尘雾从它身上升起。

嗓子喊不出陕北的高音，喊个"兰花花"就干咳起来。

这无法跨越的沟壑，就会孕育出高亢又声嘶力竭般的民歌，是一种想要挣脱的呐喊，又有着无力跳出的压抑。

在圪针塔村看到一对老夫妇，老爷爷都84岁了，耳聪目明，一个劲儿地让 Tina 摘树上的枣子。

陕北人都很热情，会乐呵呵问你"干啥

在古城村眺望远处的长城墩台

呢""从哪里来"。那股劲儿，有种走过西口、见过风雨的气势。

在黄土高原，高大平坦的地形称为"塬"，站在塬上目及远方，连绵的土沟、土台，如同壮阔的大海。在这样的高点，可以看到一座座彼此相望的烽火台。在夕阳下，高耸屹立的墩台霸气而壮观，它们的视线下面是数百公里的秦川大地。岁月已过数百年，它们似乎还在执行着守土之责。

在燕山一线，看砖砌石垒的长城，感觉非常壮观；在黄土高原，看土夯烽燧边墙，感觉更加苍凉与震撼。

我喜欢在陕北脚踏黄土奔跑的感觉，喜欢黄土面渗进衣服里鞋里袜子里的感觉。这是很真实的粗糙感，除却现代科技的痕迹，这里的人和五百年前、一千年前一样，没有任何变化。

谁不曾是个兰花花？谁不曾是喜欢那个兰花花的人呢？

10月14日，我完成从转角楼到古城村的奔跑，终点有一大片老乡们晾晒的谷子。陕北以前主要的粮食作物是小米，所以中共党史里有"小米加步枪"的历史典故。眼前的这片谷子，穗头很大，满眼金黄，煞是喜人。我老家在黑龙江，小时候我喜欢用滚笼捕鸟，需要用到一些诱饵，其中最优质的饵料正是谷穗。我们那里虽然也是粮食主产区，但是很少有人种谷子。所以见到这种沉甸甸的谷穗，就有一种引起儿时记忆的欢喜。

古城村距离府谷县近70公里，Tina开车带我往返。

再次从古城村出发，需要七拐八拐，绕过七八个回形弯道，才能来到下方的公路。

在路过第一层弯道时，我发现一处老式院落。远远望去，可以看到它那厚实的院门，如同一个城门楼子那般巍峨矗立。门楣上依稀可以看到一些砖雕的文字，可惜被岁月侵蚀得模糊不堪。我踅摸着，这几个字应该是宅院的名称，探探脑袋继续瞅了两眼，看到几口青砖接口、门庭高大的窑洞。

这是一幅耐人寻味的画面。并排的三间屋窑，最右边的"古城式院门"十分古朴，居中的青砖接口窑，应该就是明代驻防关堡的营地。另据当地长城爱好者描述：古城村

山顶上的荒地，到处都能看到残砖碎瓦，还有各色陶瓷碎片，也发现过古钱币。

旁边的窑洞，立面墙体张贴着马赛克，最左边的屋子，则为白颜色的仿窑洞新式砖房。社会更迭的阶梯，时代流转的印记，在这几间房子上一目了然。

我喜欢这种透着可爱气息的陕北村落，就在村口拍了几张照片。陕北果然是立体的，村里的院落错落有致，分布在坡坡的不同位置上。

离开村庄，来到公路，我开始往王家梁方向奔跑。一路皆是坡沟相连，长城的烟墩和断续的城墙一路相伴。树木很多，草也长得旺盛，已是深秋，仍旧可以看到很多绿意，坡顶的塬上，如同甘南的景象。

跑着跑着，在残破的黄色城墙和茵茵草地映衬下，我远远看见城墙的内侧有一座飞檐小寺，带来一种山河故人的静谧感。正巧碰到一位老师父，骑着电动车正要出去。迎面撞个满怀，我便和师父攀谈起来。

原来，此庙为观音寺，是王家梁村的村庙，之前一直没有僧人，老师父刚来几天，

途中遇到的一处村庙，还有一位僧人

想看看是否有机缘能够在此处停驻下来。

小寺带着朴实的民间信仰色彩，一重殿供奉元君老母，大殿供奉观音菩萨。虽是乡间小寺，但是山门的对联写得十分有趣。质朴中透着些许锐气：

寺院有尘清风扫，
山门无锁白云封。

老师父是山西人，说着一口河曲方言，很多地方我听不太懂，大意是讲，自己是一个苦命人，吃了一辈子苦，到了晚年，儿子出了意外，死掉了，于是看破红尘，出家为僧。此前，他还云游过五台山等名刹。

幸福的家庭都是相似的，不幸的家庭各有各的不幸。希望这位已是古稀之年的老人，能在一个有缘的寺庙里安享余年。

跑在路上，人世间的悲欢离合、酸甜苦辣，如同一幅幅画卷，滚滚袭来。

天然气、杨家将和养蜂人

陕北长城沿线是一个立方体，既有田园刈麦、高粱小米，也有卡车轰鸣、矿产开挖、财源滚滚。立体的陕北，很有魅力。

这一天我一直与大货车为伍，长城则在公路旁的山梁上蜿蜒。

穿越过新城梁村，就上了西南的大高坡，因为一路上坡，还没把身子骨跑热起来，我就累得直喘。从新城梁出来，上大坡，在路边田头，有位开皮卡的汉子，站在车尾盯着我看，我对他点头示意，他竟然问，这是马拉松吗？

额滴乖乖，从山海关老龙头出来，八百多公里，这是第一次路人以马拉松给我定性。

抬头望见半轮月亮，竟然还挂在城墙上方。穿过城墙阙口，我开始往 338 国道跑下去。

近 26 公里的奔跑，我耳朵里、眼里、

在黄土高原的早晨，看到一幕苍劲有力的画面

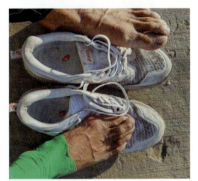

每天在黄土高原跑完，脚丫子里都是细细的沙土

与338国道上的交警模型合个影

疫情防控期间的印记

鼻子里、身上、鞋里、袜子里，全都落满灰尘。

公路边经常能看到塑料或者泥塑的交警模型，威慑过往的司机们遵纪守法。之前它们都在飞驰的车窗边一闪而过，今天我得以近距离观察"偶像"的真颜。眼前遇到的这尊塑像，做工未免粗糙了一些，比例失调、轮廓也不够逼真，反倒有一种憨态可掬的可爱气质。它风雨无阻，无畏噪音灰尘，每天24小时执勤，身上也落满一层厚厚的灰土。我跑过去和它合了一个影。

在鸟鸣重现的日哺之时，我跑到草条沟村，那个时候，斜阳正好照在远处黑墩烽火台上。

下午四点二十分，在村口结束今天的奔跑。终于可以抱一抱小妖了。

府谷段的长城已经跑完了，我们也在府谷住宿了近一周。府谷看似陈旧，少有高大靓丽的城市风貌，但是工业产值每年竟然达到一千多亿元，是全国人均存款最高的县。

接下来我将开始神木段长城的奔跑。

草条沟村里依旧恬静如昨，山岗上的城墩静静地立在秋色里。

起跑就是一个大上坡——每天出门都是一个超长上坡，这就是跑在黄土高原的常态，无尽的高低起伏，永远的翻越沟壑。接下来一路下坡，我跑到了一个小学校，校舍和设施都是新的，有些运动器材还带着外包装，但空无一人，已经搬迁了。这一带是采空塌陷区，属于生态灾害区。

这些天我在陕北长城沿途，时常能看到"采空塌陷区"的警示牌和矿山环境治理项目现场，多年的地下开采，让厚重的黄土层也撑不住了。

路人告诉我这座牌楼里面的底下沟村里曾经出了一位老仙，非常灵验

陕北少有乡村旅游，没有农家乐，经过的村庄也很少有饭馆，即使公路边的村庄，如五堂村、三堂村、二堂村，也是一家饭馆都没有。

过了二堂就到了神木的郊区——铧山村现在已经在神木的城区范围里了，今天的终点实际上就是神木市区。一进市区我就看到美食遍地，最后3公里搞得我口水直流，羊杂碎、擀面皮、火锅、烧烤、羊肉面、串串、烤鸽子、蒸饺、农家土菜……

神木市也是能源大县，地下煤炭、石油、天然气储量巨大。2022年，神木市地区生产总值达2231.47亿元。

又驾车回到铧山村继续起跑，说是村，实际上已经城市化了，早已经没有了陕北农村的样子，而是与我们熟悉的七八线城镇的面貌类似。但是出了城区，风物又换回陕北，连绵起伏的沟壑、沙土路，让我的奔跑又充满了野趣，这种野趣突然又被一大片光伏发电场给消解了，就见面积广大的太阳能电池，

长城跑步地理

神木将军祠

神木历史上出的最牛的人就是杨家将。民间传颂的杨令公杨继业，历史上名为杨业，是妥妥的豪二代，他爹杨宏信，就是麟州地面的老大、话事人。杨家城的麟州故地，就是杨家的发家宝地，杨家的一门忠勇，被中国人世代传颂。在杨将军祠里，供奉着杨业他爹、他大哥和他。

三堂村路口有一座高大繁复夸张的石雕牌坊，本主儿是民人深信不笃的老仙儿，这个大功德牌楼由民间集巨资建造。

从老龙头开始，我一路跑来，看到长城沿途很多神庙、土地庙、虫王庙、八腊庙、关公庙，长城的烽燧上，也多见供奉关老爷的神龛。此种民间巫神信仰，在出发前我不曾注意过。

我的队友

覆盖山野，闪着耀眼的折射光，感觉特别不真实。神木在开发能源上真是不放弃任何机会，从天空到地下，一概利用起来。

在亮闪闪的大地鳞片覆盖不到的地方，黄土与秋后的枯草、杨树的黄叶，又成了眼里的景致。这种温馨色调的沉静，突然被两个明亮的小黄人打破。那是两个天然气管道的控制阀门，立在原野的黄色中，样子如同科幻影片里和蔼的服务机器人一般，仔细看，就像两个小黄人，展平双臂，在等待主人的指令。陕北的天然气，供应了北京、天津 70% 的需求量，小黄人下面蕴含着巨大的能量和财富。

四百年前建造的卧虎寨，是我从神木出来见到的长城上最大的一个关堡。大门上的石刻门匾清晰可见，"卧虎寨"三个字苍劲有力，从寨子里的烽燧窗口看出去，视线所

及，没有任何死角，古人在军事上很讲究地理位置，每次我站在古代的军事要地，都会感慨。

翻过一片山梁，没有了油气管道，高高的白杨树的叶子，在阳光下闪着灿烂的黄色，跑在这样的秋色里，人是轻快的，我感觉不到脚步的沉重和呼吸的急促。一大片蜂箱吸引了我的注意，我脑子里萦绕着蜂蜜的香甜味道，在如此远离污染的世界里，蜂蜜的品质应该很高，就过去问问。

女主人告诉我，现在的蜜，水分已经基本蒸发得差不多了，所以特别稠。琥珀色的蜂蜜，缓慢地从舀子里滴流到蜂蜜瓶子里，给人一种充盈的甜美感。我买了一桶百花蜜、一桶枣花蜜，都富有植物花的特有芬香。

女主人问我干啥、从哪来，我告诉她我在跑长城，从北京来的。我也问他们家在哪里，之后去哪里。

她说老家是四川的，现在南方花期还没到，就等一个月再回去。他们每年要全国奔波，北到内蒙古呼伦贝尔，南到海南岛，西到新疆。

养蜂人，是我最佩服的职业。他们的工作辛苦、奔波，每一户基本都是夫妻两人搭档常年在外，孩子留在老家。他们要追逐着花期，赶在盛花期，把蜜蜂带到鲜花盛开的地方。他们需要照顾、养护蜜蜂，负责蜜蜂的长途运输，安排蜂蜜的销售。他们与当地人顺畅沟通，还要照顾自己的生活起居，而且他们所在的地方，往往是偏僻的远离城镇的地区。每家养蜂人，都是多面手，可以说是中国目前仅存的传统职业里，能力最强的人。

原西县，闯入"平凡的世界"

再有两天，我跑长城的总里程就达到1000公里了，想到自己终于要达到第一个1000公里，心里还是有些小激动的。我也适应了黄土高原的沟沟壑壑，注意力已经完全放在去感受不一样的陕北上了。

奔跑途中的陕北，和我开车路过时看到的完全不一样。

我的个人观感是，神木这个地方，除了土豪多之外，普通民众也较为富裕。比如，神木一带的农村房屋大多是砖瓦房或者新材料建的，修建得都很精良，设计也比较有新意。据我观察，现在的陕北，真正居住在窑洞的人家已经很少了。窑洞多为旅游设施。这和我们印象中的陕北，差别已经很大了。

我每天跑在路上，总会突然听到"扑棱棱"的声音，这是被我惊飞的野鸡，拼命扇动翅膀，从我面前飞走。安静的黄土高坡上，我有时也会被突然冒出来的车吓一跳——百万级豪车那种。偏远山村加豪车的组合，是我途经陕北农村这一路，经常会见到的景象。

行至大杨满岔这一带，沿路都能看到长城墩台，让人心里很踏实。

这一路奔跑，长城的墩台就如同我的路标，视线所及只要有墩台或者边墙就感觉特别安心。我想，数百上千年来，看到长城，边墙南边的人也会有一种安全感：首先，有了这堵墙，意味着不会迷路了；其次，行走在边塞的荒漠和黄土之上，四野荒无人烟，长城这种人造工事，代表着此地有人类繁衍的印记和炊烟袅袅的生气。只要那道墙在，

黄土高原的窑洞现在基本没有人住了

水掌村烽火台

吃食和住宿，便有了着落。

奔跑在北境的莽原，我和古人产生了深深的共情。

跑着跑着，路过色草湾村，庙宇就在村边。"吱呀呀"推开虚掩的红色庙门，但见秋草萧瑟，明亮的阳光驱走了庙宇里的肃杀之气。

"万籁此都寂，但余钟磬音。"我们走到空荡荡的戏台前，感受这里曾经的社戏鼓乐齐鸣、村民喝彩连连的场景。

一曲阳春唤醒古今梦；
两班面目演尽人间情。

戏台上的对联，语言质朴，却道尽舞台精髓。

戏台下面的地面也满是荒草，看来很久

没有戏班登台了。我就抱着小妖，在台上来了段西皮流水："蓝脸的窦尔墩盗御马，红脸的关公战长沙。"我只会这两句了，这个舞台的回音效果非常好，没有扩音设备，听起来也一样清澈响亮。

饭后，继续奔跑。我在路边见到多座巨型条石搭建的仿窑洞房屋，看石头形制和建筑方式，都是典型的石筑工艺。问村里的老人，也说这些石头房子都是原来长城的遗留。而且这些房屋一直被延续使用，有的现在还住有人家。

长城跑步地理

石峁遗址

石峁遗址是中国已发现的龙山晚期到夏早期规模最大的城址，位于陕西省榆林市神木市高家堡镇石峁村的秃尾河北侧山峁上，距今约 4000 年左右。石峁遗址以"中国文明的前夜"入选"2012 年十大考古新发现"和"世界十大田野考古发现"，以及"二十一世纪世界重大考古发现"。2018 年 4 月，陕西神木石峁遗址发现 4000 年前大型陶鹰。2022 年 8 月，在石峁遗址的核心区域皇城台的台基护墙上，发现了一件大型人面石雕。

我的队友

现在是 10 月 19 日，陕北深秋的天空是深邃的蓝色，中午的阳光照在身上还是暖洋洋的。路边的河水非常清澈，这么好的水，我必须跳下去嬉戏一番。

小妖也在河边耍得尽兴，动不动就趴到湿泥地上，但是它胆子很小，不敢下水。我一把抱住它，往水边去，小妖可能猜到了我的意图，就紧紧抓住我的胳膊不放。

Tina 给我和小妖拍了一张很有意境的图片，在莫兰迪蓝的天空背景下，小妖和我行走在河堤上，它的步伐里带着满满的自信，好像我们不是奔跑在万里长城的路上，而是一次秋游一般。艰辛漫长的征途，往往就是这样被我们的淡然和随性化解掉的。

途经石峁遗址，我觉得还是要去膜拜一下。可惜因疫情防控要求，没有开放，不能进去参观，只好作罢。

前面就是高家堡古城，我计划去古城里转转，就决定把当天的终点设置在古城。进了镇上，很多店铺买卖都很兴隆。镇上的人在准备冬储菜，白菜大葱萝卜，路旁有多家菜农在卖。

我们先去镇上唯一一家酒店办理入住，但没有搬运行李，而是先跑到古城，做第 33 天的收官。

然后我们就穿越了，突然身处"农业学大寨""毛泽东思想万岁"的 1976 年，我们来到了原西县革委会大门口。

原西县，是陕北作家路遥《平凡的世界》故事的主要发生地。电视剧《平凡的世界》取景地就在高家堡里，这座古城依旧保持着作外景地时的面貌，是当地打造的一个具有"1976 年"特色的旅游地。这里没有封门收费，里面的居民也在"1976 年"里，悠

跑到了高家堡，我们穿越到"文革"末期的原西县

然地过着 2022 年的日子。

《平凡的世界》原著，我在大学时读了至少两遍。这次能在跑长城的路上，无意中穿越到《平凡的世界》的世界里，感觉十分奇妙。县革委会、邮局、高中，每个地方我都曾在大学时代神游过，现在我竟然在这些地点上跑过。谁说虚构的不会成为现实，30年前我读《平凡的世界》时，根本没想过会有一天，我会踏上跑万里长城的征途。

天色暗了，我们也饿了，镇上没有清真餐馆，我们决定买些羊肉自己炖。镇上有一家羊肉店，利落的老板娘用大砍刀给我剁了半扇羊排。我们拎着肉回到酒店。

我去，这哪是酒店，分明就是三进的地主家大院子，连廊红柱、鱼池，穿大门进二门过中庭，才能到我们的房间。而且，这个大院子，除了我们，只有一个房间有人住，又做了一次地主，还是有大院子的地主。

1000 公里处，生命的感怀

高家堡的手工特色是挂面。路边可以看到面条店，把长长的面条挂在门口的木架子上晾晒，在晨光里，半干的面条在阳光照射下，透着温暖与富足的色彩。我们出发前在店里买了两斤，车辆驶过扬起的尘土，我买的面里估计也不少。

我完成的第一个 1000 公里，很有纪念感。早晨在虚幻的原西县"1976 年"出发，第一个 1000 公里结束时，是在三台界的三座敌台和城墙遗迹旁，在黄土高原的夕阳中。

"2016/7/10 16:24—2022/10/20 18:24。球球，晚安。"

10 月 20 日晚上，儿子发来信息，告诉我这个噩耗。球球是我家的"猫老四"，一只蓝猫，球妈的儿子。它性情柔和，不会胡闹，不会拆家，不会乱叫，喜欢静静地趴在沙发上。它不仅性格温顺，长得也软软的，不管怎么抱着，都会顺从地窝在你怀里，直到放下来。

6 岁，在猫的寿命里尚处于中年，就这么离开了尘世。

其实，我和家人对它的离世早有心理准备。球球查出一种疾病，无药可救，大夫已经明确告知可能来日无多。豹子不愿意接受这个现实，积极给它输液、手术，期待能有奇迹发生，或至少可以延长一下它的生命。

之前，我一直抗拒和豹子提及这个话题。他刚上高中，在他的人生中，还没有经历死亡带来的离别，我担心他会过于伤心。

他是一个内心柔软的孩子，对于小生命总是很爱护。尤其家里的猫猫，是陪伴他度

高家堡镇上的特产面条，我们也买了两斤作为路粮

过幼年、童年、少年的伙伴，豹子也一直把它们当成家里的成员。

用 1000 公里的长城奔跑纪念软软的球球，愿球球在喵星球依旧过得快乐。

地球是目前人类所知唯一拥有生命的星球，在宇宙中地球是孤独的，地球上的每个生命都是唯一和独特的，每个个体，都是生命的精彩体现。我们的生命和它们的生命交汇，是多么难得的际遇。就比如小妖，它经历了多少次偶然，才能与我共同奔赴这场长城之约。哪怕有一个时机错过，可能都会是另外一个结局。

这一天，我跑过了十几个烽火台，最壮观的是终点三台界的三座敌台和城墙遗迹。看着斜阳里的墩台，高大的墙体虽然残破，依旧是这片毛乌素沙漠里的壮观景象。

千里跑长城，我一路已经看到河北、北京、天津、陕西段的长城，交流最多的是各地的人们，想了解最多的，是这里发生的事情，是数百年前这里可能发生过的往事。不

建安堡，王家卫拍摄电影《东邪西毒》的取景地

是砖石组成了长城，是千百年来生活在这里和没有生活在这里的每个人，是古往今来一件件如烟旧事，构成了真正的长城。我的奔跑不是建筑掠影，我的奔跑也是这如烟往事的一部分。

我在关注长城沿线民间底层信仰时，发现一个现象：目前我见到的所有庙宇，都有一个十方孤魂野鬼灵位。信众们希望通过这种方式，超度那些孤单的灵魂，为它们找到最后的安宁。这种对个体存在的关怀，恰恰是长城沿线动荡、艰辛与南北交融的永恒主题。

长城不是建筑工程，长城是人事。《东邪西毒》里西毒告诉洪七："山的后面可能是另一座山，沙漠的后面可能是另一个沙漠。"

从三台界出发，长城就进入了榆林的榆阳区段，沟壑纵横的黄土高原景观，也让位

给漫漫黄沙的毛乌素沙漠。过了大河塔村，牌子赫然指向"建安堡"，一张褪色的海报挂在说明牌上，告诉路人，这里是王家卫《东邪西毒》的取景地。这部影片里有一句经典台词："有些事情你越想忘记，就会记得越牢。当有些事情你无法得到时，你唯一能做的，就是不要忘记。"

古堡城墙高大，城门不是直接洞开的，而是需要通过一个回形弯通道，才能到大门下，这也是古代城防工事设计里的巧妙之处——一个回弯，让进攻城门的敌人处于狭小通道中，无法施展，守城人就可以从上面进行有效攻击。城中心的三层鼓楼，就在城门通道的正前方。堡中紧邻东门人家的狗子，低眉顺眼却警惕地看着给它拍照的我。

显然，当地政府努力"装扮"过古堡，努力往旅游景区的方向使劲儿，但城里还是

保持着原生状态，玉米地、菜地、拖拉机、牛、狗子，都自由自在地散落在它们各自的坐标上。

高大威猛的鼓楼，最上层可以俯瞰四野壮美河山。下面的平地，堆放着脱粒后的高粱壳，一台脱粒机器摆在旁边。南面正对着的城楼拱门里，停着瞪着两个大眼睛的拖拉机，这是我见过的最和谐的画面了。

回到榆西路继续奔跑。在天大地大的荒漠，路牌都变得有哲理了。路牌上画着一个图案：向上斜坡—平台—向上斜坡。这是真实的人生写照啊，人的一生就是不断爬坡成长、进入平台期、再爬坡向上的过程。

跑进毛乌素沙漠时，这日的直播还在进行，我就和连线的小伙伴们讨论，这坡后面会是什么。只有翻过去，才知道后面是沙漠还是山。

沙地里的红柳和杨树叶子在阳光下亮黄得绚烂醒目，把蓝天衬托得更加蔚蓝深邃。塞外牧歌、大漠白云很快就被滚滚红尘代替。午休后，跑了1公里就进入煤矿密集区，同一条榆西路上，开始车轮滚滚，煤土飞扬，又是连续不断的大货车车流。

我一直在慨叹，陕北地下到底有多大的储量，煤矿的密度快赶上长城的城墩数了。

第35天的终点是十八墩村——十八墩是指从某个墩子数起的第十八个墩子。路上我就见到了二墩煤矿、六墩煤矿以及终点十八墩煤矿，其间还夹杂着其他煤矿，而且每个都是大型煤矿。

终点有一座寺庙，竟然供奉有康熙皇帝。康熙曾御笔题字给榆林城："两守孤城，千秋忠勇"。

榆林老城悠闲时光

休息日到了。上午难得的安静时光，我拿出李伟老师给的祁门红茶，用路上接的山泉水冲泡，美美地喝了三泡，水柔茶香。

榆林，每年我去青海做比赛时，开车往返都会经过，但是竟然没有逛过这座城。

老城区距离很近，就乘公共交通去。到了鼓楼附近下车，人好多，声音好多，味道好多。小妖从来没到过这么拥挤的集市，缩在猫包的角落里，不愿抬头。

步行街沿榆林传统老街规划设计。榆林最初是长城上的一个屯堡，从明朝中期开始，主街上逐渐建成六座高大的楼台：全长2公里的老街上，文昌阁、万佛楼、星明楼、钟楼、凯歌楼、鼓楼，由南至北依次排开，形成"六楼骑街"的独特城市景观。

榆林老街比较有魅力的地方在于，当地政府没有大拆大建、改造升级，把老城改造成不伦不类的商业街，而依旧保持着老城烟火气。老樊家年糕紧邻着杂货铺，羊肉泡馍正对着自行车店，老人在鼓楼下七嘴八舌地下着象棋，眉眼俊俏的女子悠闲地边走路边语音通话，少年们骑着自行车穿梭在路上，淘气的儿童顺着楼梯跑上古楼台。

我们在本家的年糕店铺要了几块年糕，一起等着买年糕的少妇温柔地告诉我们，年糕要热一下，才会软糯好吃。

路边大树的黄绿色伞盖遮挡在临街铺面的黑瓦上，形成秋色长廊，把楼台琉璃飞檐衬托得如此艳丽。

在老店高记羊肉泡馍，我要了个水盆羊肉，Tina选了羊肉泡馍。小妖总想从猫包

长城跑步地理

榆林

作为西引宁甘、北连蒙古、东接山西、南达西安的节点，榆林不仅是古代军事要塞，还是民族融合、互通有无的商业重镇，曾经店铺林立的老街，现在依旧是买卖兴隆之地。老舍先生在《剑北篇·清涧—榆林》评价榆林："伟大的中华，伟大的山川，荒沙野水上还有这样的古镇雄关！长街十里，城扁街宽，坚厚的墙垣，宽敞的医院，铺户家宅，都略具北平的局面。"

榆林虽然位于西北，但是从明代起，驻扎此地的将士们多为江浙湘鄂人。从南方过来的军士也带来了家乡的山歌小调。这些小曲从军营逐渐流传到市井瓦肆，结合陕北的土语方言，形成了榆林小曲的特色，音乐风格既委婉缠绵，又高亢激昂，南韵北声融为一体。2006年，榆林小曲经国务院批准列入第一批国家级非物质文化遗产名录。

据《榆林市志》载，全城庙宇总数达50余处之多，"其中戴兴寺、寿宁寺、金刚寺很具明代以来榆林庙建特色……雕梁画栋，富丽堂皇"。

出来，那可不行，饭店让带进来已经是人家比较大度了。

羊汤滋味纯正，肉也鲜香，馍馍是刚烤出炉的，拿着还烫手，掰开时发出清脆的"咔嚓"声，带着热气的麦香扑鼻而来。一大碗水盆羊肉，两个馍馍，进肚，美气。

我们背着小妖沿街闲逛，感叹榆林老街的平易近人。老街的南口，晚上应该有夜市，已经有摊位陆续营业了，干炉、果馅、糖棋子、碗饦、沾沾，还有羊蹄子。

小妖对于城市的吵闹还是不适应，得带它回酒店了。走到南门，也到了老街的南端，凌霄塔就矗立在南门外东侧的山上。

小妖回来就完全放松了，在床上各种睡，蜷着、仰着、伸着，它知道舒服不如倒着，我也昏昏欲睡。

据说，榆林人以前特指生活在榆林老城里的人家，尤其是大户人家，其规矩与讲究都与北京城相似，做事极有章法和排面。比如老榆林城有一道经典名菜叫"拼三鲜"，是神一样的存在，做这道菜极其花工夫：里边的丸子，必纯手工制作，经过多道工序加工而成，鸡肉也要手工撕扯，精挑细选；上桌后，要呈现出荤素搭配、色彩丰富，稀稠恰到好处，口感软硬适当。

一板一眼，一饭一蔬，一举一动，都要有仪式感，在这茫茫的黄土与沙漠的世界里，活着才有了存在感。

长城第一台——镇北台

"秋风萧瑟天气凉，草木摇落露为霜。"节气已到霜降，意味着我已经从秋天跑进冬天。这几天我陆续收到了为即将开始的冬季奔跑准备的物资。在休整一日后，我将继续出发。

1607 年，明万历三十五年，延绥镇巡抚涂宗浚为保护长城脚下的蒙汉互市，在红山之顶修筑了镇北台。镇北台是明长城上最大的军事瞭望台，号称长城第一台。

高家堡、三台界、建安堡、常乐堡、镇北台，已经迎来送往了四百年秋风，时至今日雄风依旧，让我这个跑步者感到震撼。想象一下历史上的一幕：五堡连横，长城雄亘，兵马云集，西风烈马，多么令人热血沸腾。

镇北台与十八墩之间距离为 20 公里，这一段除了大货车多些，坡路相对比较少，可以飙一下，看看现在自己的配速是否有所恢复。当我大喊一声冲到十八墩庙宇门前时，Tina 已经在那儿等候多时。19.6 公里，用时 1 小时 47 分钟，这个配速我还比较满意。

余下时间可以去仔细看看常乐堡了。我在十八墩的龙王庙欣赏了一番乡村土味艺术：寺庙的壁画带着乡土气息，不在乎比例的标准，而是重在表现仙家的气质。龙王庙里的水中诸神图则是在飘逸中带着赶庙会的喜悦。

有的壁画表现手法比较有现代派特点，比如哼哈二将的法力——为了突出哼将和哈将的"哼与哈"的神力，哼将在鼻子往外出哼气时，两道神光自鼻孔中喷射而出，如同激光武器；而哈将的绘画则刻意表明，"哈"

长乐堡庙宇里的哼将郑伦

长乐堡庙宇里的哈将陈奇

是从嘴里呼气而成，神光从哈将嘴里喷薄而出，如同口中气味一样飘渺，画出 S 形的弯度。

我还在常乐堡村里的寺庙，看到哼哈二将的大名：哼将叫郑伦，哈将叫陈奇——我原来真不知哼哈二将还是有名有姓的。

哼哈二将位列大门内金刚之位，画风颇似《七龙珠》和《海贼王》。灵动的笔触与唯美的色彩，传神地勾勒出哼哈二将，绝对能成为 T 恤衫爆款图案。

寺庙戏台上的壁画，是关公东岭怒斩孔秀，画面表现的是大刀砍到孔秀身上的那一刻，孔秀的头盔掉落下来但还没有落地——乡土画匠把图片定格在电光火石的那一刻。

这简直与阿尔泰米西娅所描绘的亚述将军赫罗弗尼斯被女仆斩头的那一刻不谋而合。

常乐堡现在是一个安静的小村，在明代则是九边重镇之一的延绥镇治所重要的右翼关堡。村子里现已少有人走动，有一半的房屋空置，而在旧碑记上看到明代这里曾有庙宇八座，可见当时关堡规模和人数还是很可观的。

古庙前的柏树已经有 500 年树龄。树种下那一年，嘉靖皇帝刚刚即位，麦哲伦完成环球航行，马丁·路德在欧洲开始宗教改革……

500 年前的一棵小树苗，500 年后树荫又遮蔽到我们和小妖的身上。我们和曾经种下这棵树的明代子民有了一次时空密接。

跑过 1000 公里后，我已经不怀疑自己能否到达玉门关的终点。骑在木摩托上，觉得自己好像堂·吉诃德，一车、一 Tina、一只猫，感觉比堂·吉诃德幸福多了。

为此，我甚至赋诗一首：

骑着我的木摩托，驰骋在茫茫沙漠；
小妖是我的黑先锋，鹌鹑是我的特种兵；
秦汉城墩是我的众将军，
滚滚黄沙是我的千军万马。
不管像不像堂·吉诃德，
一直向西，到达终点。

保宁堡西面一户农庄的木摩托装置，让我玩得很开心

黄土夯筑的长城墩台时常出现在路旁，伴随着官方保护碑，给单调的沙漠景观点缀了些线条变化。现在还有一种更加高大的线条——天然气田的管道指示牌"下有管道"，标明这里蕴藏着财富。

榆林地区过半的土地下面蕴藏有煤炭、石油、天然气，价值 42 万亿元。

村里的房屋漂亮大气，都是宽敞的二层楼，与灰色的老房子形成鲜明的对比。

这一天，也是我离开北京后，第一次遇到运动爱好者。榆林的骑友见我一个人在路

陕北明长城与秦汉长城多有重合，这是黄沙七墩秦长城遗址

上跑步，就慢下来攀谈，我告诉他们我是从山海关跑过来，已经跑了一千多公里，他们很惊讶，也佩服不已。全体骑友特意在我将拐入沙漠路段的三十台村口等我，一句"一路保重"，让我们感觉很温暖。

虽然长城和公路蜿蜒在沙漠里，好在我和小吉都能顺利通行。明代长城在黄沙七墩与战国长城相汇，战国、明朝、现在的我，前后相隔逾两千年，这一刻在黄沙七墩会聚。

漫漫沙漠的远处是一座化工厂，工厂的燃气火焰在远方闪烁，提醒我如今已是千年后高速发展的世界。

在陕北奔跑，有时候反差过于强烈，不是历史与现代的反差，而是宁静与喧嚣的反差。从龙泉墩路口经过双河村、二石硷村、波罗古城、小咀村、鲍渠村到创业村这一天，我都被灰色笼罩，这种灰色调来自能源的开采。灰土最厚的路段，一脚下去灰土可以漫

到鞋面上——高级灰，年度流行色。我蹑手蹑脚走在这片高级灰上，唯恐咳嗽一下都会惊动脚下沉睡的魔兽，把我淹没在灰中。

跑过无定河桥，满是随风飘动的芦荻。可怜无定河边骨，犹是春闺梦里人——这就是唐诗中常出现的"无定河"，而今只是一缕浅流。

转上 204 省道，我立时被淹没在各种声音的洪流里，卡车的汽笛声、小汽车的喇叭声、三轮摩托的突突声、商贩的吆喝声、店铺的高音广告声，与尾气味儿、尘土味儿搅在一起，热闹得秋风都止步了。正好赶上波罗镇大集——波罗镇属河谷型地貌，政府和居民区、商业街都挤在 204 省道边。

我比较喜欢沉浸在农村集市的杂乱中，正好也是直播时间，就沿街逛起来。在一家卖文玩的摊铺前，我还给网络上的小伙伴们卖弄起如何鉴定袁大头银元。

69

波罗古城，本来就是我们计划的一个住宿地。看推介文案，这里简直就是陕北长城古堡中的典范之城，图片上楼台层叠，气宇轩昂，以致我一路惦记着要在波罗古城里住一夜，感受一下氛围。接引寺香火很盛，各路神仙的房头都是烟雾缭绕。家家地下都有矿，当然希望永远挖不尽，源源不断，所以多上香是应该的。可是并没看到宣传上说的康熙的墨宝题字匾额。

古堡里零星还有些人家居住，在几户人家的院墙上有用碎啤酒瓶子的玻璃片布设的防护尖刺，这还是我在陕西跑步以来第一次看到。一户人家门前，老奶奶拿着一把儿子买的冥币在埋怨，竟然怎么用火都点不着，烧不坏。

本来想在波罗古城住宿，逛了之后颇感失望，住宿选择也很少，只好继续往前跑

尘归尘，土归土
木瓜树虬枝冉冉

从第40天（2022年10月26日）开始，我们有两天的住宿地是横山县，陕北羊肉一哥。

草上一簇簇绒絮，如同一朵朵盛开的白花，让我突然想起埃兹拉·庞德那句著名诗句："人群中这些面孔幽灵一般显现；湿漉漉的黑色枝条上的许多花瓣。"

上大学学习西方文学史时，我就记住了这句诗，埃兹拉·庞德是在出地铁站看到充满朝气的路人的那一刻，创作了这句著名的富有东方意象的诗。当我跑过创业村山坡，坡地上一簇簇野草的绒絮，让我突然理解了庞德的内心喜悦，哦，是愉悦，是那种身心回归自然的愉悦。

我从横山城区穿过，这一天有些魔幻。

跑过怀远古堡，感觉饿了，我就在庙门前的台阶上吃个午餐。一位村里老人，在家人的搀扶下，坐到我的旁边。小妖一看有外人，紧张地直躲，Tina赶紧把小妖送回车里。

老人看着我说话，但是我基本听不懂他在说什么。可老人用发红的眼睛一直看着我，搞得我也没法吃饭，只好收拾东西，换到牌楼外的阶梯上，坐在小吉的对面。

我没有想到，在深秋时刻，在横山县城，我竟然看到一个三四岁的孩子，赤裸着身子，在房子边的沙堆，拿一个破方便面碗玩沙子。我当时都呆了——光屁股小孩，十几度的温度，无人看管——脑子里的第一个反应就是，我靠，什么情况，家长呢？我问孩子，你妈妈呢？孩子懵懂地看着我，又回头继续玩沙

横山县城旁边的怀远堡，在 20 世纪 80 年代董耀会先生考察时，就提到城堡的墩台被居家占用，现在依然有人使用

子。旁边有一位背着一大捆纸箱的老奶奶经过，我急切地问她，认识这孩子吗？认识他吗？他怎么这样？老人躲闪地看着我，说"我不知道，我不知道"。

我给横山县 110 打了报警电话，也跟 110 的管片民警详细描述了孩子方位，再后来 110 打来电话说没有找到孩子，只能希望孩子一切安好。自从自己有了孩子后，就特别容忍不了虐待儿童的事情，尤其是冷酷对待亲生孩子的行径，更是让人感觉这样的家长不配做人。

穿过 204 省道，我在沟壑里盘桓了一个

小时后跑上古巴路，这片区域的长城城墙更加残破，风化严重。

古巴路的一块里程牌上，搭着一只死去的橘猫——可怜的猫猫，九条命也没能救得了它。

40 分钟后，我跑到了今天的终点，屈家墕，这里的长城残破不堪，但是依然倔强地爬上前面的山坡，坚硬地立在山脊上。

返回横山休息的路上，我们停车从车顶行李架拿下铁锹，我把大橘猫从里程牌上取下，带到路旁山坡上，选了一棵朝阳的大树，把它掩埋在树下的黄土里。希望它在喵星球依旧可以快乐地玩耍、晒太阳。

前一天在接引寺的佛堂，我看到一幅释迦牟尼身为王子时，出游王城四门，看到生老病死的壁画。跑过横山的这一天，我也见到了生、老、病、死，这是我跑长城路上，最富有隐喻的一天。有时我已经忘了自己是在跑长城的路上，还是生活在长城脚下，亲历着长城下的生活，有无奈、有封闭、有喜悦、有平淡，也有生命的轮回。

路遇一个开三轮农用车的陕北老哥，他推荐我一定要去附近看看神奇的木瓜树。"木瓜，知不知道？木瓜树！几百年了，我给你指，那面不是有个砖路路么，沿着砖路路，上了岗岗，左转，一直走，就看到了。"

我脑子里浮现出了《咕咚来了》里"咕咚、咕咚"掉水里的南方木瓜的形象，我和 Tina 说，那我们得去看看是什么样。

黄土高原的路就是这样，一个岔路，就是两个相隔很远的沟壑。绕了半小时，经过一个水库，在干涸的黄土坡，看到碧绿的水潭，感觉很梦幻。

绕过水库，又上一个高坡，眼前突然一亮，不远处有一个深潭。在阳光的照耀下，赤色崖壁映着一泓碧水，水边一个平台上，两棵浓密的大树下有一个小庙。这莫非就是老乡说的木瓜树？下去一看，果然。

一路跑过陕北，此地是我们见到的最有视觉冲击力的地方。

老乡所称的木瓜树，牌牌上写着学名是"文冠果"，一棵树龄510年，一棵445年，跟常乐堡那棵古柏同龄。文冠果的果实是出油率很高的油料作物，还具有一定的药效。在孙思邈的《千金翼方》和李时珍的《本草纲目》里，都有关于文冠果功效的说明和相应的药方。李时珍称其"性甘平，无毒，涸黄水与血栓。肉味如栗，益气，润五脏，安神养血生肌，久服轻健，百年不老。树枝煎熬膏药，祛风湿，强筋骨"。

建于元代的北京八大处的大悲寺，里面就有两棵文冠果古树。

据《榆林府志》记载：成化十年（1474年）闰六月，余子俊奏修筑边墙之数，东自清水营紫城寨，西至宁夏花马池营界牌止。墙东西长一千七百七十里。

修边墙之后，守边人在长城脚下，带着自己内心的期望，种下了幼小的树苗。当年的守边人已经尘归尘，土归土，而古柏已经

打开手机，手机摄像头的强化功能，让我把第二层壁画的纹路看得很清楚。看断片的笔触，也是运笔流畅、细节精致，可惜不能看到全貌。

从残破的墙皮看，第二层下面已经是夹杂苫草的墙泥了，不会再有壁画。那这第二层应该就是元代建塔时的第一版壁画，后来明代修缮时，又重新涂抹了一层墙皮，绘制了新壁画，两层应该都是精品。

想起张大千被诟病的一则旧闻：1941—1943年，他在敦煌莫高窟临摹壁画。为了看到第一层下面的壁画，张大千把4号、5号、20号洞窟破坏得面目全非。在离开时，张大千还用抹泥、刮铲等方式清除了自己在莫高窟上的题词。

参天，木瓜树依旧虬枝冉冉。

在武威堡路口，结束了第41日的奔跑。

武威堡附近有一座响铃塔，塔型纤细、古朴，我过去看了看，是元代泰定年间（1324—1328年）建造的，明代曾有重修。

塔规模不大，20多米高，以片石为基础，砖结构，内部中空，现在已经被设为一个佛堂。在烟熏状态的墙壁上，还能分辨出来曾有壁画，笔体流畅，描画细腻，至少是民间画匠所绘。可惜壁画整体被毁坏严重，脸部多被凿掉。

我刚走出塔室，就听到Tina惊呼："快来，下面还有一层壁画。"我立马转身进来，

元代响铃塔里的壁画，在这层壁画下面，竟然还有一层壁画

水库放水形成的白羊瀑布

被迫休整龙洲镇

当我们沉浸在自己的奔跑征途时，现实重重地砸下来，疫情防控再次把我们困在了靖边。

10月28日晚上，我们开车进入靖边县龙洲镇，营业的民宿和农家乐很少，最后在镇上找到一家家庭宾馆。

10月29日早上，我们返回横山县界的时候，公路已经被警戒带封闭了，穿着大白防护服的警察和防疫人员站在横山县一侧。最终我只能放弃前行，选择在靖边这侧的河口庙水库旁开始了我的跑步。

跑出不到1公里，就开始下雨，我穿着冲锋衣继续跑。公路下面的河谷里，河流弯曲，薄雾笼罩，黄土高原的干燥之气一扫而光，非常湿润，皮肤也不再是枯干的状态。靖边虽然地处干旱区域，但是不缺水资源，境内有芦河、大理河、红柳河、黑河、杏子河、周河等六大河流，水库总容量居陕西省之首。不再像前些日子的横山一带，感觉水那么珍贵。

转过一个弯，一挂湍流的瀑布出现在眼前。原来是河谷对岸下来的水。要看得真切，就得上到我这侧的一个小山坡上，再沿着60度的土坡往瀑布方位向下走一段。这个巨大的水域可以套用李白的诗句："飞流直下三千尺"。气势磅礴壮观，震耳欲聋的声音响彻山谷。看得我两腿有些发颤，下面就是百米深渊啊。

附近有个老乡在收拾羊圈，我就走过去打听。老乡笑着说，那不是瀑布，是上面水库放水啦，也没有名字。他开玩笑说："你给起个名字吧。"

我说："就用你们家的羊起名吧，白羊瀑布。"

这段路，除了有明长城，还与战国秦长城遗址相伴。

我路过瓦渣梁村阳周故城遗址——上郡阳周。司马迁曾在《史记·蒙恬传》写道："胡亥囚恬于阳周。"近几年的考古发现对阳周故城在哪里终于有了定论，就是杨桥畔镇的瓦渣梁村。

历史这东西，经不住来到一个地方，做代入式场景想象。如果有了这心思，便会如陈子昂般，发出"念天地之悠悠，独怆然而涕下"的感慨。

长城经过龙洲镇，它也是我这天的终点。我们在龙洲古堡旁边的农家饭店竟然买到了新鲜的草鱼，晚上可以吃鱼火锅啦。她家还有大公鸡，肥得很，我们也惦记上了。

第二天，从天赐湾回来，进了院子，老板娘听说要买鸡，就领着我们往她家下面的果园走去。果园里种的是苹果，果子不大，还有挂在树上的。

"可甜呢，你们吃。"老板娘热情地说。

一群高大斑斓的大公鸡，正悠哉悠哉地在树下啄食地上的苹果。老板娘不动声色地往鸡前面靠过去。右腿向前一个弓步，右手

里的铁钩子已经搭到大公鸡的右爪踝上，随即右臂往回一拉，把大公鸡倒提了起来。老板娘爽快地说"走！"，就拎着鸡迈开大步往回走。

把鸡上秤称重，十斤半——这里的鸡都体型高大，十斤鸡是常态，一只鸡够我和Tina、小妖吃好几顿的了。老板娘麻利地杀鸡拔毛，把鸡分成了两份，其中一份先存她家冰箱里，吃完再来取。

走的时候，老板娘还在路边地里给挖了好多棵香菜。

红烧还是炖呢？我和Tina争论起来，突然想起来，储物箱还有一袋黑龙江老家的榛蘑，榛蘑炖小鸡可以解决一切争端，如果

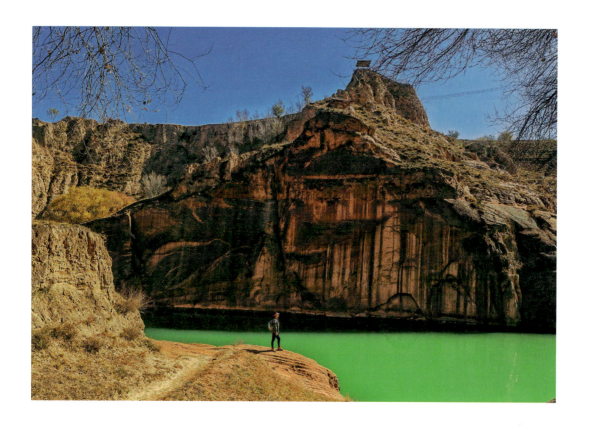

一顿不行，那就两顿。

泡好蘑菇，烫好鸡块，加入葱姜蒜花椒大料红辣椒，倒上矿泉水，上高压锅十分钟，再开盖炖十分钟。此鸡最适合用文火慢炖，我们太饿了，只能用高压锅速食了，即使这样也好吃极了。

可惜，本地人不吃鸡血，杀鸡时把鸡血给放了。吃鸡时，我念叨了好几遍。我发现陕北人吃东西还挺挑剔，不吃鱼头，不吃鸡血，也不吃羊血。

龙洲曾经是陕北旅游网红打卡地，有着炫彩的丹霞地貌，以及号称中国"羚羊谷"的波浪谷。可惜，过去一看，波浪谷和龙洲水上丹霞景区都闭门谢客。

眼前这一小片砂岩丹霞景观，与广东韶关的丹霞山岩体类似。驾车顺路下去两百米，开始看到赤红色、条带状分层清晰的砂岩景观。

婉转如水流的红石壁通到下面临水岸边，走在这红色通道里，犹如匹诺曹经过大鲸鱼那深深的喉咙。百步后，豁然开朗。水面碧绿，几棵树叶金黄的秀树，就像某个画家为了让这幅油画更加斑斓而刻意点缀上去的。

从下面看上去，如挪威峡湾，三面壁立，只有北面远处水面开阔。

这里是水库的库尾，水清潭深，目测临岸石壁下，至少十米深。最为神奇的是在深潭南侧崖壁上，凿有六个岩洞，上面三个，下面三个。这是过去战乱年代，当地人躲避凶祸的安身之所。原来应该有进出的崖壁栈道，或者是用绳梯上下。

这片天地就在公路旁，却少有打扰，如同梭罗所说："空中的精灵在这片水田上方也无所遁形，它随时静候来自那里的新鲜造访和陌生来客。"

初冬午后阳光照在身上，暖洋洋的，适合喝一口耶加雪菲手冲咖啡，享受奔跑间歇的时光。旁边就是龙洲堡的长城边墙，可以静静地看着千百年来的悲欢离合、前尘往事。

在战国之前，这里一直是游牧民族的世界，白翟、白狄、匈奴曾是这里的主角。

被中国正统称为戎狄的游牧民族，也是北方历史悠久的族群。游牧民族以适应自然的生存法则，在北方大漠与草原间生息繁衍。他们掌握了当时最先进的冶铁工艺技术，这在当时的世界版图里非常领先。华夏是他们强大的敌人，两种不同的文明在黄河中上游沿线大打出手。

"铄王师兮征荒裔，剿凶虐兮截海外。"历史从来不是孤立的。

北匈奴在两汉的强大锤击下，被迫不断西迁。他们的西迁，也压缩着西方民族的生存空间，包括大月支，康居，贵霜，阿兰部落，东、西罗马帝国，历史一波一波的涟漪，改变了每个身在其中的民族。

停车的地方，往城边走上一段，就看到黄土里散落着不少陶片，也有绳瓦、灰陶盆的残片。捡起来仔细看看，瓦片凸起为绳纹，里面凹部为布纹，符合战国秦汉时期的"绳纹""布纹"特征。

我的队友

这里特别适合小妖玩耍：没有外界干扰，日照充足，地势平坦，少有灌木。就这儿了，Tina回住宿的农家乐取食品和饮品。

我牵着小妖，感觉跟不上它的奔跑节奏，就把大疆运动相机的头带，系到猫绳末端，做了个锚。

哈，也是有趣，"cat"在船舶英文里，是指船锚，比如"cat-fall"是吊锚索，现在小妖身上吊了一个锚，还真和了"cat"另一层释义。

拴好后，放开它。没了我的控制，小妖在草地上肆意地狂奔，就像一只"二哈"狗子。一会儿停下来，被草里的虫子、蚂蚱、蝴蝶吸引，追逐着；一会儿又被土沟里的小洞洞吸引，闻着，扒拉着。

正好也是直播时间，让大家看到这么炫彩的景观和自由自在的小妖，我也感觉很开心。坐在阳光下的草地上，我用手机继续写着日记。一点也不用担心小妖又跑哪去了。

瓦片上的绳纹和布纹是模具制作时留下的：内模附有布，以方便脱模，就留下了布纹；外用圆筒竖向绳板将泥胚包围起来，通过外部捶击成型，就留下了绳纹。

地上的砖头，呈灰黑色，用指关节敲击，有铿锵之声，但小而薄，无字，不似秦砖，有可能是战国时期的。

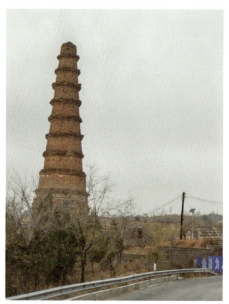

靖边警报解除，终于再见响铃塔

行的还有一条榆靖公路，而这条省道因为绕山而行，加之道路狭窄，所以少有车辆行驶。正遂了我的心愿。公路旁就是蜿蜒的无定河，河水清澈，自然流淌，一片片芦花随风轻摆，河畔是萋萋草地，即使是初冬，也无法掩盖这片河谷的寂静之美。春天这里一定会开满各色鲜花，虽然我看不到，但能想象出来。

一只黄牛悠闲地在河畔吃草，我能感觉到枯草在牛蹄下的松软质感。

这种柔软的感觉也吸引我跑下路基，沿着无定河畔奔跑。草地踩上去柔软而有弹性，能感受到草秆的干脆，脚踩时会发出轻微的草秆折断的软脆声音。

无定河边，野鸭飞渡

11月3日，多云，0℃—9℃，微风，今日里程17公里（目前总里程1275公里）。途经：河口庙水库、墩渠村、石井村、响铃塔、塔湾镇。

这是跑长城路上值得记住的一天——从禁足状态解封。靖边疫情解除，外部交通恢复。

昔日的防疫检查站已经干干净净，不再有曾经大敌临前的状态，只有小鸟的鸣叫和秋叶的哗哗声。

一位在路边田里掰玉米的老婆婆，大声问我"跑甚？"

"久在樊笼里，复得返自然"，现在就是这种心情。

今天的跑步距离是17公里，与省道平

长城跑步地理

新城子长城

新城子长城既有明长城，也有战国秦长城。路边的牌子上刻着："北宋年间，陕西经略安抚副使范仲淹曾于此处屯兵把守，1087年下令重修此城。"

现在，战国、秦汉、宋明城垣都已经是一线黄土墙，依稀能辨认出边墙的模样。前几天，在跑沙渠水库段时，秋风萧萧中，上空传来大雁的鸣叫声。蓝天中，一行雁阵南飞，脑子里马上出现了范仲淹这句"衡阳雁去无留意"。朔风配上北雁南飞，怆然之感让我有些想念家乡。

现在我又从他曾驻守的新城跑过。眼前的黄土丘陵、山谷歧路，也曾是他感怀"塞下秋来风景异"的眼前所见。

这里已经是白于山的腹地。《史记·五帝本纪》中记述："黄帝崩，葬桥山。"黄帝原家所在的桥山就是我现在所在的白于山。

水面时常有被我惊飞的野鸭。

11月4日离开龙洲镇，我往定边进发。

公路蜿蜒，每一条沟里都有往复盘旋的路，那是风电、油田和天然气公司的工作通道。

土黄色的背景下，偶尔会有一个矩形的白色长方形镶嵌在山坡上，里面是油气设备，正从深深地下抽取能源。

在一段上坡路，我遇到放羊的老妪，坐在那里看着我。我对放羊人人手一个的长柄小铁铲比较感兴趣，就问老太太，这是做什么用的？

她告诉我这是扬土赶羊用的，因为这里没有石头，就用土啦。

老人家没有对我进行灵魂三问：

你干甚的？

从哪来？

到哪去？

只是惊讶地说：人家都坐车，你咋走？拦个车吧？

告诉她有车陪着，她才安心了。

临走了，跟我说："再来家去啊。"

听到这句话，很感动，这是第二次在陕北听到了。上一次是在府谷，老爷子让摘枣，还让去家里取苹果。曾经的陕北，待人如此真诚，对远道而来的旅人如此热情，这才是

此时已经跑在白于山深处，此地古称桥山

人和人的正常状态。

在夕阳将要落山的五点，我在马家洼结束了重返自由的第一日奔跑。

前面就是中山涧镇，万幸，有一家营业中的家庭旅馆，老板娘很爽朗。虽然是尘土漫天的小镇，但房间内很干净，也很温馨。

他们家后院停满了石油工程车，很多石油企业的员工住在这里。老板还在后院建新楼房。

在我沿长城奔跑的十年后，陕北榆林地区将发生翻天覆地的变化，田园生活将不再是普遍存在，巨大的能源利润，会改变陕北一直以来简朴与实用的生活态度。陕北人将会在巨大的资本力量下，把这里建设得如同阿联酋。

从 2000 年初开始，随着油气资源在陕北被不断发现，长城脚下的这片土地上，便因为财富发生着各种事情。这种影响，现在还在不断演化中。

中山涧镇人口最多有 1500 人，现在的商业和生意，已经以油田附属服务为主，而且比重会越来越高。比如我们住宿的家庭旅馆就正在扩建，服务的主要客人就是油田企业的员工。这种产业变化，在我跑步经过的长城沿线很多村镇正在发生，或者因为煤炭，或者因为石油，或者天然气。

在陕北长城沿线，除了大自然的颜色，三种颜色给我印象最深。

黑色，主要在神木至府谷一带。黑色的粉尘是路边的主色调，长城保护碑桩就立在路旁的黑色中。

黄色，天然气的国际标准色，在靖边至定边一线，明黄色的采气管道、采气设备、

管道警示牌无处不在，即使荒僻的地方，我都能与其为伴。

红色，石油企业的主色调，红色的设备车、抽油机、管道指示牌，即使在高高的山巅都会看到。身着红色工作服的人员比我见到的缠羊肚手巾的陕北汉子要多得多。连农民下地干活，穿的都是红色工作服，背后是大大的白色："SINOPEC"。

尘土在这里处处留情，"没有沙土，吃饭都不香"。即使现在黄土高原、毛乌素沙漠植被覆盖率达到历史最高值，尘土依旧是这里的主要味道。

马家洼村里正在收土豆

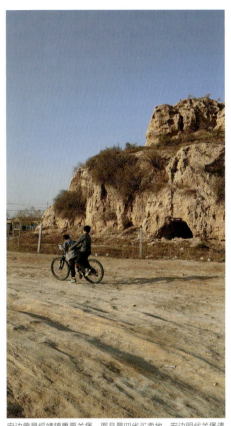

安边曾是绥靖镇重要关堡，而且是四省买卖地，安边明代关堡遗迹前，两个小朋友正在开心地骑车玩耍

在还有人问我，是否想过放弃，回答一定是"否"。长城于我而言，已经不是一个古代建筑，而是活的世界，是过去、现在和未来的"故事流"，我有幸成为这连绵往事河流中的一朵水花。

第 50 天的风，是我从老龙头出发以来，遇到的最大的风，高压电线在风中发出低频的轰鸣声，这种声音，我想很多人从未听过。白于山的黄土，在这股强大的东南风裹挟下，漫天狂舞。我的嘴里能感觉到土的干涩和摩擦，庞大的石油工程车从我身边就如同黄风怪驾着沙尘暴而过。

老乡在风中晾晒玉米，依旧是裹着头巾的陕北婆姨的样子。即使在被风刮得迷离的阳光下，金黄色的玉米依旧明晃晃的。白于山下是大片的山前平原，非常适合耕种，看家家堆积连绵的玉米垛，就知道这里是传统农耕区，在秦汉时期就开始了春种秋收冬藏的生活方式。

奔跑 50 日，我掉进历史风洞

风好大，整个世界好像掉在了黄风洞里。这是沿长城奔跑的第 50 天，对于我们意义重大。

50 天，我跑过河北、天津、北京、陕西，从大海之滨起步，跨过燕山、潮白河、桑干河、黄河、窟野河、无定河、黄土高原、毛乌素沙漠、白于山；从 9 月到 11 月，经过秋分、寒露、霜降，接下来就是立冬。

我已经奔跑在长城旁，山峦上的边墙和伟岸的城墩依旧是我的路标和靠山。如果现

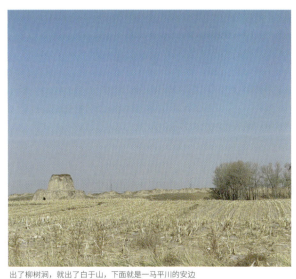

出了柳树涧，就出了白于山，下面就是一马平川的安边

我的队友

小妖，一只无忧无虑的，对一切充满好奇的青春猫。到目前为止，它应该是世界上看各段长城最多的猫了。它的身长和体重也在增加，开始有了成猫的沉稳和力量。它依然喜欢与自己的小熊熊玩耍，这是它永远的伙伴。每天回到酒店房间，它都期待玩抛小熊游戏，就是我们把小熊扔到远远的地方，然后它迅速飞奔过去，抓住小熊。

午休时候，它又学会了挖沙坑，很执着地不断挖，深度都快赶上它的前腿长度了。我开玩笑跟它说："小妖，你是在挖石油还是煤矿啊？"

我和他们拉话，聊玉米的用途，我们身旁，一辆辆石油工程车驶过。

陕北这片充满刀光剑影的土地，在明末终于修炼出两个地煞，一个是李自成，一个是张献忠。

李自成的老家在横山县，因为距离长城有些距离，我没想去。

张献忠，自从清修《明史》之后，其斑斑兽行便被写入正史。尤其是"屠蜀"恶名，使其名列史上第一魔头。

历史功过评判，交给历史学家们去讨论。

张献忠塑像在他老家柳树涧。村里有一座高大的黄土山，上面有半个城墩遗迹，再往上的制高点，是一座玉皇阁。

站在城墩上，四面山峦呈星拱之势：东部，山峦上是吴起方向而来的长城；南部，峰峦如波；西部，长城城墩撼在每一个山顶；北部峰谷连绵。在这个制高点可以远眺各个方位，一览无遗。

小妖在张献忠的塑像前，刨了个坑，撒了一泡尿。

我奔跑在陕北的黄土深沟大峁中，才能领会信天游的本质——内心无奈的歇斯底里，只能用吼唱表达出来。在无尽的上坡途中，我会爆着脖筋，竭尽全力吼个"蓝莹莹的羊肚手巾儿"，这是眼前看不到头的沟沟坎坎刺激了我。而在城市、在平原、在车里吼不出来，没有那股气了。

第53天，我终于跑完陕西段长城——东起麻镇，西至盐场堡石井子村，奔跑675公里，用时28天。

陕西段长城最后一跑，是从瓦渣梁的长城开始的。

盐场堡有一座红色革命遗迹——三五九旅大生产时晒盐场的窑洞，开在长城城墙里，存有窑洞遗址一百多孔，现在已经被建成一个红色教育基地。展示板上写着毛泽东对当时边区困难的描述："国民党用停发经费和经济封锁来对待我们，企图把我们困死，我们的困难真是大极了。"

党中央提出了"发展经济，保障供给"的总方针，毛泽东发出了"自己动手，丰衣足食"的号召，并派遣八路军三五九旅于1940年6月开发定边盐场堡一带，筑坝打盐。为了打盐方便，战士们在紧邻花马池盐湖畔的古长城上掘出了175孔土窑洞。

"天是我们的天，地是我们的地，我们的天地同胞，岂容小日寇欺？生产支前线，参加打盐队。嘿！参加打盐队……"一首气势雄壮的《打盐歌》，唱出了那个时代青年们"不怕困难""自力更生"的豪情。

5公里后就到了陕西跟宁夏的交界处石井子村，在那里陕西省的沿长城奔跑结束了，按目前的状况，要前往宁夏只能走高速路。

安边段明长城

跑 步 线 路
10 月 12 日 —11 月 8 日
767km—1442km

内 蒙

沙渠村
这一带丹霞景观很是
震撼，出产的鸡体型
高大，肉味肥美

龙池峁
竟有如同油画意境的深潭，
潭水碧绿，岸边还有两棵
500 年的文冠果树

杨桥畔镇----龙洲堡
这一线明长城与战国
秦长城遗址相伴

瓦渣梁
秦代阳周故城遗址，
大将蒙恬的魂归之地

53

51

43

42

46

44

52

50

49

盐池界

宁 夏

定边县

安边堡

西园则

靖边县

龙

柳树涧

新城

鄂尔多斯市

建安堡
王家卫拍摄电影《东邪西毒》
的取景地，既有历史沧桑感，
也有农家烟火气

27

29

28

31

30

32

34

33

35

37

38

39

40

麻镇
一路上唯一充满
民国调性的小镇

杨家峁——转角楼
长城是夯土所筑，随
黄土高原地势起伏

转角楼
杨家峁
清镇

神木市
神木

神木
城区热闹非凡，充满各色西北
美食。出了牛人杨家将，杨家
城现已打造成一处巨大的风景
区，目前还不收费

建安堡

高家堡古城

榆林

镇北台

常乐堡
村里的寺庙特别值得
一看，壁画生动又富
表现力，具有朴实的
艺术张力

古

山　西

陕　西

镇北台
明长城上最大的军事瞭
望台，号称长城第一台

高家堡古城
2015 年版电视剧《平凡的世界》
拍摄地，依旧保持着电视剧场景。

整个 11 月初冬时节，我基本都在宁夏境内的长城沿线奔跑，完成总里程 617 公里。这期间，经历了我生病、小吉进修理厂，以及银川全城突然进入"静默"的非常状态。在宁夏收官时，我们又赶上了疫情防控政策的解封之时。

第**4**章

塞上江南好风光
围着银川跑长城

宁夏

二十天

617公里

鬼方古地，滩羊打牙祭

第 54 天，就休息吧，享受银川这个塞外江南的阳光与湿润。银川周边是黄河湿地、河湖，加上贺兰山对西部冷空气的阻挡，湿度和温度都比较适宜。虽然已经是冬天，但黄叶还挂在枝头，随风轻摆。

很久没有见到大城市密集的人流与喧闹的街市了。我和 Tina 骑着共享电动车，享受着久违的烟火气。

银川，古银州，河套平原的中心，东面是黄河，西面是贺兰山，北面是蒙古高原，南面是黄土高原。盐池—银川地处黄河河套地区，上古为鬼方之地。殷商时最霸气的女人，妇好，曾带兵征讨鬼方。

鬼方占有盐池等产盐之利，而盐是人类生存硬通货，因中原地带不出产食盐，鬼方身怀玉璧，所以必亡。

蒙古高原的鬼方族群消失了，但羊群延续了下来。盐池滩羊，宁夏特产，也是全国原产地保护驰名商标。滩羊是蒙古绵羊在鬼方故地上，世代繁衍改良形成的特色品种。

不像陕北喜欢各种炖羊，银川的烧烤店密度有点儿像东北。"没有什么是一顿烧烤解决不了的，如果有，那就两顿。"在宁夏的第一顿，吃一次正宗烤肉串吧，只撒盐的羊肉串来一把，烤羊蹄子来两个，补补我的脚，补补我的思乡之情。

11 月 10 日，我开始在宁夏段长城的第一跑。我在宁夏的起点是横城堡，横城堡建于明正德二年（1507 年），旁边就是西渡黄河的古渡。四百多年前，康熙帝第三次西征噶尔丹时，大军就在横城古渡过黄河。后

走高速顺利进入银川市区

休息日游走银川鼓楼前自在的孩子

住宿在省会城市的好处就是能体验到久违的城市烟火气

明长城五虎墩烽火台

来拍电视剧时就把这里建为外景地了。古渡已经看不到了，景区也没开，我抱着小妖，在大门口拍了出发视频。

不远处就是明长城五虎墩段——高岗上有五个紧密相连的敌台，因为年久风化，外形如虎，民间就称为"五虎墩"。沿长城可以到前面的水洞沟，不远处是省道307。

沙石路变成了越野路段，接着就是与水渠管线施工工程相伴——粗大的黑色管道被起重机吊入深深的黄土沟里。我脚下的路和307省道在水洞沟景区门口汇合了，长城弯曲着往西面划过去，长城边没有路可循了，我只能沿着公路继续。

水洞沟是古人类文化遗址，1923年法国考古学家在此发现了大量旧石器时代的化石和石器，因此被誉为"中国史前考古发祥地"。紧邻水洞沟长城有一座关城——红山堡，也在景区范围内。景区现在是关闭状态，我在门口吃了些简餐，就继续沿着307省道、224国道往宁东镇方向跑。

我从大漠牧歌时空转眼穿越到了高塔密布、蒸汽滚滚的工业文明时代——这里是能源化工基地宁东镇，号称"宁夏第一镇"。宁东自古就出煤，西夏瓷窑就在这一区域内。宁东已探明煤炭储量331亿吨，是全国13个大型煤炭基地之一，一路上我看到的工厂和巨大的冷凝塔，都属于宁东能源化工基地。空气中弥漫着浓重的硫化味道，感觉空气都是黏稠的，地面上灰黑色是主色调，细细的黑色粉尘，与陕北运煤路上的一样。

补给车抛锚，病卧银川

银川是西夏王朝的国都，党项人生活在游牧文明与农耕文明中间，其文化也受多方面影响，加上蒙古人灭西夏后，将其文献全部销毁，导致历史上对其的记录极其有限，于我有带着历史迷雾的神秘感。

因为疫情原因，宁夏博物馆一直没有开放，我也无法近距离品味著名的西夏瓷了。而我在跑宁东镇—回民巷沟—东湾—宝塔这段时，会经过西夏瓷窑遗址。在细雨濛濛的背景下，我沿着 224 国道跑，盐池方向已经开放，大货车增加了不少。每次大货车呼啸而过，都会卷起大片的水雾，喷溅到我身上，都是墨点，要是雨再大些，我就得变成斑点狗了。只能用头巾蒙着脸，否则脸上都是墨水了。

长城在公路西侧，隔着国道和高速路，我现在已经看不到城墙。

在宁夏的第六天，小吉出毛病了，第一次进修理厂，这也是途中唯一一次修车。在等小吉修理的期间，我就和 Tina 放假，逛逛银川。

我们住宿的酒店距离鼓楼很近，新华东街这一带是银川的老商业区，商场林立，如同北京的王府井大街。

转了一圈，饿了，累了——逛街比我跑一天还累。

新华百货 mall 里有很多好吃的，五楼有一家海鲜自助，排队人不少。有点馋了，自从离开北京我还没有吃过优质的海鲜，看大众点评，这家店口碑也非常好，就这儿了。食材还不错，刺身有金枪鱼、三文鱼等，虾

我吃海鲜坏肚子，小吉也受伤进修理厂了

蟹的种类也不少，其他食品也很丰富，品种不少，我们俩过瘾地吃了很多种海鲜。

接下来，我就生病了，这也是我在途中唯一一次生病。后半夜感觉有点反胃，也没当回事。第二天早上开始呕吐、胃疼、拉肚子，典型的急性肠炎症状。

"好汉架不住三泡稀"，加上胃疼，搞得我在床上躺了一天。Tina 从药店买了胃药和消炎药，吃了后症状缓解，喝了点稀饭。

小妖见我呕吐，不舒服地躺着，就安静地在我旁边趴着。偶尔用很关注的眼神看着我，好像在说："哎呀，还难受吗？这可怎么办？"真是一只懂事的咪咪，它也不闹不淘气，就安静地守在旁边。

晚上，胃不疼了，我吃了几块罐头黄桃。

黄桃罐头，治病神药。

修车厂老板打来电话，说配件到了。我也已经满血复活，洗澡刮胡子，吃早饭，把小吉送到修车厂进行换件。

终于可以继续向前奔跑。

盐池县打卡彩虹跑道

　　如果让我评价一下，沿途经过的县城，哪个是体验感最好的？我会毫不犹豫地说，是盐池县。

　　从银川酒店到边界是 150 公里，晴朗的天气，微微清凉，加上少有车辆噪音，我跑得很舒服。迎面高高山岗上一只巨大的白色滩羊闯到我的眼前，这是盐池县的入城标志雕塑，百分百的写实派，与周围的草原和水渠一点也不违和。在我跨过水渠，去滩羊台拍照时，一只肥大的雉鸡，拖着五彩的大尾羽，从我旁边"扑拉扑拉"地飞了过去。

　　从大羊处下来，竟然是一条彩色沥青跑道——盐池郊野公园步道，近 10 公里。

　　我跑进古城边了。这里是盐池县的市中心，明清时期为花马池堡，现在叫花马池镇。我和 Tina 跑到城墙上，修复后的城墙高大巍峨，各个城门的城楼也气势非凡。在修旧如旧的基础上，有一段竟然做成玻璃幕墙，

91

盐池县城整洁而精致，很出乎意料

把古城墙保护在其中。既让游客看到古城墙的真实面貌，也保护了遗迹，同时增加了古城的现代感。规划设计方应该是个优质的设计单位。

盐池县全城建筑设计与布局合理，城市面貌之整洁让我们慨叹，这与隔壁定边县差距的也太大了。

到了盐池滩羊的老家盐池县城，经过一家叫"吴忠宝子手抓羊肉馆"的饭店，正好也是饭点儿，哪能不品尝一下正宗的手抓羊肉。要了一斤手抓羊肉，味道真是好极了，入口非常香腴，没有任何膻味，白煮的羊肉，配上一点盐就刚刚好。老板很是淳朴热情，看我们是外地人，结账时还特意给打了九折。后来我们过年前跑完嘉峪关—景泰段，在返回北京的路上，经过盐池又特意去宝子饭店吃了一顿手抓。饭后想带些羊肉回去，就问老板哪里可以买到羊肉。他依旧很热情，并且骑着电动车带我们到他进货的合作商户家去买羊，还把边边角角的筋膜和脂肪给割去，

并且帮着打包好，才放心地回去弄自己的生意。质朴热心的盐池人，也是我们格外喜欢盐池的重要因素。

吃完羊肉，我继续沿着长城奔跑。过了十六堡，发现景观大道全程90公里，一直到英雄堡。十六堡还保有一段隋代长城遗迹，现在只是旷野中的一陇土坡。

工人们正铺设路面，用的是土黄色陶瓷颗粒。一个工人负责涂树脂黏合剂，两边的两个工人用盆泼撒陶瓷颗粒，很像在农村的场院扬晒粮食。他们动作流畅，配合默契，看着特别舒展，富有劳动的美感。长城就在路旁蜿蜒而去。这一带为丘陵地势，连绵的坡路，有时候移动网络信号会被地形阻挡。在高岗上，有五座连续的城墩保存相对完好，其中两座的四边依旧犀利直挺。盐池文旅部

工人们正在给盐池段长城旅游公路铺路石

门在城墩下铺设了木栈道，还搭建了几个高台，游客可以登高观览墙体。

15公里后，到了安定堡附近，路面两侧的彩色陶瓷，换成了蓝色和红色，如同一条彩色的丝带，起伏着飘向远方，长城刚硬地守护其旁。几座独立的敌台呈一字型，伸向草原深处。不再有刀兵与内外之别，这里将成为游览的好去处。

安定堡已经是砂土路。安定堡外墙相对完整，里面已经是茅草丛生，在冬日暖阳照耀下，茅草呈现柔和的草黄色，如同柔发一样，在微风中浮动。

在城墙外侧，散落着大量碎砖残瓦，感觉不是自然崩塌，有可能是明末以后，长城被废弃，附近的村民把外砖拆作他用，不能用的碎片就遗留下来了。一路上也很少见

到人，看到一辆车我都觉得惊讶，比看到野兔还稀奇。估计开车的人，看到一个人在空无一物的荒野公路跑步，也一定会非常惊讶，"竟然有人在跑步，干啥呢？"

很清晰地听到自己的脚步声，偶尔一两声小鸟叫。下午的阳光照在边墙的残体上，增加了颜色饱和度。如果是夏天跑这里，绿色反而会干扰视觉效果，冬日里，一片柔和的土黄色，长城墙体由于残缺，明暗变化多样，反倒增加了视觉的冲击力。

在大漠荒野中，当地文旅部门在路边设置了休憩的椅子，我让Tina在椅子上坐着，拍了些照片，很有"等待戈多"的孤独感，自然寂寥的原始状态，与现代感的装置在这浑然的苍穹下，巧妙地制造出了反差与和谐的艺术感，这真是想不到。

沙漠里小妖最开心的就是挖沙子

我的队友

小妖在彩色路上奔跑了一段，这毛孩子的兴趣还是在刨土挖坑。路边鼠兔的洞穴，又成了它的新玩具，大半个脑袋都探进洞口了，爪子还不停地向里面探，我真担心里面有一只暴脾气的鼠兔，咬它一下。

明代安定堡的城墙

整个世界安静得如同只有一截长城，一条路

从安定堡到英雄堡，道路不断穿越长城，忽左忽右，但一直紧贴长城。安静得如同世界只有这一条路和一截长城，小妖也一直在睡觉，不再想下车来玩了。空气里干蒿草的味道，让我想到以前在澳洲晨跑进Bundeena国家公园的感觉，清朗，自然，带着些许轻松，这是很久以来跑步不曾再有的感觉。

快日落时，我到了英雄堡。英雄堡原为永兴堡，因为解放战争时的一次战役才更了名。这是属于长城的一个关堡，类似现在边防部队的营区，建制在200人左右。

天气已经变得寒冷，停下来就得穿羽绒服。这里是毛乌素沙漠的南端，风沙已经把城墙上部的旅游栈道掩埋了，连栈道立柱都快被淹没了三分之二。如果按照这个速度，估计再有5年，坡顶的栈道就被掩盖在沙山下了，500年后又是考古文物。

从城墙进入城里，已经空无一物，长满了蔓草和灌木。逆着阳光，能看到地上有片片反光的物品。走近捡起来，多是破碎的陶片，釉面还有一些光泽。偶尔也会看到一些小碎瓷片，多为白色青花瓷，应该有的是瓷碗，有的是茶杯，有一小片竟然胎体非常薄，

瓷色洁白润泽，由于几百年的日晒雨淋，能看到细微的开片裂纹。也不知道这些瓷器是在哪里烧制的，被谁带到了大漠边关，又如何破碎在风沙里？

到宝塔为止，从陕西界到银川的长城已经跑完了，接下来将从银川沿黄河北上。盐池的长城景观应该是整个西部最丰富的，而且保留得相对完整，当地政府又很用心地规划设计，让我们一路上赞叹不已。

长城作为硬性分界，把无形的气候、资源、生活方式、民族和信仰，都具象明确地进行了分割。但这一切是流动的，是会交流的，而且这种交流无法阻挡。交易自然产生，因此后面的陕西商人也不断流动起来。

这一点，也是我在跑长城的路上才认识到的。设想一下，如果始皇不曾筑长城，中华不曾有长城，现在中华会是什么样子？

长城跑步地理

盐池

因盐得名，古称盐州，为西北重镇，外接戎狄匈奴蒙古，坐拥盐湖之利，一直是历代王朝认真经营的重镇。，唐时，盐池的盐湖称为乌池。《新唐书·食货志》载，唐朝盐州有乌池、白池，称为青盐。《宋史·食货志》说，西夏"数州之地，财用所出，皆仰给青盐"，即指盐池的盐湖出产。以盐池为中心的宁甘盐湖地区出产的盐，自上古交易就辐射到四方。

英雄堡的地面散落着很多古陶片和瓷片，在阳光下反射着光泽

95

看土地状态，月牙湖乡是农业区，耕地面积比较大，沿途多为水田，时不时会看到一只孤独的白鹭，在水田上空或者在水中寻觅食物。在平坦的田野上，最醒目的是通往村庄道路的铁皮板，把一个个路口都严丝合缝地封起来。偶尔还有醒目的红色标语条幅在风中摆动："严禁通过农田林带进出村庄，造成疫情传染，将追究法律责任。"

本地第一中学校门口的存车处，一排排都是各种颜色的电动车。本地孩子竟然骑电动车上学。他们不应该是骑自行车吗？

在破旧的月牙湖乡，最终我找了一个香艳的背景拍当日结束视频——附近黄沙古渡旅游区里有很多网红打卡景观，我选了一个艳丽的大红高跟鞋。

提到黄沙古渡，有一位明代大儒必须提——李梦阳，明代文学里的"前七子"，也是明代文学复古运动魁首。李梦阳提倡"文

黄沙古渡，明代大儒

长城从五虎墩段开始沿黄河北上，在银川北一直与黄河相伴，直到内蒙古界，接着转向贺兰山东麓，再南下过银川。所以，这段我要南北往返跑。

这一带是平原地区，几百年来随着社会的变迁、人类的生产活动，长城遗迹在渐渐消失。平罗到石嘴山一带、黄河东，长城已经所剩无几，我只能按照资料显示的路线设计奔跑路线。

月牙湖，一个美丽浪漫的名字，实地的破败却让我很是惊讶，这里距离银川市区仅37公里，国道边就是镇上的商业街和政府，一溜低矮的门市平房直入眼帘。

塞上水乡，收获冬天的肥美

在性感的红色高跟鞋下完成了月牙湖段奔跑

必秦汉，诗必盛唐"，而且善工书法，得颜真卿笔法，也是明代书法大家。他生于甘肃庆阳，世代军户，家境贫寒，但勤奋好学。入仕后为官正直，明弘治年间，多次赴榆林镇、宁夏镇等九边犒军。

在这期间李梦阳写下了多首边塞诗，他特别推崇杜甫，诗风写实：

黄河白草莽萧萧，青海银州杀气遥。
关塞岂无秦日月，将军独数汉嫖姚。
往来饮马时寻窟，弓箭行人日在腰。
晨发灵州更西望，贺兰千嶂果云霄。

这首诗，还真应了初冬薄云雾霭的黄河边我跑步时的景象。

如果没有每两天一次的核酸检测，我都已经快忘记现在是疫情防控期间。在黄河岸边奔跑，感受到的是塞上江南的水乡风韵，黄河滩地是非常优质的湿地，所谓"一半湖泊一半沙"，里面湖泊众多，有大大小小湖泊两百多个。

一路上车不多，这条路也限制大货车通行。右面连绵的湿地里，紧挨公路的是幸福沟，河流不宽却很深。莽莽蒌蒌的芦苇在阳光照耀下，被镀上了一层银边。时常有水鸟从水面上飞起，鸬鹚、白鹳、野鸭……一群一群的。

为了偷拍一大群野鸭，我从路上下到芦苇荡里，悄悄靠近水面。不过野鸭的警惕性太高，听觉视觉又太敏锐，我手机刚刚举起来，就听到"扑棱棱""哗啦啦"的声音，野鸭们扑打翅膀和脚蹼急踩水面、紧急起飞，近百只野鸭迅速地贴水面飞行，真是壮观。

跑过通义渡口，看到路边有几家卖螃蟹的摊位。银川濒临黄河，地势平坦，加上历史上黄河几次河道摆动，形成大片湿地和湖泊，另外近些年农村又发展水稻种植和稻蟹套养，于是这里的稻田蟹成为又一塞上特产。

路过一家卖蟹摊位，个头不小的螃蟹在玻璃水缸里张牙舞爪。两位摊主老哥，一位脸上带着常年劳作的黑红色，一位戴口罩，腰板挺拔，比较喜欢聊天。

口罩哥说，公蟹一只有四两，母蟹大的一只三两。他把水箱边的一只母蟹拿给我看，"黄满膏肥"，老哥自信地说。

我问：养了多少螃蟹？

答：100亩水面。

那可是好大一片面积呢。我就问："那一年能收入多少？"老哥开始很低调地说，实际也赚不上多少。接着又很自豪地说，自己养了十年蟹，客人遍布银川周边县市和内蒙。这么肥的螃蟹，50元一斤，怎么能放过。就跟老哥说，我现在跑步呢，下午回来买。口罩老兄说自己五六点钟才走，可以赶上。

湿地里有不少钓鱼的人，我还跑过去看人家钓鱼。嘿，鱼真是多，基本上一分钟一条，大家都在有条不紊地频繁往上提鱼。我又跟一穿帽衫的哥们聊起来。他说，这都是小鱼，但鱼好钓，一天钓个几斤不成问题。

我很关心黄河鲤鱼，就问他，去黄河里钓吗？

"去的，黄河里现在鲤鱼多呢，不过有的是别人放生的。"

"黄河鲤鱼不像咱们湖里和池塘里养的鱼，吃得多，肥。黄河水流急，鲤鱼吃小鱼小虾，肉比较紧实，味道的确不一样。"

跑步中，无所事事，只好找些有趣的见

路边的盐碱滩

闻，让自己不那么无聊。

在路上听到滩涂上响彻密密麻麻的鸭子的叫声。Tina就过去看是不是野鸭，发现是位江苏赶鸭人，正赶着两万多只鸭子在黄河滩里寻食。鸭子是本地人养的，如果用饲料喂，两万只鸭子一天就得一万多元。鸭子在滩涂上放养到春节期间，开始产蛋，每只鸭子能产两百个蛋，这可是名副其实的黄河鸭蛋。

"老鸭产蛋之后卖掉，但这里的人不大吃，我们收走。"赶鸭人说。

他雇佣了几个本地人帮着赶鸭，都手持系着红旗的竿子。鸭子如同整齐的军队，很守规矩，不会乱跑。它们基本是半野生状态，吃湿地里的鱼虾贝类、植物草籽等。一位赶鸭大姐包着红头巾，坐在地头吃馍。Tina向她打听时，她很热情地问要不要吃些馍。

旁边停着的面包车，就是赶鸭人的营房。春节前他们都需要在黄河滩游走，如同草原放牧一样。

"赶鸭客"，是一个古老的职业，有点类似养蜂人，现在已经很少能见到了。喜欢吃老鸭的江苏，不久就该有宁夏的走地老鸭上市了。

第64天，在快30公里的位置上，我看到地上隐约有一行墨色大字："你一定要平安无事微微。"还在左面写了个"宝"，右面写了个"贝"。

这应该是哪个失恋的朋友，开车之时抑制不住内心的苦楚，停车在应急通道上，拿路边散落的煤块，在路面上写下了内心的无限祝福吧。我脑补了一下当时的场景，悲欢离合，在一条看似空无一物的灰色马路上演。

贺兰山下的镇远关长城

贺兰山怀古

宁夏是中国内陆面积最小的省（自治区），长城也比较曲折，出了黄河岸，长城就沿着贺兰山向西延伸。

在跑简泉村—简泉农场—明水湖农场—兴民村—大武区—向阳村—长胜村—汝箕沟口—汝箕口关遗址路段的这一天，我最想看看贺兰山里的长城遗迹是什么状态。终于到了贺兰山脚下的汝箕口，山口里山势陡巍，红紫色的岩层与黄沙色的岩层相间，形成巨大的条状色带，有斜纹，有直纹，带着神秘感。汝箕口扼守在一条沟谷的山巅上，依稀还能看出人工搭建的痕迹，贺兰山里的长城关隘，没有墙体连接，而是以哨卡的形式，分布在南北孔道中。

我们沿途所见的贺兰山南麓的长城墩台和边墙，都与贺兰山走势呈垂直状，每道长城都建在可通行的山口。

而山口往往是河道或者山谷，恰恰是山洪爆发时的水流通道。为了扼住山口，长城的关隘就得建筑在山口最险峻的狭窄段，这也是水流汇聚、冲击力最强的地方，所以经常出现关隘为洪水冲毁的现象。

敌人的骑兵还没来，大自然的力量就已经先把军事据点给废了，洪水过后，要是蒙古骑兵再抡着砍刀冲杀过来，那是百分百守不住。由于武备松弛，西北边关多废。在西北宁夏镇、榆林镇一带，鞑靼蒙古三部毛里孩、阿罗出、孛罗忽争相越过贺兰山，进入河套平原、陕西地区，明朝第一次失去了对河套地区的控制。

在贺兰山段我们考察了多座长城遗址，发现剥落与坍塌严重，总体上，保存程度比不上盐池段和陕北段。原因是多方面的，但我认为最主要的原因就是工程质量不行。

宁夏面积不大，但是环境面貌十分割裂——黄河岸边的长城沿线，一派田园风光，而贺兰山脚下，则是连绵的煤化工业。

11月24日早晨我返回贺兰山的汝箕口起跑，一进入石嘴山界内，就是浓郁的硫化物的味道。贺兰山就在我们行车方向的左侧，但由于空气原因，在视线范围内难以看见。出了山口，我就开始咳嗽。石嘴山市是重工业城市，加上贺兰山对气流的阻挡作用，大气扩散能力相对比较弱。眼前的空气带着雾霾的青色，我跑这一段时只能用围巾挡住口鼻，不捂着就感觉呛嗓子——这也是我头一次跑步时心率超过了 180 次 / 分钟。

明长城甘城子遗址，里面已经种满葡萄

进入银川范围后便好多了，连绵的工厂不见了，代之以连绵的葡萄园——我们已经进入贺兰山葡萄酒产区，这里的砂石土壤和日照条件，据说和法国波尔多类似，被评为世界级优质葡萄产区。

这也属于贺兰山东麓旅游景观区，道路、植被和景观设施都按照旅游需求打造，除了偶尔有酒庄施工车辆行驶，没有其他货车。一路上两旁都是酒庄——我沿着贺兰山跑了两天，还没有跑出酒庄区。贺兰山下，银川的葡萄产区种植面积达 27 万亩，主要品种有赤霞珠、美乐、蛇龙珠、霞多丽、马瑟兰、雷司令等。

贺兰山下的葡萄种植也早有历史。葡萄古时写作"蒲萄"。唐人韦蟾《送卢潘尚书之灵武》写道："贺兰山下果园成，塞北江南旧有名。"宋元时期，葡萄酒已经是贺兰山下特产了。

石嘴山冬天的空气质量太糟糕了，跑石嘴山这段竟然让我心率飙升

包兰铁路与长城同框

腾格里在招手

过了青铜峡，黄河和腾格里沙漠挤在一起，只留下了很狭窄的一条通往西方的孔道，所以铁路与国道紧贴在一起。我一直与包兰铁路并行，铁轨闪着银光一直延伸到远方，形成一种焦点透视的美感。一列绿皮火车从长城墩台下驶过，我冲着火车大声呼喊、用力挥手，绿色的列车渐渐远去。车里零星还有乘客，也不知道是否看到外面有个正在跑步的人冲火车挥手。

经过石空镇，又感受到乡镇的烟火气，出租车停在路口等活儿，一个小宝宝在路边蹒跚地跟姐姐玩着——久违了的平常生活。

胜金村（长城胜金关就在其附近）以种植蔬菜为主，有很大一片塑料大棚，透过薄膜，能看到里面绿油油的蔬菜。

旁边就是黄河，太阳还挂在西边。我带着小妖去黄河边玩，一大群斑头雁在我们的头顶盘旋，我只拍下两只飞过头顶的斑头雁残影。小妖不嫌冷，沿着黄河边的乱石滩一路小跑，偶尔停下来闻闻。太阳要落山了，温度下降很快。

路过中卫的砖塔村，看到村里有一座秀气的古塔。该塔名为华严塔，曾在明代的大地震中倒塌，后于清代乾隆年重修。在地理学上，这里属于"银川—河套地震带"，包括河套地区西部，北部银川、乌达、磴口地区，连接到内蒙。在地质构造上，这一带属于"银川地堑"，位于鄂尔多斯断块、阿拉善断块和青藏块体之间。

沙坡头黄河大拐弯处

我们在石嘴山看到的"错位长城"，据资料显示，也是由地震引起的地层位移在长城边墙上的显现。

沙坡头景区也处于闭园状态，浮尘已经遮蔽了天空，太阳也变得朦胧。黄河对岸的山巅上，隐约能看到长城的墩台。黄河在此甩成一个大拐弯，优美的曲线，即使在不明亮的阳光下，也闪闪发光。黄河与山峦，形成一道阻挡沙漠南侵的屏障。

过了沙坡头，景观变得开阔，又见沙漠与丘陵。我已经跑进腾格里沙漠范围，这里属腾格里沙漠的南缘，沙子一直覆盖到公路边缘。小妖在沙地里开始欢乐地刨沙坑，它的猫屎盆名单里，又多了一个腾格里沙漠。

包兰铁路在这段摆了个大S路线，看着一列长长的货运火车，扭动着巨大的钢铁身躯，在沙漠的背景下，如同春风里的柳枝，柔软顺滑地前行，感觉非常畅快——多日在平坦道路奔跑，让一切都变得乏味。

从孟家湾开始，黄河与这条公路渐渐分开，黄河的上游将溯往兰州方向，长城则一直沿腾格里沙漠与巴丹吉林沙漠的边缘，往武威、酒泉、嘉峪关方向延伸。在这片沙漠戈壁中，很多长城遗迹已经消失了，偶尔会看到一两座屹立在那里的土墩子，明显是人工建筑，因为长城这种形体，即使被风沙剥蚀，被岁月消磨，但其筋骨和气质，还是会让我一眼辨认出来。

从沙坡头开始，沿途景观将与贺兰山段和黄河段的宁夏截然不同，江南的风韵将不复存在，取而代之的是戈壁黄沙般的遥远，这种风貌会一直持续到玉门关，而那里是我奔跑的终点。

沙漠沿线已经划入野生动植物保护区，生态非常好。我停下来放水唱歌时，发现满地都是枯干的沙葱，都已经打完籽儿了，而沙葱的花茎还坚韧地傲立在风中，如同一簇簇干花。

沙葱是沙漠地带的美食，具有浓郁的葱香，但不辛辣，可以用来凉拌、炒菜、做馅儿。而且沙葱像韭菜一样，割一茬后会继续长下一茬。

我经过的这片沙漠，没有人烟，只有偶尔路过的车辆，估计沙葱也只有羚羊等食草动物享受了。还发现一个干枯的河床，里面有些残雪，是沙地，适合小妖玩耍。Tina就把它抱到地上。小妖又进入探索模式，不过对于雪地，它倒不是很感冒，视如无物，踩在上面也不觉得凉。在这片初雪上，它印下了自己猫生的第一次踩雪足迹——漂亮的梅花。

地上还有很多其他动物的脚印。有蹄尖分开的偶蹄印，很精致的样子，应该是羊类；还有分叉如同鸡的足印，应该是沙鸡。刚才Tina下来时，就看到一群肥美的沙鸡，"突突突"跑到草丛里了。

还有一处处野兔粑粑——这里还真是热闹，小妖的鼻子里又多了不少独特的味道。一只矫健的黄羊从我前方20米左右跑过马路，等我拿出手机时，它早已经没影了。在铁路西侧，一群羚羊正在吃草、奔跑，群族不大，20只左右。查资料知道，这应该是"鹅喉羚"，濒危物种。雄羚在发情期喉部肥大，

有点像大鹅喉咙，故得此名。

看似一片安静、萧瑟的戈壁沙漠，其中却有着各种各样的生活。如同我们一路跑过的长城，远看就是一段段残垣，当慢下来、走近，才发现处处有生活。公路在起伏的丘陵上伸向西方，到了高坡上，视野会非常开阔，很多路段都是适合拍公路大片的背景。

12月4日下午三点半，到了甘塘检查站，国道依旧不畅，我们只能选择在此完成宁夏段。以此为背景，我抱着小妖，拍了宁夏段收官视频。在宁夏奔跑了617公里，耗时26天，小妖的长城名录里又多了宁夏段。

经过滨河大道，黄河边的水塘里有数百只野鸭、白鹳等水鸟，在扑打双翼，优雅地盘旋飞翔，似乎在和我们告别。

再见了，宁夏长城。

宁夏段奔跑的终点甘塘，因疫情国道还是不通畅

中卫一中——沙坡头
黄河在沙坡头拐了个巨大的弯，
与长城、腾格里沙漠挤在一起，
偶尔还会看到长城遗迹——一
两座屹立在那里的土墩子

内　蒙　古

7

77

78

79

甘塘

沙坡头

中卫一中

中卫市

宁

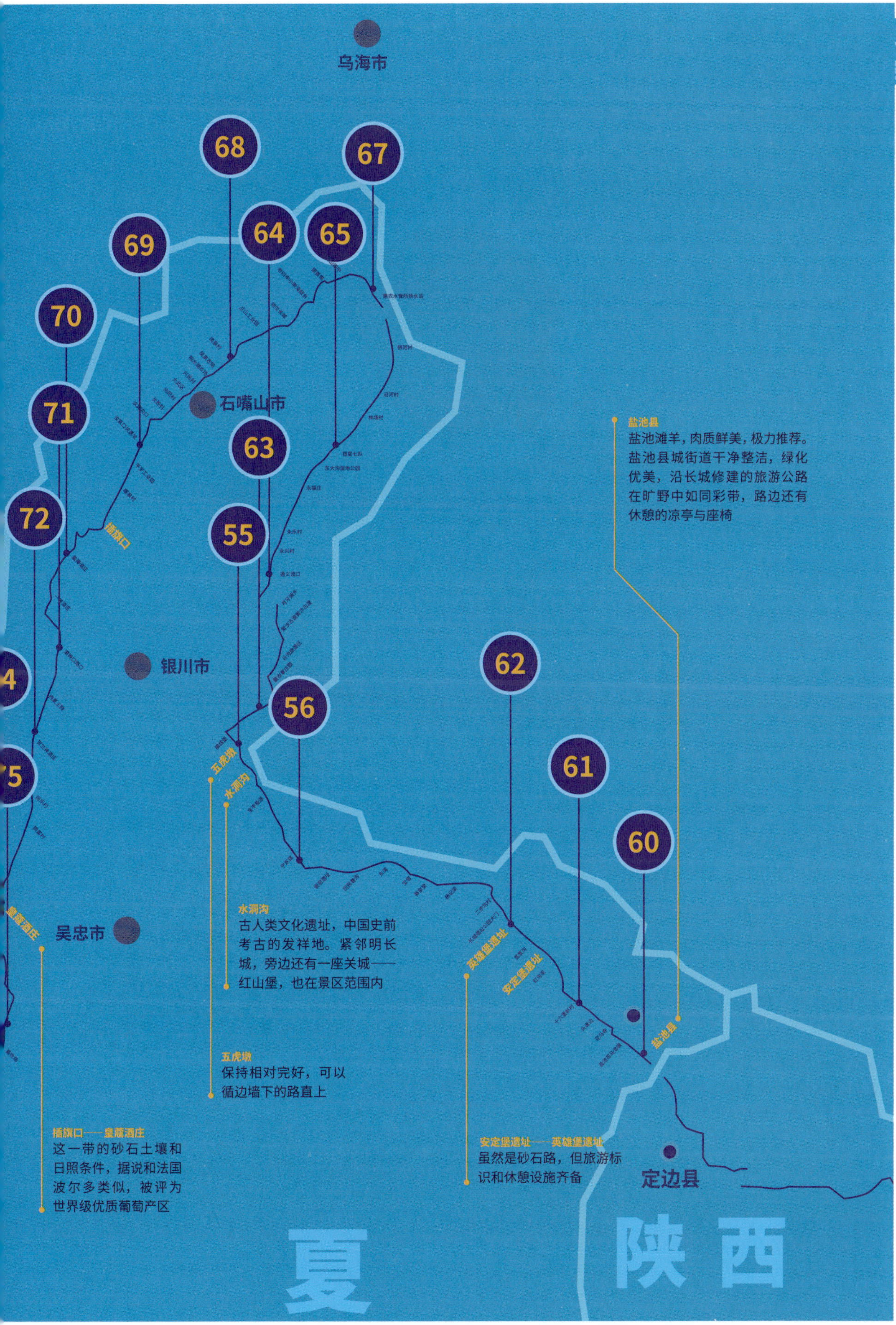

乌海市

68 67

69 64 65

70

石嘴山市

71 63

55

72

银川市

56

4

62

75

61

60

吴忠市

盐池县
盐池滩羊，肉质鲜美，极力推荐。
盐池县城街道干净整洁，绿化
优美，沿长城修建的旅游公路
在旷野中如同彩带，路边还有
休憩的凉亭与座椅

水洞沟
古人类文化遗址，中国史前
考古的发祥地。紧邻明长
城，旁边还有一座关城——
红山堡，也在景区范围内

五虎墩
保持相对完好，可以
循边墙下的路直上

安定堡遗址——英雄堡遗址
虽然是砂石路，但旅游标
识和休憩设施齐备

盐池县

定边县

镇北口——皇蓉酒庄
这一带的砂石土壤和
日照条件，据说和法国
波尔多类似，被评为
世界级优质葡萄产区

夏 陕 西

跨 黄河进入甘肃景泰县，明代长城在甘肃大体一路沿着河西走廊延伸，掠过大靖、武威、金昌、山丹、张掖、临泽、高台、金塔、酒泉，到嘉峪关就到了尽头。我们计划在春节前完成到嘉峪关段，根据地图估算还有800公里左右的奔跑路程，应该可以在一个月内完成，山西段和嘉峪关到玉门关段放在春节后再继续。

第5章

全国解封
嘉峪关向东
热闹的河西走廊

甘肃

二十四 天

827 公里

心怀忐忑进入甘肃

2022年12月5日，第80天，我们将开启甘肃段长城的奔跑了。

现在还是全国解封前的黎明时期，一切有关政策都还没有明朗，所以我们的甘肃行充满不确定性。

顺利通过白银市高速ETC闸口，入住白银酒店。

第二天早晨，白银雾霾弥漫，但是想到今天就开始甘肃第一跑，心里又有一种出发的兴奋感。丝滑的217省道通向景泰。因进入景泰需要集中隔离，我们决定还是先去嘉峪关，再往东跑到景泰。

这天是二十四节气中的大雪，但没跑成，也没吃上饺子。恰好是Tina的生日，送个生日蛋糕，祝她寿比南山。好消息是，国务院发布了疫情防控新十条，自由流动胜利在望，值得庆贺一下——我们每天都能找到一个让我们举杯庆祝的理由。

疫情放开，撒丫子奔跑

12月8日，晚上七点，顺利入住嘉峪关宾馆，我让Tina问一下景泰县的状态，她给景泰的酒店打电话咨询。"什么都不查啦，来了就能住！公路的检查站都撤啦！"

我透过手机，都能看到前台姑娘笑成一朵花的喜悦表情，我们也是。2022年12月7日，是中国值得铭记的日子，日子终于是日子了。

12月9日，是我第一次在正常状态下沿长城奔跑，三年了，我感到一阵久违的轻松，人们的生活终于可以恢复常态了。我的跑步也不用再戴着"疫情期间"的大帽子了，天气虽然很冷，但是感觉空气格外清新。

我们住的酒店旁边有一个特别好的装置，报时钟，声音可以响彻半个城市。不过它总是晚个六分钟。每当它报时时，我就有与全城男女一起睡、一起起床的感觉，有在社会主义金光大道上的灿烂感。隆冬时节，嘉峪关是八点半出太阳，我掀了多次窗帘才捱到外面有阳光。我期待的甘肃第一跑，终于可以出发了。

从嘉峪关往西6公里，是现在的第一墩景区。说是"第一墩"，实际是last one，就是明代长城的最西端，伸到讨赖河边（现在叫"北大河"）——一条戈壁里的季节河，不宽，骑兵很容易过。

我让小妖在"第一墩"这个地理坐标玩了一会儿，这个卡得打。它又是玩雪，又是下河道，就差把讨赖河翻个底儿朝天了。

我就从第一墩旁边出发。嘉峪关前几日下了雪，雪依旧覆盖着戈壁滩，看着有些像

跑过嘉峪关第一墩

东北。气温零下八度，不冷，但是冻鼻子。我依次跑过第一墩、第二墩、边墙、嘉峪关。

远远看嘉峪关，关城巍峨，在雾气中南部的祁连山隐约显现。嘉峪关景区现在静悄悄的，沿途的嘉峪关村也如同冬眠一般。我只见到一个快乐的小朋友在雪地上骑车，唰一个漂移，摔在雪地上，我问他疼不疼，他却只顾愣愣地看我，忘了叫疼。

穿过黄草营村，我开始后疫情时代的第一次直播。我前面就是悬壁长城，沿途的雪色，加上零距离接触明朝最后一段长城，把镜头后面的小伙伴唬得一愣一愣的。戈壁雪景不容易看到，黄色夯土长城蹿上山，看着就很震撼。

长城跑步地理

戈壁滩壁画 与烽燧简牍

嘉峪关附近的新城镇戈壁滩上，遗留有一千多座魏晋时期的墓葬。在已经进行的考古挖掘中，发现了大量壁画，绘有当时嘉峪关一带人们的生活场景，有采桑，有耕种，有饲养牲畜，有烹饪……把魏晋时期人们的生活状态定格在图画里，在 1700 年后，成为后人了解他们的一幅连环画。

其中一幅绘有驿者骑马飞奔传递书信的壁画，被定为中国邮政的标志图。

在汉代的烽燧关城里，发现了很多简牍。除了公文，还有日常书信往来，很有现场感地展现了汉代普通人的面貌。

弱水河边烽燧出土的简牍上有一封借裤子的信：敞叩头言，子惠容□侍前，数见，元不敢众言，奈何乎，昧死言。会敞绔元弊，旦日欲使偃持归补之。愿子惠幸哀怜，且幸藉子惠韦绔一二日耳，不敢久留。唯赐钱非急不敢道，叩头白。

元敞，写信的人，裤子破了，人多不好意思说跟子惠借裤子，就写了一封 mail。140 字之内，把元敞的窘迫心态以及急切需要好裤子见人的复杂心情，生动地刻画出来。

其他还有问候家里状况、祝福、乞求解职回乡、请人代购等多种生活场景。但是，少有展现明代边关将士日常生活状态的文字。

小妖在悬臂长城下玩雪玩得很开心

嘉峪关

嘉峪关，与渤海之滨的山海关、陕西榆林的镇北台，并称明代长城三大关。

明代长城最西端就是嘉峪关。明朝开国皇帝朱元璋指示大将冯胜，打到嘉峪关就得了，嘉峪关以西，敦煌、玉门关都不要了。一片戈壁，连鸟都不拉屎，要它只会浪费粮食，就以嘉峪关为国界吧。

小妖在停车场的雪地又玩嗨了，它总会摆弄耳朵仔细听自己踩雪的"嘎吱"声，很清凉吧。动物真神奇，不穿鞋子，光脚踩在那么冷的雪地里也不觉得冻脚。

冬天戈壁滩上的天气，过午就开始发生变化。一般上午体感比较舒适，不是很冷，风也小。中午之后，风开始加大，气温也陡然下降，虽然我是背风状态，但是犀利的西北风吹得我屁股发凉。有效的解决办法就是把羽绒服围在腰间，怎么看都像穿了一个羽绒短裙。

在一切都刚刚好的时刻，完成甘肃第一跑的任务，34 公里。

泥湾常有白鹭游荡，我的跑步声，把一大群野鸡从路边草丛里惊飞起来，野鸡翅膀"扑拉拉"的拍打声音可真是不小。我一路上遇到的野鸡不下几百只，经常互相惊吓。

养殖和销售大闸蟹的墙体广告，给我快冻麻的鼻子，注入了活力，似乎眼前已经出现了蟹黄迷人的橙红色。在酒泉的戈壁里还有大闸蟹，看来一切皆有可能，只要去做，戈壁里养大闸蟹，不是梦。

野麻湾堡现在只存有城墙，就在路边，残破的墙体高大，即使支离破碎，还保持着直上苍天的气势，拍出的图片非常有气场。大部分边墙，都已经变得低矮、残缺。但是

路遇夹边沟

路过一个景区叫"六分湿地公园"，竟然开始有些许游客和旅游车辆。这么冷的天儿，大家还真是憋坏了。

酒泉，故称"安西"，一直就是风的世界，一年刮两场，一场刮半年。这次我把跑甘肃长城调整为从西向东跑，真是托过景泰也不入的福了。冬季河西走廊盛行西北风，我从西往东跑正好是顺风状态，要是从东往西跑，一路顶风800多公里，那可要惨死了。

路过夹边沟这天，风力有6—8级，我跑这一路时常有推背感，觉得不是在跑步，而是坐在赛车里，后背被风使劲儿往前推着，不想跑都会被推着跑。我经常以为自己身后有一群战斗机飞过来，持续的轰鸣声，充满

荒凉中的艺术行为

在凛凛北风里，在荒野里，依旧能看到长城一脉延展。边墙在阳光映射下，反射出边塞的冷光。这一路的长城，基本没有进行过修缮，还保持着岁月和自然雕琢的状态。

一路上跑过村庄，最大的变化，是村里变得生动起来：游商叫卖的喇叭声，打开的院门，搬柴火的农妇，田里焚烧秸秆的老哥，路边休息的拖拉机司机，都有一种解压后的松弛感，村庄在苏醒过来。

经过泥湾村，一个围着头巾、挂着拐杖的老奶奶在家门口散心。我路过她的时候，问候了一句"老人家，您好"，老人脸上立时浮现出慈祥的微笑。

狂风疯狂地撕扯着树枝，好在我是侧顺风

夹边沟汽车站的名字是古城汽车站

了整个旷野，抬头看，哪有什么飞机，是狂风吹过树木发出的声音。偶尔还会有尖锐的破空声，音高如同海豚音，是疾风掠过高压电线时，风被电线切割发出的超级"裂帛"高音。

太阳也变得昏暗，看上去，如同发出白光的圆月。天空是铅黄色，空气里弥散着从西北方大漠裹挟来的沙尘，扬尘如同凝固了一般，笼罩在四野。这种天气，60年前的夹边沟应该经常遇到。

我途经的长城，多已风化严重，只呈低伏状态。

在西北风的吼叫中，白底红字的"酒泉夹边沟林场"的大牌子，矗立在黄草滩上。

一路上，我没见到村民。也是，大风嚎叫，没特别急切的事儿，都猫在家里了。在一处没人居住的宅院门口，取了一块"夹边沟村"的门牌，算是对过去那些绝望与荒诞往事的一种纪念。

出了夹边沟已是下午，温度骤降，在北大河停下来拍照片的时候，迎着风，充分感觉到了"风头如刀面如割"，用Tina的话说"一张嘴，冻牙"。

骑行客和徒步客

风停了，天空如同雨后一般，蔚蓝无尘。离开酒泉前，先去霍大将军倾酒入泉的酒泉瞻仰。入门处有写着"红码、黄码禁止入内"的牌子，在晨光照耀下，已经略显陈旧。

酒泉水，依旧在汩汩涌出来，泉水清蓝，看着有点儿像自来水。小妖在左宗棠大人亲手种下的古柳上磨了磨爪子。过了金塔，就是巴丹吉林沙漠的南缘，一片戈壁风光，砾石在阳光照耀下，反射着点点亮光。戈壁里常有成群的骆驼在游荡，悠哉悠哉地咀嚼着。

塞外浩荡之气扑面而来，公路就沿着长城边墙延伸，有的地段已经看不出墙体，只能靠着保护桩的标示，才知道那是长城——都没有路边的沙包高了。

过了杨家井，就离开酒泉，进入张掖市高台范围。高台也有一个名叫"盐池"的村子，其附近有一个盐湖，从汉代就晒盐，对于丝路沿途具有巨大的战略价值。

在快到盐池村时，一个骑车旅行的兄弟晃悠悠骑了过来，这是一路上我们遇到的第一位长途旅行者。小兄弟是陕西人，已经在外骑行了五个月，除去疫情期间被困青海海北州之外，其他的时间都在骑行。

小兄弟说话比较有趣，介绍自己网名叫"硬币"，说"我就是被自己浪死了"。同行骑友，因为他看足球世界杯无法按时出发，就先他而去了。现在他只能一个人在后面赶。赶上沙尘暴，导致自行车变速器故障，还没有修好。他的骑友会修车，可惜现在不在。

正好车里还有加林兄弟空投的啤酒，就送了一罐给他。一罐精酿慰风尘，小兄弟直接开罐痛饮起来，脸上挂着惬意的憨厚笑容。

在红墩子我还遇到一位徒步旅行者——当时在一个砖瓦厂的空地扎有一顶帐篷，还有一辆自行车，一个小拖车，看状态也是一个长途跋涉的旅行者。

我隔着帐篷问候了几声，一只小狗汪汪叫着，从帐篷里钻出来一个须发比较浓密的小哥。他说自己是从珠海出发的，计划前往敦煌。他已经走了四个多月，但前些天感染新冠了，在附近的镇上休息了几天，前天上路的，感觉还是很虚弱，就在这里再休息两天。

偶遇骑行中国的小兄弟

祁连山涟漪

我从盐池四号烽火台出发，开始这一天的奔跑。浩瀚的戈壁滩一望无际，沙在风与水流的作用下，呈现出水流般柔和线条，让我感到无边的舒畅。犀利的晨风，刮得脸如同被剃刀掠过，蔚蓝的天空下，一座夯土的烽火台打破天际线的宁静。

小妖在戈壁里奔跑，追逐着抛出去的石头。它还不知道身边烽燧曾经的故事。

大汉烽燧，横亘河西走廊，一直延伸到西域腹地。即使已经过去2000多年，看到屹立着的汉代烽火台，心里还是会油然升起豪气和骄傲感。大汉雄风，是每一个中国人心里的护甲。

明代长城在这一带都快看不到痕迹了，汉朝的烽火台却依旧高大雄伟。对比一下就能看出来，一样的工艺、一样的建筑材料、一样的地质环境，工程质量差距太大了。

途中有一片彩丹霞山体，上面矗立着一座明代墩台。过了这一小片丹霞，就将进入黑河河谷地带，也是河西走廊上水草最为丰美的区域，这里曾是月氏人和匈奴人的家园。

河西走廊的北部是戈壁、合黎山、龙首山、巴丹吉林沙漠，南部就是祁连山。这片开阔、相对平坦的山间谷地，就成为重要的通道和居住地带。所以河西走廊里，城市和村庄非常密集，连接东西的公路、高速路、铁路也挤在一小条通道中。

跑过红山村、十坝村、九坝村、八坝村、七坝村、六坝村，我进入了高台县城。

在路边连绵沙丘的深处，有一座高大的烽燧，我目测距离也就1公里。于是翻越多个沙丘，趟过片片芦苇，来到这个大墩下。四周都是黄沙，已经看不到任何边墙的痕迹，而这个"塔儿湾烽火台"还是那么醒目地占

长城跑步地理

黑河

黑河，发源于祁连山南麓，自南向北穿过祁连山，经青海，过张掖境内，一路向西北，入巴丹吉林沙漠额济纳旗，称为额济纳河，是观赏胡杨秋色的绝佳之地，最后注入居延海。黑河古称"弱水"，《山海经》云："昆仑之北有水，其力不能胜芥，故名弱水。"

塔儿湾烽火台四周是干涸水塘

看玉米堆的大熊

进入黑河沿岸，村庄与人口也稠密起来

大漠驼队

风力发电机的扇叶在阳光下如同一艘星际飞船

据了制高点位置。墩台周围是一片干涸的水塘，板结成富有质感的龟裂片，一片芦苇荡环绕着这片曾经的水塘。

中国西部沙漠治理工程真是让我惊叹——我路过治理沙漠的成片防沙网，形如鱼围网，专业名称为"沙障防沙围网"，一道一道，高不足尺，细密紧实，作用是围挡住草和流沙，草围住，沙子就慢慢固定下来。与治理毛乌素沙漠的"麦草方格固沙法"原理相同。我们的绿化工程，搞得毛乌素沙漠成为最憋屈的沙漠——空有沙漠之名，身上却长满了树木和草丛。

今天阳光好，路过九、八、七、六坝村子，看到老人和孩子们都坐在院门口，晒太阳、聊天、打牌。我一路跑过，大声地和他们打招呼，大家也都很开朗地向我挥手，或是回一句"你好"——我都有一种错觉，大家是特意走出家门，来给我跑步鼓劲加油的。我就在村里父老乡亲的瞩目与问候下，跑过了冬日里祥和的村子。

实际上，我跟祁连山还是很有缘分的。2009年，我第一次来张掖地区，是跟随齐德利博士给张掖作旅游规划。肃南也是我们考察的一个区域，当时感觉祁连山好漂亮，红色的峡谷，绿茵茵的高山草原，一道道溪流和瀑布从雪山之巅流下来，满山的牦牛与白羊。

体坛传媒的同事饼干也喜欢骑车，我们就一起在"十一"假期再次来到肃南，开启翻越祁连山的骑行。经过三天的艰苦推车，我们终于站到垭口。然后，一路 down hill，下到青海省祁连县。

2019年，做完环青海湖超级马拉松赛

事，我单车往回自驾，突然想起来这条路，想看看经过十年了，这条路的景色是否有变化——一切如故，垭口依旧能看到连绵的多座祁连雪山，还遇到一只不怕人的高原狐狸与我互动。变化的是，甘肃段已经开始修路，将建成213国道的延长线。

早晨雪停了，高台县城已经一片银白。马路上，各个单位的员工都在清雪。早饭后去拜谒红军西路军纪念碑，纪念馆的员工们也在忙碌地清理积雪。我从花束柜取了一束花，郑重地摆放在烈士纪念碑下。

从张掖到高台，西路军在此遭遇重重困难和重兵狙杀，留下的每一步都是血脚印。

我的队友

小妖在垭口的砾石堆里穿梭自如，东闻闻，西看看，一点儿也没有在海拔4300米左右的感觉。垭口的风有些大，很冷，我就带着它往青海下去。到了海拔3720米的地段，有一片山坡草场，此时阳光正照耀着这片金黄色的草地，正适合小妖玩耍。

山坡上有不少鼠兔的洞穴，小妖对这些巢穴产生了浓厚的兴趣，一个一个地探索。这些洞穴可不像小妖以前在陕北、燕山遇到的小坑小洞。它在探索的时候，往往连半个身子都伸到洞穴里。有的大洞穴，它钻进去，连整个尾巴都露不出来。

六点半，我在风雪中回到高台县城，城里已经是厚厚一层雪了。小家伙夜里又说梦话了，发出"嘤嘤、嘤嘤"的小声音，估计又梦到祁连山的鼠兔了。

长城跑步地理

转动170多吨巨型转经筒

12月15日，我们的休息日，我决定带Tina和小妖穿越祁连山。此行途经肃南县，肃南是裕固族自治县，信奉藏传佛教。所以我们一进县城，迎面就是飘扬的风马旗、金灿灿的转经筒，还有山巅的格萨尔王神箭台。

大转经筒重达170多吨，内里装藏了很多宝物，有佛像、经书和吉祥八宝。

我们在绕着转经筒膜拜时，看着像本地人的三位朋友带着一个小朋友，也在转经。我们喊着号子，一起使出全部力气，感觉纹丝不动的大转经筒开始缓慢移动，在连续的号子声里，大转经筒一点一点往前移。还差五米、四米、三米、两米、一米，完成，我们与本地朋友一起把大转经筒圆满转动一圈后，与他们四人击掌相庆，并拍照留念。

我们正在转动的，是全世界最大的转经筒，这在藏文化地区是巨大的功德与缘分。这就是人生的巧合与际遇，头一秒，我们都不知道会有这样一段神奇经历。

飞翔的赤麻鸭

　　我从来没想过，雪满丝绸之路是什么样子。今天这条曾经车马辚辚、驼铃声声的丝路，一片银白。祁连山高大的山体，浮现在云层之上；左侧的合黎山，黑色的山体也变成一片洁白；黑河尚未结冻的水面上，阵阵白雾随风飘散，深如靛蓝的河水与曜白的雪原形成强烈的黑白反差美。

　　我脚下的雪发出清脆的"嘎吱嘎吱"声。经过合黎镇，发现五四村、五三村的居民都

下了一夜的雪，把长城的身影衬托得更加伟岸

在门前清雪，门前堆成一个个小雪堆。没有人居住的院子门前的雪与清理完雪的人家，形成两种截然不同的整洁感。这场雪对于农业墒情是个好兆头。

路面上，车辆不多。天气寒冷，即使中午，路上的雪也没有融化。

这一线在夹山墩还留有一个烽火台，在皑皑白雪覆盖的丘陵山地上，壮观气势不输燕山峻岭上的烽火台。一路上一个村子连着一个村子，虽然雪后一片单色，但满是烟火气，令人联想到炉火的温暖。

在平川镇，两旁店铺里的商户都在门口晒太阳闲聊，说到开心处，哈哈大笑。镇里十字路口的东北角，一群老头在打牌，一位不打牌的大爷靠在椅子上，吸着烟，在闭着眼睛惬意享受冬日暖阳。

今天跑得很舒畅，极目之处皆是雪野，两旁高大的杨树，斑驳树影投射在白色路面上，如同故乡的冬日场景。我感觉我是在故乡的街道上奔跑，就像小时候在雪地里野了一天，晚饭时分，回到姥姥家的炕上，脸蛋儿热乎乎的感觉。

路边右侧就是黑河，尤其在五一村一带，河道形成多个水中小岛。成群的野鸭、大雁还有大天鹅，在水中游弋觅食，看来它们还要再停留些日子。大雁和天鹅的鸣叫声真是响亮，是一种带着辽阔的穿透力的啼鸣。水面上，被我跑步声惊动的大天鹅，扑扇着双翅飞起来，"呼啦呼啦"的扑翼声，清晰地传到我的耳中。

就如同英国印象派诗人弗兰克·斯图尔特·弗林特在他的名作《天鹅》里所描绘的景致：

在又绿又冷的草叶上，
天鹅的脖子仿佛显出涟漪荡漾似的银色；
天鹅嘴里仿佛是暗淡的铜色，
朝着黝黑的水深处；
在那一座座拱门下，
天鹅缓慢地游动。

这奔跑中见到的景象，让我觉得感动——被这自然的宁静与和谐感动。能够在如此美妙的世界奔跑，是我的幸运。

黄义堡这个村子的新村建设让我有些惊讶，家家都是飞檐斗拱的中式民居，而且用料精良，村口的石桥也是中式汉白玉拱桥，如同江南水乡。我特意拍了两家院子内的景象：落地玻璃的暖房门厅时尚大气，有一家院子停着一辆农用三轮车。看旁边还有没入住的院子，应该是刚刚建成不久。一别十几年，没想到张掖市农村发展得这么好了。那时候，走到哪里都是低矮的小泥房，乡镇破烂，尘土飞扬。

路过的板桥镇，色彩如同童话世界，人

红沟村现在盛产葡萄

行道是三色地坪漆铺设，鲜亮明快。街头还做了不少富有农业气息的装置。路旁一列彩色木头火车，绝对是孩子们的最爱。这与我在榆林骑的木摩托，可称为"长城路上机车合璧"。

除了建筑与设施变新颖了，现在农村产业种类也比较多了。沿途我看到连片的葡萄园，在红沟村，路边就有农民卖鲜葡萄，有红提和红玫瑰。我边尝各家葡萄边闲聊。这里十年前开始种植葡萄，如今，葡萄种植已经成为张掖的特色生态农业。

河西走廊一带日照时间长，昼夜温差大，水果糖分积累多，口感就特别好。比如宁夏的西瓜、中卫的甜瓜、酒泉嘉峪关一带的哈密瓜、敦煌的桃子、李广杏，葡萄就更不用说了，都非常香甜美味。我买了五斤葡萄，拎着跑了1公里，才与Tina会合。

又到了转场去下一个城市住宿的时候了。张掖，是高台县之后的一个停留点。再次把满满一行李车的物品装上小吉——我都佩服自己了，换一个人，无论如何无法把全部行李装进小吉的后备箱里。

黑河的早晨，是一片银白——云蒸霞蔚，晨雾缭绕，河边的草树如同挂了糖霜，满是白白的雾凇树挂。为了看萌萌的赤麻鸭，我把第 93 天（12 月 18 日）的起点放在了明沙堡旁边的黑河河滩上。

我的眼神不好，Tina 一直在说，那有

这画面如同一首铺开的信天游

一大片，看看那还有一大群。河道旁的玉米地里，看着像有一小堆一小堆的干草，等我往前走一小段，"干草"都张开翅膀飞了起来，哦，是鸭子们，嘎嘎叫着，成百上千对翅膀扑打空气的声音，汇合在一起。

前一天下午，在这里遇到的村民说有上万只鸭，看这密度，果不其然。眼前的玉米地，当地村民收割的时候，刻意没有收得太干净，留了些口粮给它们。否则的话，以黑河水里和岸上的食物，实在不足以支持这么多鸭整个冬天都在这里吃吃喝喝。

小妖也对飞翔的赤麻鸭非常感兴趣，在车里，脑袋瓜随着鸭的飞行方向转来转去。"吃嘛呀"（赤麻鸭）冬天在这里，有吃有喝，有泳池，村里人对它们还非常友善，乐不思南方。

天气转暖了一些，路面上的积雪也开始融化了。在连绵的雪色丘陵上，矗立着一座烽燧，看着也不算远，我就向那里跑过去。白色的雪中露出一条通往山梁的红土小路。最有意境的镜头出现了，在湛蓝的天空背景下，一个牧羊人，领着一群羊出现在白雪覆盖的天际线。

脑子里当时就回想起来周云蓬的歌曲：

> 绣花绣得累了吧，
> 牛羊也下山喽。
> ……

板桥墩台是黄土砖结构。这一带依靠山势，搭建烽燧，由于山体陡峻连绵，就没有再修筑边墙。吸引我注意的是上山时看到的坡下一处墓地。穴地前有照，后有靠，位于一个山坳里，东、西、北矮山围绕，形成太师椅态势。正南方，前面有涛涛黑河，远方是高大的祁连山，不遮不挡。这是风水极佳的穴地，选址的堪舆大师水平很高啊，不知道这风水宝地，是否泽被子孙了？

在靖安乡，我的行进方向与黑河分开了，我沿着合黎山方向奔跑，黑河在这里转向南方，指向祁连山。

合黎山下村庄的密度没有黑河边高，地貌也开始被戈壁代替。此地还分布着一些新建的氢能源工厂。新修的公路，标志线还没画上。一大群麻雀落在路边的围栏上，也不怕人，我路过时，还在叽叽喳喳叫个不停，仿佛在排列整齐地给我加油。

合黎山下，望向南方的祁连山，山巍巍，云漫漫。这中间就是河西走廊，宽度100公里左右。身在其中，对"走廊"的概念和形态会有真切的体会。

又是一天的终点——东山寺下面村，我坐在玉米地的秸秆上，感觉很温暖，于是就躺在上面，伸伸腿，舒服舒服。

我躺在丝绸之路的大地上，天上有白云飘过。后面是合黎山，合黎山后面就是大沙漠；南面是祁连山，翻过祁连山就是雪域高原。这里的环境舒适，适合人类居住。想起早晨听到的天鹅高歌的声音，空灵高亢。古人称大雁为鸿，称天鹅为鹄。鹄鸣的空灵之感，是否也曾被西域的音乐所吸收呢？

合黎山的北面就是漫漫沙漠

热闹的河西走廊

去往山丹县的行程，我开始进入312国道路段，这里不再安静，又恢复了世间喧闹状态。

312国道在河西走廊这段，也是张骞通西域之后形成的千年古道。如今车水马龙的公路，张骞走过，霍去病、卫青、李广的马队疾驰过，鸠摩罗什驻足过，玄奘法师的诵经声响过。在这里左宗棠种过杨柳，林则徐惆怅西行，红军西征军红旗漫卷，而今是往来新疆各地的车流滚滚。

国道在西屯穿长城而过。明代山丹段长城在汉长城基础上修建而成。路边就有一座

长城跑步地理

焉支山

在山丹县入口处，有一朵红艳艳的山丹花的雕塑，但是其本意可不是"山丹丹花开红艳艳"中的含义。山丹，在汉武帝设县时，名为"删丹"，发音却为"yan zhi"。这就说到河西走廊的另一座山，焉支山，当年我去军马场路上就经过焉支山。"焉支"为音译，来自匈奴语，也就是通古斯语，也有专家认为其属于突厥语。"焉支"，在匈奴语中是单于妻子的意思。焉支山就是夫人山、天后山的意思。

这就是匈奴悲歌：
失我祁连山，使我六畜不蕃息；
失我焉支山，使我妇女无颜色。

旷野中只有我和小吉的孤单景象，这也是我们一路上的主场景

墩台下散落的陶器和粗瓷碎片

汉代烽火台，两侧是明代边墙，下有沟堑，称为"壕堑"。在烽燧底下的泥土里，散落着陶片，无法判断是汉代还是明代的。陈旧的碎片，在泥土与时间的作用下，已经退掉火气，拂去土，酱黑色的釉面依然光亮。有的碎片釉面粗看是酱色，端详一会，就能看到绛红、墨绿、深蓝等色彩隐藏其中。

又开始下雪了，这段区域似乎下雪比较频繁，每天夜里都会落一层薄雪。

国道312，通往新疆霍尔果斯。相伴的兰新线，也通往霍尔果斯。这就是新欧亚大陆桥，中欧班列就从这条通道驶往欧洲。旁边就是长城，如同一个守望千年的老兵，一直坚守在它的岗位上。

过了十号村、九号村，前面就是山丹县。

过了山丹县，长城边墙墩台沿着龙首山一直向西。在三十里堡村，还残留院墙和一个墩台，这里也曾是明清两朝的驿站。旁边

有一户人家的院门开着，我就走进去。还是传统的土坯房，但是收拾得整洁。院门口，一位老人在墙根儿整理灶坑。甘肃一带，农村取暖火炕的添柴口是在院子外面，每次添柴都要出大门。在东北农村，一般都是做饭的锅连着火炕，做饭的同时把火炕也烧热了，不用再单独烧炕，更不用跑到大门外去。

午饭时候，看见旁边有座七里墩。饭后就去拍照。Tina发现地上有很多陶片，分布在一个小土台的四周。还有瓷片，胎壁较厚，色彩是白中泛着微微的绿色。有的瓷片上还有青花，色彩有些晕散，就像发虚一般。

通过陶片的数量和样子看，应该有大大小小的十几个陶罐，而且是被人为打碎的。再仔细看这个土台，感觉是一个古墓，而且被人给盗了——不属于技术流的土夫子，而是直接从上往下，大掀顶给粗暴挖开的。装随葬品的罐子被砸开，取走东西，然后草草地把土填回去。罐子，还有破瓷器的碎片就掉落在地上了。我们挑了些有纹路和釉彩有变化的残片。

丰城村还保有丰城堡的遗迹——因为就在村子里。有段城墙甚至做了一户人家的大墙，门口还停着农用车，摆了两个水桶。里面小狗听到我的动静，不住地狂吠。

在一座转机旁，遇到一位老太太。我和她打招呼，问她要去哪？老人挥了挥手里的塑料袋，说买米。我注意到袋子里除了几斤大米，还装着馍馍和一块肉。看老人也得有七十多了，还能去乡上买菜，身体真是硬朗。农村里的老人，没有闲下来的习惯，一直是忙碌的。

残破的长城，土黄色的背景，很容易让

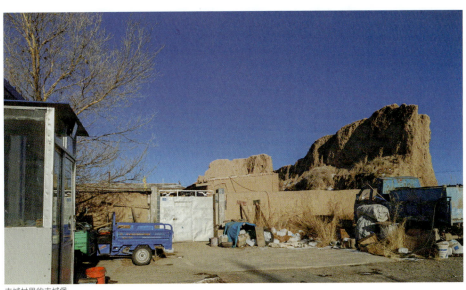

丰城村里的丰城堡

人忘了河西走廊的辉煌，还有它曾经承载的绚烂文化。

站在汉朝日勒古城，眼见河西走廊在这里陡然收紧，豪气干云。

我经过的张掖段古汉县有：觻（li）得，就是张掖，本为匈奴觻得王领地；昭武，现在的临泽；删丹，为山丹县；屋兰，经过通往古城的路口；日勒，就在今天的路上，312国道绣花庙旁边。

从老军乡跑出来，第一站就是峡口。峡口，南为焉支山，北有硤口山。两山间距离不足20公里，是河西走廊的蜂腰地带，明代长城在此建有峡口关堡。

这里才是河西走廊最狭窄的地方，真正的锁钥之地。汉武帝在此设立重镇，控制东西。我这没有军事理论素养的人，站在这里都觉得此地是河西走廊的地理关键点。古城已经只剩下四角的城墙结构，墙体宽厚高大。

在中华高光时代的汉朝，此地规模应该是比较大的。地面上有一个柱础，我用跑鞋对比了一下，可以看出所支撑的房柱比较粗大，应该曾是县城里的主体建筑。现在地面上还散落着很多的汉陶碎片，多是坛坛罐罐之类。

如果不跑长城，我不会在意永昌路上这个破城子，也不会留意黄土里的陶片。日勒，我没有找到关于这个词含义的资料，但可以断定它不是汉语词汇。在阿尔泰语系的蒙古语里，"格日勒"是星光、光芒之意。

河西走廊，对于中华文明，的确有熠熠星光的意义。"斯又河西一隅之地尚能保存典午中期遗说""秦凉诸州西北一隅之地，其文化上续汉、魏、西晋之学风，下开（北）魏、（北）齐、隋唐之制度，承前启后，继决扶衰，五百年间延绵一脉"，这是国学大师陈寅恪先生在他的《隋唐制度渊源略论稿》一书中对河西之学的由衷赞叹与肯定。

拜谒武威鸠摩罗什寺

"金张掖，银武威，金银不换是天水。"我已经离开张掖段长城，跑入武威范围。从石嘴子山下的长城出发，我沿着老312国道向东南跑去。今天虽然是一九的第二天，竟然温暖如早春时节。

我们探访的日勒古城，城西是古墓地，有的裸露土表下面还可以看到覆盖的石板。当时我在想，日勒古城的垃圾堆会在哪个位置呢？进行考古工作，如果在旧城废墟里发现古人的垃圾堆，就相当于发现了宝库。

瑞典探险家斯文·赫定，在新疆楼兰曾经有一处考古挖掘地点是居民垃圾堆，他从中发现了楼兰古国很多生活碎片，如笔架、硬币、纽扣、木简等等。

在王信堡村，长城不再与国道相伴，而是沿着北部山脚继续往东南方延伸。没有了交通要道的支持，这里农村的状态也赫然一变。村子的面貌，从外面看上去与千米之外的长城似乎在一个年代。土黄色的院子、土黄色的泥坯土房，很多房子依旧用的木橼、木檩子。跟村里人打招呼，他们大多数是看几眼，低头走过，也不搭腔。经过王信堡各

312国道绣花庙段的汉代日勒城

王信堡各村

我的队友

我出发后，Tina 带着小妖在城根儿玩了很久。后来，Tina 赶上来告诉我小妖掉坑了。哈哈，这毛孩子，好奇心强，什么洞都敢往里钻。在长城残破的烽燧下，有一个洞，一人多深，掉下去的小妖，是被 Tina 拉着猫绳，拎出洞的。这个洞有可能是盗洞，汉代烽火台里面往往留有汉简，汉简现在在国际文物市场价格不菲，估计有人打这里的主意，进行了盗掘。

村社时，脑海里浮现出电影《甲方乙方》里想受苦的那位，蹲在村口，盼着葛优来接走的那一幕。

长城在这一带保持的状态相对完好，如同一条横线，沿途分布着村落。

毛卜喇村，以黄牛养殖为主。村里黄牛成群晃悠。很多母牛都怀着犊子，横着肚子，在阳光下，骄傲地在田地里觅食。成堆的草料垛在村子各个角落，还有成规模的牛舍。有的院子立有刻花的木门楼，在门楼顶上还立着一个小木刻狮子。我拍照的那家，狮子下面刻着"1993"，应该是新房落成的时间。村里新建了统一住房，还有一个建好的"卍"字花灯城，看着有点像微缩的嘉峪关城。

"毛卜喇"，是蒙语，苦涩的泉水之意。长城脚下有一条小溪，水量还不小，即使是隆冬时节，也在哗哗流淌。出了毛卜喇，翻过两个小坡，就到了下安门段的长城。

出张掖这段我都在海拔 2500 米左右的地区奔跑，加之上上下下的坡路，我跑得有些疲惫。一个多月的平坦路况，让我养尊处优，状态下降。

平安夜，放假休息一天，正好去拜谒武威鸠摩罗什寺。

鸠摩罗什是中国佛教史上的开山之人。据佛家史料，鸠摩罗什圆寂后，唯舌头不灭，化为莲花状舍利，供奉在武威市的鸠摩罗什寺，这也是我非常想去拜谒的寺庙。天空有些扬沙，阳光比较弱，感觉比跑步时还冷。鸠摩罗什大师的塑像，端坐在佛堂正中，我恭恭敬敬地行礼参拜，拜的是他对中华文化的巨大贡献。

休息日去拜谒武威鸠摩罗什寺

第 100 天，在寺门村附近遇到的一座墩台遗迹，如同伸向天际的手势，也正合了 100 天的节点

这一天从下安门开始。下安门一带长城的墙体保持得相对完整。永昌县也对这里进行了保护性开发，设置了长城国家文化公园，修筑了木栈道。长城国家文化公园建设，现在已经在很多省份开展，我跑过的沿途，如河北秦皇岛，宁夏盐池，甘肃的张掖、武威，都已经在落地中。尤其盐池县的长城景观公园，更是其中的精品，无论设施、布局、标识系统，还是路网、文物保护等方面，即使对于我这么挑剔的人来说，在两天的奔跑感受中，也没觉得不协调和不适。

我沿着木栈道跑出去，顺着城墙很快就到了圣容寺，寺旁边的崖壁上水流冻成一面 5 米高的冰瀑布。在一片土色的世界里有一个冰瀑布，也可以算是远近闻名的胜景了，冰瀑边还停了近十辆小汽车，都是附近来观赏的人。

圣容寺，始建于 561 年，有两座石塔，一座矗立在寺庙后面的山顶上，另一座在正南面的山顶。在寺庙周边，有历代僧人的佛

奔跑 100 天，普通的日常

长城奔跑的第 100 天，12 月 25 日，圣诞节。

第一天从山海关出发的时候，没敢想 100 天后如何，当时只是大略估算至少得跑 100 天，哪想到会跑半年。现在 100 天马上就要过去了，我至少还要奔跑 1000 公里左右，所以，第 100 天这个日子对我们来说，已经不再是一个 Big day，而只是平常奔跑的一天。保持平常心，在枯燥的奔跑中发现点滴的小乐趣，这样才能到达玉门关，最后的终点。

山丹段的长城国家文化公园

128

骨塔，有些就是黄土夯制的塔型墩，这让我突然明白了，在张掖段沿途见到的那些塔型黄土墩，应该就是往昔僧人的佛骨塔。不过这只是我的猜测。往前继续跑，看到崖壁上开凿出一个个小小的方形岩洞，这也是僧人的骨灰堂。岩洞外部上方刻有佛塔的图案。长城脚下的这些僧人，就以这种朴素的方式，"托体同山阿"。

长城在前面的金川峡水库戛然而止，应该是建设水库时被淹没了。乘车绕过水库，我在水库北面大坝继续奔跑。又要翻山越岭了，我感到喜悦。在连绵的山里奔跑，在丛林里穿越，与自然融为一体，是奔跑最大的乐趣。这座山谷里水量充沛，有一条欢腾的溪水，水质清澈，河里露出的石头上结了一层冰壳，在阳光下，闪闪发光。

过了河西堡镇，沿途的村子密度增大，一个连着一个。长城就在村子与北山之间，如同一条笔直的黄线。在落日余晖中，我们返回武威。为了庆祝一下 100 天，晚上我和

五墩村一带的长城保存相对比较完整

Tina 喝了顿小酒儿。

王家上庄—青山堡—青山农场—新墩—红沙墩—腰墩这一段长城还算保留得比较完整。本地农民利用城墙和保护围栏，顺便把自家的羊圈到长城脚下的田里放牧。

走进这一带村子，瞬间有回到千年之前的感觉——村里是土黄色基调，泥房子、泥院墙，家家院墙都很高。在清冷的冬天，要不是村里大喇叭在热情洋溢地播放世界新闻，说是在唐朝，我都不怀疑。

这种穿越的感觉让阳光都带着社会主义公社的坚硬质感。

朋友李伟在朋友圈里说，我好像在平行世界一样。的确有这种感觉，现在我们每天都遇不上几个人，碰到人最多的地方，应该是进出的酒店。在农村看不到人，在路上见不到人，在城里马路上也人车稀少，让我开始认为，这里一直就是人烟稀少。

在奔跑的时候，算上遇到的车里的人，都没有几个。今天在公路上遇到五个给公路立桩刷油漆的工人，这是我最近遇到的人数最多的一群人了。其中四位是妇女，都戴着

粉色头巾，在土黄色的环境里特别醒目。这里的女人真的非常喜欢粉色头巾，连墙根晒太阳的老太太，围的都是这样粉艳艳的头巾。

又是新的一天奔跑，这一路少见人烟。在这一片土色环境里，还有一种至暗的黑色，如同黑癣一样板结在大地上——这片区域的农用废弃物资，废弃地膜和滴灌管。田里黑黢黢一片，随风飘动如黑丝带的都是黑色的地膜。长城脚下，好几处都堆着这种东西，看架势是没打算收集起来集中处理。

虽然地膜和滴灌技术对于干旱地区农业的稳产增产起到了极大的推动作用，但因为使用的都为高分子聚合材料，200年都无法在自然界中降解。而研究发现土壤中残留的

塑料地膜污染是一路上经常在田地里能见到的景象

地膜会降低土壤含水量，诱发耕地盐碱化，破坏土壤微生态环境，影响农作物的根系生长，从而大幅降低农作物的产量和品质。破碎的地膜还会被牛羊和其他小动物吃掉，从而危害它们的健康，而且塑料微尘化形成的塑料颗粒，会进入人体。

我在陕北也见到过地膜污染。西北地膜用量非常高，污染也比较严重。真希望政府能出面集中管理，把青山绿水良地留给后人。

过了李家大庄，长城就变得稀稀落落，最后都看不到了。新沟村里还留有一小截城墙，跟民居都混在一起了。突然在一片土色的街上，看到前面一群人在忙活什么，还在拉跨街的横幅，横幅色彩艳丽，搭配着五颜六色的彩带和拉花装饰。这是干啥呢？喜事儿？村里搞庆典？

问路边看热闹的军大衣哥，他直截了当地说：死人了。

哦，办丧事。

风俗不太一样，应该是年岁比较高的老人故去，才会做色彩鲜艳的装饰。这一路上，我遇到几次葬礼，好像过世的都是年岁比较高的老人。出殡最密集的情况，是我们在景泰县那两天遇到的。县城街道上，看到路边多处扎着灵棚，在昏暗的路灯下，够瘮人的。每天凌晨，我都会被吹吹打打的鼓乐吵醒，是出殡的队伍经过。不少老人因为感染新冠病毒，发烧引起并发症而离开人世。最近朋友圈里也多看到讣告，这个年底还是有些难过。据说武威的疫情现在也很严重，我们的晚饭都以外卖为主。早上在药店买陈皮时，顺嘴问了一下是否有退烧药，药店售货员说什么退烧药都没有。

冬日的暖阳，岁月静好

震撼的天梯山石窟

过了九墩镇，城墙显现在路旁，这一带长城的连续性保持得比较好。村子里依旧是泥土房屋和院墙，门前堆满玉米，玉米棒子尺寸都不大，应该是饲料用粮。张掖武威一带的粮食作物主要是玉米，这也是气温、降水和田间管理的选择结果。出焉支山进入王信堡以来，附近农村见得最多的就是玉米、牛、羊，基本不再有工业或者矿业。

村里一片田园景象，阡陌纵横的农田里是收割后的秸秆和残留的塑料地膜。道路两旁，散落着黄泥院落。午后，村民会在墙根儿坐着晒太阳，聊天，打牌。勤劳的人家，在忙着给玉米脱粒、装车，这种场景从陕北到甘肃很相似。只是这里的院落更质朴——单色、方正的院子，少有现代的建筑材料，如同一碗清汤面只加了一点盐，没有其他配料。

五墩村面积很大，我跑了近 20 公里才出了村子范围。村里人家不是成片居住，而是沿道路散落，路边只有一排房，所以每个社（现在的村级单位，类似原来的"组"）都拉得特别长。

在一社的长城不远处，有一座关堡的遗迹，只剩下东面、西面两堵墙，墙体非常厚实。在东墙下，还有以前开凿的一小口窑洞。里面墙壁都熏黑了，有人应该居住过很长时间。在红水河对岸，还有一座城，因为距离有点远，我就没有过去探访。这座城被命名为"营儿城"，属于凉州区县级文物。

长城在五墩村七社戛然而止。再往前，也没了长城的踪迹——两个原因，一是自然界的地表坍塌，因为紧邻红水河，泥土水岸容易被洪水冲塌，城墙因为河岸塌陷而消失；另一个原因是，以前的农民偶尔会铲掉城墙取土垫田。

腊八节，一九的最后一天，也是我们在 2022 年沿长城奔跑的最后一天。

寒冷的天气里，我中午的午餐多是羊汤——早晨 Tina 在羊杂馆买的，放到焖烧杯里，下午两点打开吃时，还滚热烫嘴。寒冬里，跑累了，喝口羊肉汤，真是舒坦啊。通透的阳光把车内晒得非常暖和，小妖在它

131

的二层阁楼里睡得瘫软无声，我也可以脱下棉服和跑步外套。饭后休息时，我会写会儿日记，午休一般在一小时左右，然后我钻进寒冷的外面，继续奔跑。

河西走廊的冬天很冷，路上也没有什么生气，偶尔有收羊的车经过，喇叭在空旷的大地上不断重复着"收羊啦、收羊啦"。在陕北、宁夏和甘肃农村也有这种开着小货车收羊的游商，标志是喊着"收羊、收羊皮"的高音喇叭，货车箱边栏用铁条焊成围栏。

跑长城沿途，唯一一个路过的农垦系统农场就是黄羊河农场——长城正好路过黄羊河农场场部。"场部"是农垦系统农场的管理中心，主要职能部门都集中于此，这里也是农场最繁华、人口最稠密的区域。这个名词对我来说，透着格外的亲切和温馨感。农垦系统来自生产建设兵团，其前身是军队，所以农场的分场下面又叫连队。

路途上的安静被洋溢着乡村欢快气息的花草滩镇打破了，成车的水果和蔬菜，红红

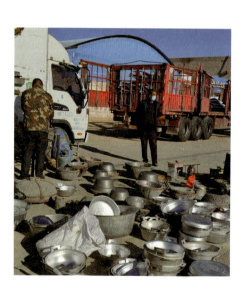

绿绿，点缀着土色街道。红脸蛋的小孩子，被坐在电动三轮车后箱里的妈妈紧紧抱着。现场打铁锅的摊位上，师傅正叮叮当当地加工一口铁锅，旁边的熔炉呼呼冒着火苗子，一位顾客耐心站在摊边等着拿锅。大大小小几十口铁锅在摊前铺开，阳光下反射着铸铁的光泽。

"好消息，好消息，金彭电动车……"电动代步车商铺门口的大音箱不断广播着店里的促销政策。这语调和声音在全国很多乡村都能听到，辨识度很高，听着会有一种新农村新年景的好心情。一户回族人家，两口子带着两个孩子，正在仔细琢磨一辆皮卡式电动车，年轻的销售小哥则在旁边做着热情的讲解。

在"乡村好声音"的伴送下，我踏着七彩彩带路跑向远处的山梁，在一个生态移民新村——梁家新庄，结束了我的2022年奔跑。

2022年最后一天，正好赶上我们的休息日。我在日出时刻醒来，本年度最后的晨曦照在窗户上。小妖就趴在我的床尾，阳光在它身上镀了层金色。我计划先去天梯山石窟，欣赏早期佛教造像的魅力。

天梯山属于祁连山脉，是祁连山脉冷龙岭东南余脉。石窟的位置的确是风水宝地。石窟面南，前面是一片广阔的谷地。现在已经被黄羊河水库给填满了，在开凿石窟的前凉时期，应该绿草茵茵，黄羊河汩汩流淌。栈道距离下面水库冰面15米左右，仔细听还能听到坚冰发出"咔咔"的冰裂声。视线所及便是祁连山脉的雪山，多座海拔4000米以上的雪山，连成一条晶莹的雪域景致线。

2022年最后一天去天梯山石窟感受魏晋佛教的造像魅力

沿栈道走到大佛窟，喔哦，太震撼了！28米高的坐佛面对着我，上层栈道的高度正好与佛像胸部相平，不仅可以看到整个洞窟的造像全景，还可以近距离观赏。佛像的造型比较硬朗，脸庞近似方形，有点儿类似素描人物打底稿的直线构图。释迦佛的目光射向远方。大佛右手施无畏印；左手掌心向内，指尖向地，放在膝盖上。阿难、迦叶分别胁侍于尊者两侧。

在这个"新冠年"的最后一天，我在佛前默默许下新年愿望：无畏往昔，无畏将来，众魔与人祸天灾，统统褪去。

大佛窟开凿于唐朝，但是没有完全依照佛造像量度仪轨造像，而是进行了一定的夸张。大佛窟释迦牟尼佛面部的直线构图，透出刚毅的神通，示现佛法庄严，无碍无畏，扫尽魔罗。两大天王——北方多闻天王和西方广目天王——粗壮有力，壮实得如同《指环王》里能打的矮人。

在2022年的最后一天，我在日记中做了一个年终小结：

节气上过了冬至，没有吃到饺子。洋节上过了圣诞节，袜子里没有圣诞老人的礼物。奔跑的节点上，已经过了100天，距离终点还有1300公里。跨年奔跑，为新一年——2023年的到来，开一个正能量的头儿。

这一周，是一年的尾，也是新一年的肇始。照例应该先总结一下2022年。

从个人体验上来说，这一年是惨淡的，我们体育行业，跟旅游、餐饮行业一样，被反复的疫情反复按在地上摩擦，多个赛事取消，损失的金钱就不用说了，行业信心也被一次次地锤击。

家里的幼崽已经长成青葱少年，正值青春期，从前看我是座山，现在看我是块砖。加上连续不断的线上网课，我总是很焦虑他的学习和心理成长。2022年，在疫情又起、多个项目黄掉的情况下，我决定踏上跑长城的征途。当刘老师给我定了"50岁男人"标签时，我才意识到自己已经到了一个尴尬的年龄——尤其对生活在城市的人来说。

管他尴尬不尴尬，继续上路，一步步跑完山海关到玉门关全程，不为证明什么，只是想用奔跑的方式认识长城，理解长城下普通人的生活，顺便干一件给50岁男人鼓劲的事儿。

为了避开公路上的大货车，我从河滩里跑过去，枯草上都是厚厚的灰土

张掖感怀

根据对张掖考古信息进行的对比分析，发现河西走廊气候从距今3700年前后至今，由温凉湿润变为干旱。隋唐时期，是北半球变暖的间冰期。《资治通鉴》（卷二一六）上说，唐代陇右地区"闾阎相望，桑麻翳野"。甘州号称"一城山光，半城塔影，连片苇溪，遍地古刹"。唐武周后期，郭震驻军屯田，引进中原水稻，张掖的乌江稻米一度成为进贡皇家的贡品。

农业史学者的考古证明，唐代水稻种植西起河西走廊，北抵河套、燕山南麓，南至秦岭、淮河，东至于海。可见，隋唐时期陇西、河西走廊一带还是很温暖湿润的。

日本哲学家池田大作和英国历史学家汤因比有过一次对话。池田大作问汤因比，如果可以回到过去，你最想回到哪里？汤因比回答说，我最想回到唐朝（开元）的长安城。

跑在路上时我经常胡思乱想：要是我能回到过去的话，我最想回到唐朝的甘州、凉州，就是现在的张掖和武威。唐朝是丝绸之路第二个高光时代——自从西汉平定西域，把河西纳入中华版图，丝绸之路便迎来了欣欣向荣。如果唐人穿越到今天的河西，估计要哭了，怎么这么丑啊。飞檐彩壁在哪里？梵音古刹在哪里？琵琶羌笛胡旋舞在哪里？虹桥石雕在哪里？

涂满油彩的城镇，看着花枝招展，但是方块的楼宇、贴着瓷砖的房子没有变化，没有曼妙的平衡。人们沉思的面容，透露出虚假的粉饰，根本就不同于大唐骨子里的飞扬

黄河风，乌鞘岭沙

跨年后小妖不再是童猫，而是一岁大猫了。小妖也应该是世界上见过最多长城的喵了。

我们很感激有小妖的一路相伴，从最初怕它在家照顾不好自己，到现在它实际上经常可以不经意地化解我们焦躁的心情。

一件每日重复的事情，在重复三个月后，就会有一种烦躁感，我在途中有时就会有这样的感觉。为了压制这种烦躁，我会不自觉地数数，20、21、……90，但是我好像从来没从1开始数，也没数到过100。

当需要补给、停下来时我会叫一声"小妖"，哎呀，看着毛茸茸的小妖，烦躁之气就消了。

本来我想在新年第一天跑步的路上，问问遇到的路人2023年的新年愿望。可这一天我只在九座窑遇到了一户人家。

在大靖镇，长城从镇外青山寺的制高点穿过，没经过镇里，我也就没从镇里跑过。即使在哈家台村一带沿着长城跑，我也没有遇到村民，只遇到两辆大铲车，一辆从我身边驶过，一辆在忙碌地挖掘河道。

过了大靖就进入黄土高原的边缘，地势也开始起伏，这一带长城还算保有边墙，但是很多段也面临坍塌的可能。我的"新年愿望收集"目标没有实现，就到了2023年第一个终点裴家营镇。

疫情之后，运输恢复，大货车已经在公路上连成一条长龙，轰鸣声很吵人，我一直用围巾捂着口鼻。看到路边的草地相对平坦，我就下去跑。脚一踩到草地上，心马上就感

跋扈，志在远方。

这是我出祁连，过焉支山，经王信堡，入毛卜喇谷地，感受到的最强烈的震撼。

明清的河西，更没有什么欢愉，除了纷争、杀伐和苦难，就如同腾格里沙漠里干涸的河床，昔日的波光潋滟，早已经被河床里的砾石粗沙、掠过的焚风所代替。

我跑在毛卜喇段长城时，脑海里浮现出一个词语：退化。

一个辉煌文化的衰落，不需要多长时间，只要20年、一代人的隔绝就够了。我们的历史已经证明了这一点，从姹紫嫣红、百花齐放到文化沙漠，20年足够了。

4000公里长城，我还有1000公里没完成，我一步步去感知、去理解千年的长城，去看当下城墙下人们的生活。

长城跑步地理

古浪峡

古浪峡自古就是险关隘道，扼控兰州、武威，史有"秦关""雁塞"之称，被称为中国西部的"金关银锁"。

唐朝时，古浪为昌松县辖，高适去西域探班哥舒翰，沿河西走廊一路走，一路慷慨赋诗，过古浪峡时还写了一首《入昌松东界山行》：

鸟道几登顿，马蹄无暂闲。
崎岖出长坂，合沓犹前山。
石激水流处，天寒松色间。
王程应未尽，且莫顾刀环。

从唐末开始，古浪、景泰一带就被吐蕃人占领，古浪这个名字来自藏语"古尔浪哇"，黄羊沟之意——"古尔"是黄羊，"浪哇"是沟谷。在北宋时，此处属于西夏党项人地盘，后被蒙古鞑靼人占有，成为放牧之地。直到明洪武年间，才夺回并更名古浪，修筑古浪长城。

沿途边墙销蚀严重，在乌鞘岭下面还能看出来是一条边墙，沿山脉走向，隔绝南北。不过这里的城墙由于财力不足，建造仓促，相比陕北一带明显要矮、窄、薄。

觉安静了很多。不过，草地上灰土很大。每一根草秆上都沾满了黄土。刮到衣服上，就是左一道右一道的灰土印，如同我被抽了几十鞭子。

夕阳已经快落到乌鞘岭上了，长城墩被阳光涂成金橙色。红水墩——因为旁边的长城保护牌上没有名字，我就根据附近有一个红水堡临时起了名称。红水堡距墩台一公里。面积近一平方公里，四边墙体，各残存了一小段，中部散落着些民居，还有一座小庙。在残墙根儿，Tina捡到一块瓦片，不是陶的，而是类似被高温煅烧了一番，敲着有清脆的声音。我不曾见过这种烧制形式的瓦，难道红水堡历史上有过一场熊熊大火？

从红水墩出发，离开308省道后，我就在村庄里奔跑，地势依旧是起伏的丘陵，偶尔在村里能看到一小段长城的遗迹，比如青石洞村有一段低矮的边墙，不远处是一个城墩，但只剩下一个底部遗迹。

根据线路，我经过青石墩，会进入一片山区，景象有点像靖边的白于山段，好在山势起伏没有白于山那么夸张。很久没有跑在这么安静的山路上了，心情变得放松，寂静的空气里，又只有我的呼吸声、脚步的嚓嚓声、偶尔山雀的叫声。路边有不少散落的坟地，很安静。

出了山区是清泉村的范围，在一个名叫八道泉的地方，竟然有一小片湿地和池塘，根据地名和池塘结冰的状态，这里应该有几个泉眼——虽然看似干涸的土地，也会有绿洲不经意地点缀在途中。

太阳好时，村里各家门口总是坐着老人。有一幕比较温馨：敞开的庭院门口，一个老

景泰城北墩村里，正在享受冬日暖阳的老人

爷子在叮叮当当地做活，旁边椅子上一个老太太穿得暖乎乎的，在那里晒太阳，像是在打盹儿。

他们可能不知道叶芝，也不知道他的诗：

当你老了，头发花白，睡意沉沉，
　倦坐在炉边，取下这本书来，
　　慢慢读着，追梦当年的眼神
　　那柔美的神采与深幽的晕影。
……

白头偕老，相濡以沫，无论贵贱，这种带着普世情感的画面都让人感动。这种画面，我记得在路过武威新沟村时也曾见过：老奶奶在举着笤帚打扫，老爷爷戴着口罩，靠在门口椅子上晒太阳。

穿过景泰县城，到黄河边的索桥堡，全程 37 公里，这是 2023 年春节前我最后一次跑长城。早晨我开开心心地把行李装车，吃牛肉面，从景泰北的土壤台出发。

第一段穿过景泰县，跑过早餐面馆，跑过酒店路口，跑过市场。有多家糖炒栗子摊位，飘着炒栗子的焦糖香，我也停下来，在市场门口买了一小包栗子，左手托着还挺温暖。出城就是芦阳镇范围了，在 1978 年以前芦阳是景泰县府驻地。长城的轨迹从芦阳北划过，不进镇中心。这一带土地碱性比较大，田地里都泛着白色，河滩边的地块都做成水田模样，四周有土埂围着，有的田里已经灌满水——做好保水保墒，才好种植作物。

在城北墩村，到了直播时间，我正在调试设备，一辆本地车停在我们旁边，下来一位红夹克老哥，问我们是不是旅游的，推荐我们去索桥堡。

老哥说，那面路还没通，怕我们不认路，因自己也往那面去，可以带我们走。

我谢了他的好意，但跑步的节奏没法与他同行。红衣哥看到我们车仪表台上放着的《明长城考实》，饶有兴致地念着书名离开了。在 X463 县道上，有一个窎沟遗址，我上遗址看了一圈。下到路上时，又一辆本地车停下来，两位老哥打着招呼下来。一位年龄大些的圆脸老哥问："是要去黄河边不？那面有个古堡。"

另一位戴着眼镜的小哥也很开朗，跟我握手问好，说那风景漂亮极了，不过这附近有个回回墓，景色也不错。圆脸哥说，他们经常出来转，可以一起走。眼镜哥对车顶的装备比较感兴趣，我简单回答了他们对我们沿途住宿与吃饭的疑问。

圆脸哥补充说，也想看看我们怎么浪的。"浪"和四川话的"耍"，是一个意思。

我告诉他们我是跑步，浪的节奏比较慢，哥俩就上车先走了。

我的队友

Tina 已经开始在河边"放牧"小妖，它今天也比较兴奋，总想出去玩。在停车期间，自己两次想跳下车去野。在河边，它到处乱疯，体能像一只小狗子，Tina 都快扯不住它了。

我跑到小山坡上，把他们喊了回来，发现坡下满地陶片，原来这里是一处新石器文化遗址。

今天遇到的景泰人都太热情了，搞得我有点儿不适应。估计直播屏幕前的伙伴们，都透过镜头感受到了他们的热情。

去索桥堡的途中，我进入了 26 公里没有信号的山路。这条路会一直通到黄河边，但是无法看到河岸在哪，只能看到层层山峦。不记得转了多少个弯，当我感觉疲惫时，一个弯道后面竟然是一条奔腾的溪水。桥左面是舒缓的河道，河水清澈，微波漾漾；桥的右面，喷玉流珠，结冰的河岸把水流挤压得倾泻飞快，"哗哗哗"地在河谷里发出轰轰的回声。

这里竟然有一户牧羊人家，狗子听到了我的声音开始狂吠，"汪汪汪"，也被壁立的山谷反射出回声。

景泰黄河边索桥堡，始建于汉唐，是古丝绸之路北线的一个重要黄河渡口，明万历二十九年（1601 年），两岸修建索桥

蓝的天，红的山，洁白的水花，砖色小屋，蓝色彩钢瓦的羊圈，被链子栓住乱窜的小狗子，这个谷底小坝子有世外桃源之感。

我面前还有一个大坡，如同燕山里的那种坡度和长度，我只能走上去了。坡顶平面一点点变大，一台橙色起重机的轮廓逐渐显现出来。我想象过一千种坡顶是什么样，恰恰没算到会有第一千零一种可能，竟然是一台起重机。

终于快到黄河边了，不远处的山脊上，浅黄土色的长城城墙，指向黄河边的壁立山体。把小妖装到猫包里，背着它，我们顺着山路走下黄河边。

碧绿的黄河水，在对岸棕红色山体的衬托下，明如玉河。索桥堡的残垣断壁就矗立在黄河边，多为片石砌垒。小妖蹲坐在黄河边，望了一会儿流淌的河水。

索桥堡是明代甘肃新边长城的起点，万历年间，明王朝在西北最后一次大规模构筑长城，建设了从索桥堡经红水堡、裴家营、大靖到土门一带的边墙。

在黄河边，还有一件事情要做，纪念在2021 年景泰黄河石林山地马拉松赛遇难的跑者们。万里长城在景泰与黄河相遇，备浊酒一壶，洒在千年古往今来的土地上，愿他们灵魂安息，在天堂快乐，默默佑护他们的亲人们平安。

在黄河风、乌鞘岭沙的相伴下，我们开始踏上返家的路程。

长城，春节后见。

东山寺下面村
汉末大儒郭荷在东山寺开馆讲学，形成河西学派，成为北魏汉文化及隋唐典章制度的渊源之一

第一墩——嘉峪关关城
城墙保持完好，可以零距离感受明代长城的最西段，悬臂长城直上山梁，非常震撼

杨家井长城——红山村
明代长城与汉长城相伴而行，汉代烽隧依旧屹立挺拔，雄风不减

中国工农红军西路军纪念馆——黄家堡村
这一带是河西走廊人口稠密区，长城沿合黎山蜿蜒，田地与村庄交错，黑河上鸟类众多，即使在冬季也经常能看到万鸟起飞的壮观场景

山丹县
河西走廊最狭窄的地段，南为焉支山，北有硖口山，两山间距离不足20公里，明代长城在此建有峡口关堡。汉代日勒古城只剩下四角的城墙结构

杨家井
酒泉市
嘉峪关市
红山村
黄家堡村
东山寺下面村
张掖市
山丹县

跑　步　路　线
12 月 5 日—2023 年 1 月 4 日
2059km—2866km

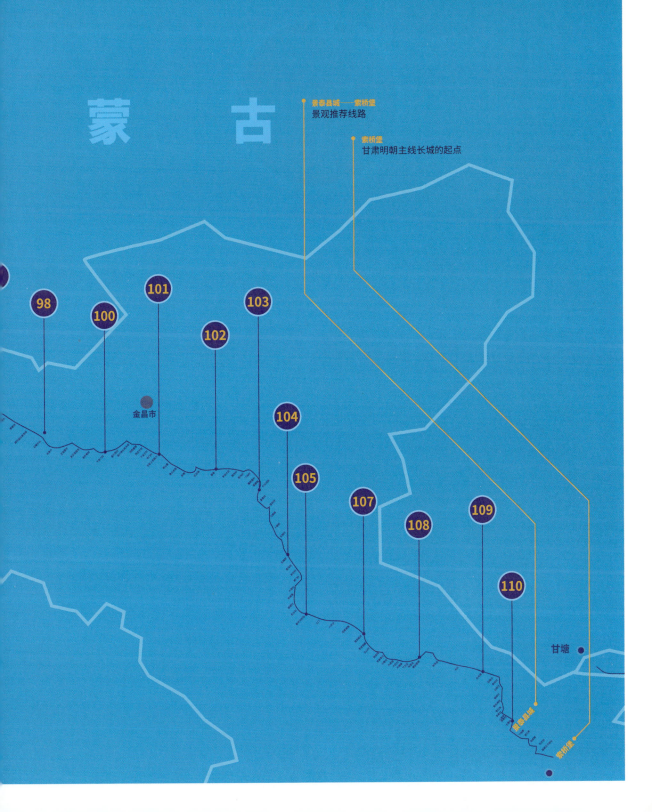

蒙　　　古

景泰县城——索桥堡
景观推荐线路

索桥堡
甘肃明朝主线长城的起点

98
100
101
102
103
104
105
107
108
109
110

金昌市

甘塘

景泰县城

索桥堡

2023

年 1 月 31 日，正月初十，我继续上路，重启长城奔跑。春节前后我一共歇了 25 天，虽然真正也就休息了 5 天。即将出发，但我还是不在状态，感觉就像在大冬天早晨，被从热乎乎的被窝里拖起来，去冰天雪地里跑步一般。

自己立的 flag，含着泪也得扛下去。

第6章

年后重启
燕山、张家口长城
扫尾工程

张家口
八
天
240 公里

节后首跑，再次适应节奏

张家口段长城，是明代长城出北京后在河北的最后一段，也是从燕山余脉下来，横亘在华北与蒙古高原中间的屏障。其从北京的延庆经赤城，到张家口，穿行在张北草原天路，从怀安进入山西。

从这一刻开始的跑长城，基本都属于扫尾。我需要先把因疫情中断的张家口段收尾，这是河北境内最后一段长城，也是燕山山脉的最后一段。

在去往张家口与北京交界的起点董家沟时，我脑海里浮现出施瓦辛格饰演的"终结者"的经典名言："I am back！"重返关口，很嚣张地把车停到当年的检查小屋门口，颇有"种桃道士归何处？前度刘郎今又来"的欠扁架势。

现在，这里只有立正的栏杆、满是尘土的门窗和风中飘忽的告示，西北风把畅通的道路刮得干干净净。我抱着小妖，拍了年后第一跑的出发视频，为了纪念那段时光，我特意选择以小屋为背景。

从画匠沟下来，壮观雄伟的大石头山就墩在我奔跑的前方。大石头山是红色山体，而且是一整块岩石，按照地质学表述是单体岩石。世界最大的单体岩石是"澳洲之心"，乌鲁鲁山，高 863 米。而这座大石头山高 600 多米，当地人称四十里长嵯（chā），体量位居全球第三，气势逼人。哗哗流淌的清澈白河水与远处的寂静红山，构成一幅塞外冬韵图。

重启第一天的彩头很好，四五级的西北风迎面而来，村里还在过年气氛中，张着灯

跑过赤城著名的大红石头山

结着彩。家家门前在北风中摇曳的红灯笼一直给我鼓劲，西北风也高声嘶吼"加油"。在冬日的凯歌里，在通过陈家第一个隧道后，一幅如盆景般的图画出现在眼前——随着隧道穹顶弧线的退去，蔚蓝天空下，壁立的山峰、坚硬的山体猛然怼到眼前，白河湾里有一个水潭，光洁的冰面映照着这片山峦，山谷里的温暖让这幅画面竟然有一股张飞照镜子的喜感。

第二个隧道不长，500米，却是风口，昏暗中小风"嘚嘚的"，吹得我把外套、手套全部穿好戴好。体感温度骤降，脑子里立时浮现出"北冥"两个字，那种昏暗、冰冷和朔风，真如同北界幽冥。出了隧道，风和日丽。在很多艺术作品里，隧道一直是一个隐喻。我每次驾车经过长长的隧道，都感觉是一次时空旅行。隧道里壁灯灯光形成的灯线，有一种类似催眠的梦幻效果，让人如同

长城跑步地理

雕鹗镇

雕鹗镇北面是巨石嶙峋的高山。明代长城在这里因势筑城，在进镇子的一处半山腰，有三个如同松茸的大石，上面有一座小庙，明长城的一段遗迹就在旁边的山坡上。

雕鹗镇的名字真的和大雕有关系。《明史·地理志》载：雕鹗堡"宣德五年（1430年）六月置"。民国于振宗《直隶疆域屯防详考》载："堡西一里有雕鹗崖，石壁高十余丈。上有穴，深广八九尺。相传为雕所穴，因以名崖。"

赤城段的明长城是三角形，东西分别为后城、大尖山，北面的顶点为独石口，形成一个"突出部"，走向是先从后城到独石口，然后从独石口又折向西南方，在大尖山与内线相接，也就是先向北，再向南返回，走向类似于银川至石嘴山，再折回贺兰山下。

明长城沿线，具有突出部状态的长城目前有三段：眼前的赤城是一个；另外两个，一个在甘肃民勤县段，长城向北突出到腾格里沙漠，另一个便在宁夏的石嘴山段。我今天选择了内线的最短距离，即后城－雕鹗镇向西这个路线。

145

沿途风物人情

重光塔

龙关镇卫生院南侧有座古塔——重光塔，建于
唐代，塔身雍容，敦实，气度不凡，给龙关增
添了很多古韵。明代后军都督杨洪出资重建。
杨洪，宋朝名将杨业后人，在明代时为永乐帝
麾下猛将。我们曾在陕西神木的杨家城，拜访
杨家基业故地，小妖还在将军祠神威附体，围
着祠堂狂奔。没想到在边镇龙关，再次与杨家
事迹有个交集，历史有时候就是这样不经意地
在某个时间片段里交汇。

风中，塔檐下的风铃，发出悠扬的声音，在夕
阳下，飘荡在冬日的街巷上空。路上匆忙的路人，
颓圮的老屋，流着脏水的下水道口，这些都丝
毫掩盖不了重光塔带来的暮色韵味。

穿梭在时间的虫洞里一般。

跑步经过隧道却没有这种感觉。如果隧
道里没有车辆，在暗光下，听到的是自己的
呼吸声和脚步落地的声音，此时特别期待看
到另一头的光。而看到远方出口的光亮，一
点一点在向昏暗的空间里推进，的确有看到
希望的喜悦，根本不会忧虑出去后还是无尽
的山怎么办。

下午 4:45，到了终点雕鹗镇，太阳马上
就要落到山后了。

20 多天没有长距离跑步，身体肌肉再
一次经历痛苦的调整。

啊——，啊啊啊，呀——，欧欧欧——，
呜——，哎呀哎呀——Tina 给我做理疗康
复，按摩我的腿部。各种无法言说的痛感，
被我各种变调的叫声描绘出来，她还很奇怪，
说有那么疼吗？

白天跑步不可怕，可怕的是晚间回来后
的按摩康复环节。第二天刚起跑，就觉得右
膝盖有不适感，跑两公里后，有痛感，赶快
由跑改为走，减轻膝盖压力。这应该是春节
休假以来，没有认真做康复也没有按期用药
的后果。

由于膝盖部位不适，我第二天就只完成
30 公里，在龙关住宿。

龙关很大，我跑过来时，重型车、起重
机修理厂和一排排修好的工程车辆，蔓延了
两公里，非常壮观。这里的著名手艺是大型
商用车修理。当地人说以前这里有铁矿、铜
矿等矿产，大型设备的修理也就逐渐成了气
候。现在矿都关停了，但是维修的名气还在。

龙关镇也是赤城之外最繁华的镇子。一
条长长的街巷挤满店铺，不过本地还是过年

146

如果不刻意提醒，很多人都不会想到这就是明代长城，位于通往张家口的公路边

状态，很多店铺开到下午四五点钟就关门回家了。夕阳已下，灯火亮起，忙碌的清洁工人在清理一天的喧嚣留给街道的垃圾。

黄土夯制的边墙，沿着353省道，向西延展。这段长城从下虎村开始，一直延续到高家沟，墙体虽然多有风化和坍塌，但总体还比较完整——可以持续看到一条黄土墙在蜿蜒。

夯土的明代长城蜿蜒向前，指向远处白雪镶边的山区，那里是冬奥会的滑雪场。人工造雪覆盖在滑雪道上，形成山体的条状雪帽。高大如虹的高铁高架轨道，从长城上跨越而过，浅灰色的线条与黄土色的线条，在省道上形成一个完美的交叉，又各奔东西。科技时代的速度与农耕时代的速度交汇在我眼前——一个生活在科技时代，用农耕时代速度去往远方的人。

一路上喜庆的年味儿，冲淡了河北农村的灰尘和脏乱氛围。Tina在三岔口村的摊位买了一包爆米花。摊上晶莹的糖葫芦很是诱人，刚想说让她给我买一根，就打消了念头——赤裸裸面对风尘的糖葫芦，估计早就粘满了大货车卷起的带着村里生活气息的灰尘。

跑完 3000 公里的点位，非常开心

互市重镇，奔跑 3000 公里

第三天，膝盖有所恢复，可以跑起来了。两公里后，是穿越龙门山的锁阳关隧道。龙门山海拔 1456 米，是宣化与赤城直接的分水岭。而龙关镇古称龙门，就来自此山名称。

龙门山上古有锁阳关，从北魏时期，就开始筑城设关，直到明代。我在隧道里轰鸣而过的车声里，从往昔的锁钥雄关下，穿越而出。远远望过去，前方笼罩在一层雾霾之中，一座山顶钻出了迷雾。

雾霭沉沉的地方应该是赵川镇，那座山应该是黑岱山。赵川有一座复建的金灵寺，寺庙里的塔比较有特色，可惜庙门紧闭。赵川现在对外的宣传定位是古镇，原有的赵川堡遗迹只有一小截。赵川堡建于明代宣德年间，赵川在晚清时期发展为宣化地区的一个商贸聚集地，现在镇子里的老街还保持着原来的十字街样式。不过，赵川的卫生有些差，垃圾和冰冻的脏水随处可见。在进城的路口，一位老哥的水果摊对面就是一个脏水漫地的垃圾堆。而古街的牌楼就矗立在这个大垃圾堆的斜对面。

2 月 4 日，第 140 天，在殷家庄 1 号大桥，我的跑长城总里程数已经达到 3000 公里。3000 公里，是我在出发前对跑长城全部里程数的一个粗略估计。通过地图无法丈量出精确的里程数，而且沿长城的路线会有很多曲折往复，也会加大里程。最后还有一个心理上的因素——先把目标设计得小一点，出发时就少了些畏惧，欺骗一下自己。

下午 1:17，终于跨过了 3000 公里的标线，我举着小妖，大喊"3000 公里！"

葛峪堡就在葛峪堡村边上，一座建于明代的关堡，昔日的夯土城墙保持得相对比较完整，还能看出来是一个城池。瓮城就在公路边，只剩下一截墙体和一座城门。城里就是村子，正赶上郭隆庄的秧歌队在这里表演——从几辆车上陆续下来一群粉艳艳的大妈小媳妇，拿着大扇子；身着明黄色行头的锣鼓队，正在一辆皮卡车上，准备开始奏乐。

一个个头高挑的秧歌小媳妇，看我过来，问我："我昨天好像看到你了，是不是昨天你就在路上走来着？"

得到我肯定的答复后，问我从哪里来。

又问："怎么就你一个人？"

告诉她陪同车在村口。

小媳妇开玩笑地说，要不我们拜拜你吧？

拜拜，就是表演一段秧歌的意思。

在北方农村，过年期间会有秧歌队或者舞狮队上门表演，称为"拜"，是一种收费的祈福活动，基本都是由东家订下时间，表演队在预订时间过来。当然，很少有不请自来、强行上门索要红包的事儿发生。

主事人已经招呼队员在村广场开始表演，应该是东家来了，铿锵有力的锣鼓声立时充满整个广场，在阳光下，小媳妇、大妈们随着哨子和锣鼓节点，左摆右扭开始列队表演。咚锵锵，咚咚锵，在阳光侧逆光效果下，她们的粉色秧歌服和手里的大粉扇子，格外得鲜亮。虽然很多人戴着口罩，但是依旧能看出来，在欢快鼓点的渲染下，在舞步的摇曳中，她们都神采飞扬，打鼓的汉子们也神情专注，动作舒展。

葛峪堡偶遇秧歌队表演，给寒冷的冬天带来火热的氛围

在他们结束表演后，我也回到村口，在我喝水的时候，秧歌队的车队，从牌楼鱼贯而出，离开葛峪堡。

这两天的理疗按摩，加上身体也开始适应高强度的奔跑状态，让我的膝盖状态好多了。过了清水河，就进入张家口市区了，我的身体也感觉很轻松。大红桥横在冰面上，河东壁立山体如同一面高墙，桥好像是通到山体里一般。

在冰面上有家长在领着孩子玩耍，我前

山村里还是一片年味儿

跑到张家口长城的大境门，天气好冷，我穿上了厚羽绒服

大境门

清代在长城开出来的一个关口通道，位于张家口市区。张家口在明代就是重要互市买卖地。隆庆五年（1571），明朝与蒙古俺答汗部达成互市协议，在宣府、大同等地设立马市。宣府的马市就在张家堡北五里处。万历四十一年（1613），明朝在互市地建新堡，取名"来远堡"。两堡南北相对，张家堡在南，称"下堡"，来远堡在北，称"上堡"。下上两堡，构成了张家口的城市基础。

面有两个小孩子，一个男孩，一个女孩，骑着车，爸爸跟在后面。男孩小脸蛋冻得红红的，还在关心爸爸小桶里装着的小鱼儿。

我以为大境门景区孤孤零零，大冷天没什么人，五点多了，景区可能也关门了。哪成想，好热闹，大境门前有吴桥杂技团，有碰碰车游乐场，有玩具车场子，还有各种广告的声浪，在穿梭的抓钩机、圆轮平衡车、来来往往的游人周围回荡。

这一天还是我用悦跑圈的九周年。九年间，我用悦跑圈记录了16200多公里的奔跑里程。

"正月旦，王者岁首，立春日，四时之始也。"（《史记·天官书》）从此北斗星的勺柄开始向南旋转，寒冬已尽，春天开始返回大地。立春时节的张家口，依旧很寒冷，一只风筝悠然地飞在天空，放风筝的老人在大境门前的广场上闲庭信步。

跑出大境门的来远堡，感觉就如同第一天离开山海关跑出关城的时刻——每一位出关旅人的身后，繁华渐渐远去，前面是漫漫征程。

大境门前放风筝的老人

撒马尔罕的"金桃"

过了石匠窑村，我就沿着左侧的山路，临长城奔跑。石匠窑也是一个明代老村，因明朝建张家堡和来远堡时，有很多石匠居住于此，而得此名。

张家口段长城在明代属于宣府镇，我途经的这段长城是片石垒砌，术语称为"干插石垒"，就是纯粹用石片砌起来，不加糯米和白灰做的黏合剂。墩台是圆形的，片石的边墙和圆柱状的墩台结合在一起，很有几何体的美感，由于是圆柱体，迎风面风阻降低，风化剥落相对比较少，看起来好像是不远之前修建的一般。在青松和蓝天白云的衬托下，让我感觉心旷神怡。

草原天路主要在著名的野狐岭范围，明代长城与其相伴

长城一直蜿蜒到五墩村的后山，我从村里穿过去时，正好中午时分，路边玩耍的小孩子正被他妈喊回家吃饭。跑了一阵国道，导航又把我们引入旁边的砂石小路，下面是一条河沟，也是万全的水源地。冰面很洁净，冰层有 40 厘米厚，冰裂纹路形成了美丽的花纹。阳光很好，这里也没有风，我就把小妖带下来，在冰面玩了一会儿。

燕山山脉在这里已经趋于平缓，到了它的尾部，高峻的山岭已经化为低矮的丘陵。八百里燕山，已经被我完整地跨越了。前面是巨大的上坡，我要从低地往坝上，就是往蒙古高原上爬升。远处看着如同山峦、长满大风车的地方就是草原天路，海拔 1600 米左右。

硬化路和砂石路交替变化，坡上还有残雪。安静的林间，只有大风车低缓的"嗡嗡"声，一个山坡上长满了沙棘，黄澄澄的小沙棘果，沉垫垫地缀满了满是刺儿的枝丫。我采了一串吃，酸中带甜，带着浓郁的果香。

在翻过了有很多大风车的山岗后，我终于见到了焦泥庄，这也是我立春这天的终点，一个已经废弃的村落。一线边墙就耸立在村庄后的山坡上。

正月十五早晨，我在酒店的餐厅，吃了一碗甜甜糯糯的黑芝麻汤圆。

我开始了草原天路的奔跑，明长城从膳房堡沿着坝上高原设防。坝上，源自蒙语"大坝"，指岭，音"达巴汉"。草原天路，是张家口坝上的高原公路，当初建设时，主要是作为风力发电场的基础配套公路。壮观的风景，起伏的地势，洁白的大风车，吸引了众多摄影爱好者和自驾爱好者，加上距离北京、天津等大城市近，于是迅速蹿红。疫情之前，一到夏季周末，天路上堵车是常事儿。

以前我和朋友们经常来草原天路，也曾

中间一条隆起就是明长城遗址

"金刚狼"纪念碑

在隆冬时节来露营。有一年，儿子还很小，我们在此搭建营地，他穿着踏雪板，在雪地里玩得不亦乐乎。那时候，踏雪板的长度都快赶上他半人高了。

正月十五的晚上，大境门景区有打铁花表演，我和Tina都想去看看，就想尽快完成本日的任务。从焦泥庄一出发，我就被来了个下马威——这里海拔已经达到1600米，还在不断地上坡，是那种你跑也跑不快，走又不甘心的缓坡。我喘着粗气，上到山梁上，大风车在那里慢悠悠地旋转着。下面的长城已经老成遗迹了，山坡上散落着长城城墩的包砖碎块和墙体的碎石块。

上到周坝村的山梁，云雾散去，蓝天如洗。周坝下来一公里就到了草原天路的大门

口，从大门这分为东线和西线，我的方向是西线。

天路上的气温明显又降低了几度，有些路段还有积雪，风也加大了一级，我一直用围巾围着口鼻，温暖一下吸进来的冷空气，这里已经是坝上高原的气候。

土边坝是张家口的重要风场，在海张高速和草原天路交汇之处。去往西线的路口，有三片耸立的大风车风叶做成的雕塑，如同三柄刺向苍穹的马刀，看着又像金刚狼的利爪，野狐岭战役就发生在这里。

1211年，成吉思汗带领蒙古骑兵，在野狐岭大败金国近50万军队。野狐岭大战是金国由盛转衰、蒙古人入主中原的转折之战。其后，蒙古军队直入居庸关，夺取金朝

中都（今北京）。1220 年，全真教之首丘处机受成吉思汗邀请，从今天烟台莱州大基山昊天观出发，北上谒见。在出居庸关过野狐岭时，见到残酷的野狐岭之战后的惨烈与血腥，发愿回来为战死的亡灵超度。

　　　　北蹈野狐岭，西穷天马乡。

　　过了路口就是苏蒙烈士陵园，西线的起伏要明显大于东线，我也被连绵不断的大坡折磨得气喘如牛。长城就在路旁——从山坡到山巅一条不高的隆起线条，每隔几里会有一个墩台遗迹。偶尔有牛马在田野里吃草，很少能见到人，耳旁是呼呼的风声。

　　天路旁的长城，最早建于战国时期。国门

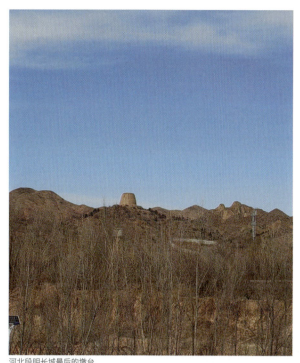

河北段明长城最后的墩台

这里就是玄幻的战国"无穷之门"的大概位置

曾经有一个特别奇幻的故名："无穷之门"。《战国策·赵二·王破原阳》中武灵王曰："昔者先君襄王与代交地，城境封之，名曰无穷之门，所以诏后而期远也。"

　　当地文史工作者调查后认为，无穷之门的具体位置应该在春垦村南一公里处。我跑过春垦村口时，疫情防控时的一个大土堆还封在路上，不过土堆的两侧已经被车辆碾压成道路了。

　　赵襄王命名的无穷之门，意为开拓远方未知之地。我的面前，大风车在风中，转动着巨大的扇叶，不断地输出巨大的电能。

　　在 31 公里处，我左转离开天路，转往大麻坪方向，在快到东庙儿沟村时，看到路上慢慢悠悠走着几头母牛和牛犊，又向前跑

余晖中的东庙儿沟村，飘荡着炊烟的味道

了几百米，看到一个骑摩托的老哥在路边看手机。跟他打了个招呼，问他放牛呢？老哥回答，是的，你跑步呢？

我告诉他，你的牛都不走，看风景呢。

快到村口时，老哥骑摩托赶上了，跟我开玩笑说，你这锻炼应该跑到车前面。我则羡慕地说："你到家了吧，该喝两口了。"他浮现出一脸的幸福。

夕阳里，村里的房舍、村树、灯笼、对联都笼罩上了一层金色，炊烟从烟囱里飘出来，带着温暖的柴火焦香味。过了小溪就是大麻坪村口，溪水在这里漾成50多米宽的冰面，冰面没有冻实，反射着夕阳的金光。我坐小吉过了河，这时太阳已经落到了山后。拍结束视频时，一头黄牛在旁边吱吱饮水，小妖一直盯着大牛看。

从大麻坪出来，经过新河口、刘虎庄、站石沟村，就到了洗马林镇。这是一座被历史忘记的艺术之都。

1221年，蒙古大军在攻陷花剌子模国撒马尔罕后，把织金匠人悉数带回，安置在一个叫"荨麻林"的地方（就是现在的洗马林镇），生产"纳石矢"织金锦。但是，这里如今已经没有一丝撒马尔罕风格的痕迹了。自从1369年明军攻下宣德府后，就不再有任何关于撒马尔罕人的记载，但是纳石矢织金技法在中国继续流传。

眼前高大的玉皇阁、城墙和宏大的城门，都是明代洗马林堡的遗存，建于明宣德十年（1435年）。面对寒风中的城墙，我很想知道，那几千户技艺高超的匠人去哪里了？

如果不是跑长城，很多地方，我不会经过，也不会知道很多消失了的长城往事。

跑 步 路 线
1 月 3 1 日 — 2 月 7 日
2886km—3126km

洗马林镇
元代的"荨麻林",达撒马尔罕
织金匠人失落的家园。无论跑步、
骑车,这条充满历史往事之路,
都是深度了解塞风云的最佳方
式,极具挑战性

春垦村
战国赵国国门"无穷之门"故地

116

118

115

119

苏蒙烈士陵园
黄花坪
大境滩
东窑上坊村
大洪沟村
新河口村
窑头丰庄
刘家店
镇古汉村
柳沟村
狼山村
水磨天路大门
剔堰
焦泥庄
塞雨山村
上西湾村
富赵村
双岔堡村
五烟笼
永丰堡
元宝山村

洗马林镇

内 蒙 古

平远头

石匠窑村

大境门

张家口

大境门
万里茶道的起点

石匠窑村
张家口长城绿道的起点

山 西

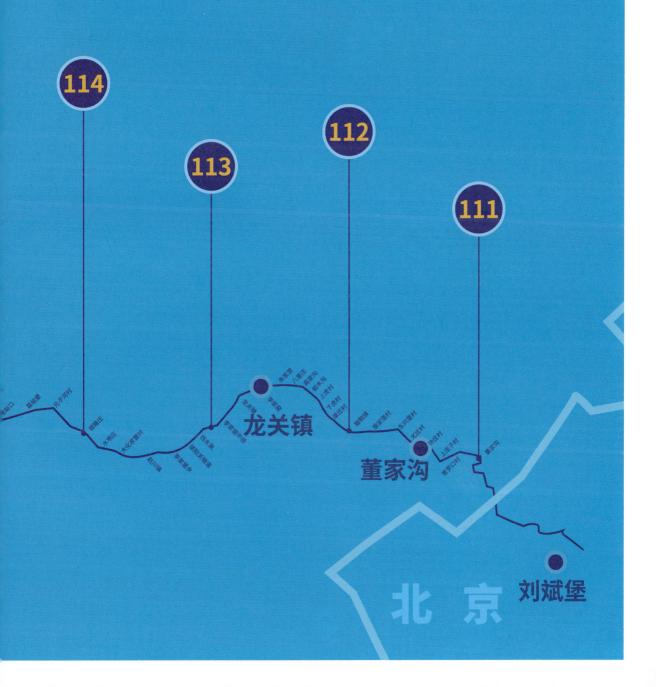

河北

北京

114

113

112

111

龙关镇

董家沟

刘斌堡

第 119 天，2 月 8 日，终于开启山西段的沿长城奔跑。山西明长城基本在晋蒙边界一线，从天镇县西进山西，依次经过阳高县、新荣区、左云县、右玉县、平陆县、偏关县，沿黄海从河曲跨黄河，进入陕西的府谷县。我沿着山西的明长城跑了逾 560 公里，用时 18 天。

第7章

跑进山西
长城路上的"风搅雪"

山西
十五天
564公里

大同迎面遇暴雪

终于到了心心念念的山西。

进入山西这天，我是从板山村出发，距离山西界的平远头村27公里。温度很舒适，没有风，农民已经开始整理田地，一对老两口在田里整理庄稼的秆茬，把不好清理的用火焚烧掉。这种方式既能杀死虫卵，烧后的草木灰，也能给农作物提供钾肥。

跑过羊窖沟村，一座如同锐角三角形的山体，耸立在村后，在山顶有一座小庙，一条如同竖立的阶梯路通到山上。村里的老头老太太小媳妇儿大婶子们，都站到街面上晒太阳，看我跑过，都目不转睛地看着我，又给他们提供了一个新鲜话题。

我需要沿着东洋河，路过怀安县城，再往西去往山西。渡口堡乡，鸡鸣三省的地方，北面是内蒙，西面是山西，乡里的古堡还留有一段城墙和一座厚实的城门。在乡路上，我跑了两公里，听到前面有唱戏的声音，我还以为是哪个游商的喇叭在广播，但路上的人越来越多，都聚到前面一个场地，农村大集？

往前一走，才发现戏台上正在演出。挂着的条幅写着：山西省梨园晋剧院。

在温暖的阳光下，台下坐满了村里老老少少，陶醉的神态，一如我在燕山里遇到乡村唱大戏时所见。周边有很多小商贩的摊位，卖玩具的，卖烧烤的，卖干果的，卖糖葫芦的，卖膨化食品的。我看大麻糖很好吃的样子，让Tina买了些，有点儿粘牙。我很喜欢这种带着浓郁柴火气息的乡村场景，虽然闹哄哄的，却挺温馨，即使我是一个过客，

良民沟的山西晋剧院演出

围坐看戏的村民

也能感受到充盈身心的温情。

在良民沟戏台广场，我问卖糖的大姐这是赶集吗，大姐说这就是唱大戏，不是赶集。晚上回来查这个村的历史时，看到一则本地新闻，《怀安县渡口堡乡良民沟村：戏曲汇演庆佳节》，说是要连演五天九场大戏。

过了马市口，就进入山西范围了。在明代，马市口是大同镇与蒙古互市的一个重要市场。长城主要建于嘉靖年间，范围包括现在的朔州市和大同市。东边第一堡，是新平

新平堡镇的明代街道格局和古建筑保持得相对完好

堡，而平远头是东边首关，也是我今天要跑到的地标。

过了平远头桥，就出了河北。一个昔日的检查站小屋，挺在山西桥头那里，表示这里是一个村口。我们都非常开心，在平远头村口牌子处，我抱着小妖，让它骑到我的头上，拍了进入山西的第一段视频。

新平堡四街十六巷，明中期驻军千人。现在老城中心还存有一座高大的玉皇阁。玉皇阁呈过街楼格局，东西南北四个方向都可通行。镇里的小车经过玉皇阁下方都会长鸣笛，告知其他三个方向，有车通过。四个方向的街道两边，都有老铺面，橡檬泥瓦，格窗门柱，还留着百年前的样子。

我在山西这段时间，感觉这一冬天的雪都被我赶上了，大雪下得让我怀疑自己是不是真的在山西了。从新平堡出发，感觉气温有些低，需要穿着棉服，路面的雪还处在融化状态。过了五里墩村，一切变得不惬意了。

开始进入山区的上坡路段，山势连绵，

风雪中我已经是满身冰晶　　　　　到李二口村，已经是满天飞雪

风力也变大了，顶着风跑，已经可以感受到明显的阻力。越往山里去，雪花越密，已经由松软的小雪花，变成了结实的雪粒。天地已经汇为一体，白色覆盖山峦、道路、森林，雪花在我眼前忙乱地飞舞着，远处如同迷雾弥漫，被朦胧的白色笼罩。

过了老爷庙隧道，爬坡状态终于变为下坡，连续6公里的下坡。雪踩上去发出"咯吱咯吱"的声音，说明雪的温度又降低了。我跑得也很吃力，在雪里跑，就如同跑在沙子上，松软的雪，让每一步都要费不少力气。

Tina开着小吉，也挂上了四驱行驶，连续的山路和转弯，让我有些担心。两根登山杖加两只脚，我就如同奔跑在一个混沌的白色大球里，那种感觉有点像被困在一个飘雪水晶球里的小人儿，不停地跑，却永远跑不出眼前的混沌。

出了山口，是李二口，这已经是在大同一号长城旅游扶贫公路上了。李二口被打造成旅游村，新建的灰墙起檐的民居院落、新春佳节的对联红灯笼，在白雪纷飞中，给素洁里增添了美艳的亮丽和喜悦。

李二口的长城比较有特点——从后山冲下来的长城与谷地里的东西向边墙垂直交汇，形成倒T形，民间称为"错长城"。

弥漫的雪色笼罩了山岭，隐约还可以看到一点山的起伏。偶尔有一条边墙，朦胧显现在白茫茫中。每当有大雪纷飞，我又正在路途中，都会想起韩愈"云横秦岭家何在？雪拥蓝关马不前"的诗句。

黄昏时刻，终于到了终点十九墩村，此时我已快成冰人了。

两只雪兔在给我加油

雪中奔跑

　　一夜之后，雪停了，从满是冰雪的城里，我们小心翼翼驾车到了出发地十九墩村，感觉非常开阔。南方是无边的荒野，十九墩村后的北山，覆盖着白雪，在蓝天的衬托下，非常有立体感。

　　我们来到村委会的小广场，以北山为背景拍了出发视频。在我们进村的时候，路上有一群村民正在闲聊，见有车来，都目不转睛地看着我们。我们转弯往村委会方向去，等我们停好车，小广场对面高坎上的小胡同口，已经高高低低站了一群人，正在往我们

这面张望。村里应该很久没有外人来了，我们的出现，让村民感到新奇。他们站在小路的台阶上，错落有致地等着看我们干啥。

　　气温升得很快，跑了一会儿，我就感觉热了，陆续把棉服、软壳上衣、抓绒帽、手套都脱了。地面的雪也开始发黏，融化，在阳光下白得耀眼。

　　长城看得非常清晰，这道长城就是明代的"大边"，从天镇县新平镇的平远头村起，沿天镇、阳高、新荣区、左云县的北部边界而行，进入右玉县，这道长城就在山西和内蒙古的分界线上。

　　这一带的山，本地人称为五龙山，但是

山西段明长城的墩台比较密集

这个地名并不见于地图上。跟路上一个老人闲聊，说山里有一个普渡寺，不过由于他的本地口音太重，一直没有完全听明白该怎么去。老人还说本地的水好，是山上流下来的泉水。这一带长满了杏树，阳高杏脯也小有名气，如果是春天时节，满山杏花一定非常缤纷。

"屋上春鸠鸣，村边杏花白"，斑鸠不知道有没有，鹌鹑可是一群一群被我惊飞。

午间休息的时候，我在奶头山村口的椅子上吃午饭。

到守口堡之前，洁白的路上只有我一个人在跑跑走走。沿途鹿角沟村口的一段长城，密集布设了五个墩台。大同段长城防御体系为每隔百步一座"台"，每隔三百余步一座"墩"，其间还有用于传递军情的"火路墩"。

继续沿大同长城旅游公路前行，前面就要进入长城乡，这应该是路上遇到的第三个长城乡镇，另外两个是吴起县、武威市的。这条路上的车辆不多，雪还没有融化，只是

车辙相对平坦些。有位对向而来的老哥，骑着一辆破摩托，在雪地里艰难向前，摩托车发出无奈的低吼声，可是车在雪里只往前拱了几米，车轮的转动就被雪阻挡了。摩托两侧绑了很重的东西，他就一直用两条腿交替蹬着地面，给摩托加些力气。这场景有点像俄罗斯老歌《三套车》：

冰雪覆盖着伏尔加河，

冰河上跑着三套车，

……

你看吧这匹可怜的老马

它跟我走遍天涯

………

这条蜿蜒的长城路，覆盖上雪后还真像一条冬天的冰河。2016 年，我去俄罗斯跑贝加尔湖冰上马拉松，跑在冰雪覆盖的贝加尔湖上，偶尔经过泛着蓝光的冰面，迎面的北风刮起阵阵白雪，当时也想起《三套车》苍凉悲壮的旋律，就如同此刻在雪野中看着这莽莽的黄土边墙。

雪后空气湿润，路两侧的林木开始茂盛起来，比较养眼。在元墩村外，有两个相邻的墩台，背景很干净，只有白草地，这时天空已经渐露出蓝色，透着就要云开雾散的喜悦。在墩台前面，有一座小石拱桥，块石垒砌的拱形，给眼前的图画增加了弧线的美感。

去往镇川堡，要跑一段土路，这里的雪相对小，地上只留有小片的残雪。地势是一路下坡，从转弯的坡上，可以看到下面谷地里的村庄。落差至少有百米，借着坡度，我一路狂奔而下。

长城跑步地理

大同镇

据《三云筹俎考·大同总镇图说》统计，大同镇先后修大边、二边 516.3 里；有内五堡、外五堡、塞外五堡、云冈六堡等主要城堡 72 座，边城 776 个，火路墩 833 个。

"内五堡"，即镇边、镇川、宏赐、镇鲁、镇河五堡；"外五堡"为镇羌、破鲁、灭鲁、威鲁、宁鲁五堡；"塞外五堡"为得胜、拒墙、拒门、助马、保安五堡，均在大同城北。这些城堡基本都在我跑步的线路上，也就是长城旅游公路的沿途。

进入左云界内

165

孤山村的村民对于我的出现很惊讶

　　路过镇川堡村，路边有一个水管在哗哗流着水，旁边有村妇洗衣服，有几个人拿着桶等着打水，应该是泉水。一位穿着骑行服的骑车人，也在等着打水。看我跑过来，都对我行注目礼。

　　过黍地村时，又是一群村里人聚在一起闲聊晒太阳，见我过来，依旧用我熟悉的目光打量我，我也给他们拍了段视频。路上小妖在松林里雪地上玩得太嗨，林里的鸟叫和过路的喜鹊让它追逐了很久，回车上后，"呱唧呱唧"地大口喝水，像一只小狗子。之后它在自己二楼的安乐窝，四腿朝天，仰面呼呼，睡得都快流口水了。

　　我们转场到内蒙古的丰镇住宿，丰镇距离长城的行车距离比山西的新荣要近一些，而且也要大一些，繁华些。

　　宏赐堡，现在只剩下一段残墙，与枯败的杂草为伍。旁边的炭素厂，路两边都是厂区，路中间的大屏幕正在播放着央视广告"老家河南"，风中只有我一个观众。过了炭素

中午休息，小妖也适应雪地了

厂，长城就在不远住，默默立在风中。我的体感更冷了，风力 5—7 级，东北风，侧风，我的右脸已经被冻得发木了——我向北跑，右脸就成了迎风坡。

下午更冷了。小确幸是，我左转往拒墙堡方向跑之后，侧风转成顺风了，时不时还有推背感。过马厂村时，一个小伙子，冻得哆哆嗦嗦，嘴里还"嘶哈"着渲染他冷的程度。

沿途碰到的牧羊人，大概有三个吧，他们在风中，如同一座雕塑，在风中或站或坐，背对北风的抽打，他们的羊群就在旁边自在地啃着草。

又是一天，早晨的拒墙堡依旧像昨晚一样冷，风虽然很小，但是穿透力很强，出发时还得穿着棉服。还是没看到村里人，估计天太冷，又没有阳光，村里人都在家窝着了。前面远方有一座尖尖的山，在尖山后面，还有一座更加宽广的山体，这两座山都是我今天需要超越的地点。

谚语常说，望山跑死马，今天我就是要望着山，并且翻越过去。这座尖山，名为弥勒山，形似一个标准的三角形，尖顶上还有一座发射塔。

五公里后，我已经从山坡盘旋翻过去，跑到山脚下了。这段长城还在拒墙堡村范围之内，保护牌信息也写的是"明长城遗址拒墙堡烽火台"。

我的前面只有一座山了，马头山还在远方，看着还只是一长条黑带。

只要不停往前，跑得再慢，你也会来到山前。眼前的马头山，从眺望它，逐渐到仰视它，平视它，回望它，最后马头山和保安堡都在我身后了。

地面还开始出现火成岩，地质构造上属于大同火山带

在过马头山拍视频时，我发现地面的石头很多是火成岩。从地质史学上说，这里是大同火山带。路两侧的一块块带有气孔的黑色石头，是六万年前火热激情的结晶。这里属于中国第四纪火山群，分布在中国多个方位——海南、腾冲、大同、乌兰哈达、长白山、阿什库勒、木吉乡、阿尔山、诺敏河、科洛……

眼前的马头山，还有途经的摩天岭，都属于火山地带。不过六万年前，大同火山属于闷骚型，不是"砰"一下掀桌子爆发了，而是慢性子——火山岩浆熔液从地下腔道，一点一点渗透出来，形成现在这种平台式的山体。

掠过六万年前的火山，天色也渐晚，黄昏暮色渐渐涌上来。路上的雪不再有软糯的脚感，而是变得脆硬，发出"嘎吱嘎吱"的声音，说明气温降低了。

黄河向东流，什么人留下个走西口

经过宁鲁堡，让我想起以前读过的美国记者彼得·海斯勒（何伟）写的《寻路中国》，写他 2001 年在中国西部自驾的经历。他书中的宁鲁堡是一片贫瘠、干旱的土地，无论如何劳作，都无法养活人。年轻人开始走到外面去打工，老人成为村庄里的主要人群。书里的中国西部农村，还在挣扎着想要摆脱贫穷和封闭的禁锢，虽然书里的语言很轻松，但是透露着闭塞、无奈和悲伤。

22 年过去了，这里人们的物质生活已经发生了巨大的改变，贫穷不再是这里的普遍现象，山上也长满了绿油油的松树，连路面都已绚丽如同彩虹。

一路上我很惊讶于这里森林覆盖率之高，这一切都开始于当年的世界银行环保贷款。彼得·海斯勒在自驾采访时，所有人都认为在如此干旱的区域是不可能把树种活的，这就是在骗世界银行的钱。是否存在骗钱一说我无法求证，但事实是，从左云到右玉跑了三天，我一路上看到的都是茂密的林地，野鸡经常被我的脚步惊飞。

宁鲁堡旁边有一个八台子村，吸引我们去看这个村的，是这里一座教堂的遗址。八台子教堂本名为八台圣母堂。光绪十六年（1890 年）天主教传入左云，由山西北教区驻大同的外国传教士及教徒来八台子村传播发展，在此地修建了圣母教堂及附属房屋 70 余间，据说能容纳 800 人礼拜。

现在八台子村依旧有一座教堂，村里还在信教，有一家的门前对联，也是信主爱教

过佳节的内容。我们跑到村里时，正好一辆流动小超市货车在卖各种食品日用品。一位老太太拎着一瓶酱油往家走，一位老爷子也抱着一箱方便面往回走，平静祥和的小村。

从老教堂遗址下来时，遇到往山坡上来的三个村民，拿着笤帚、袋子等，我问他们干啥去？

回答说"去收垃圾"。

过了八台子，翻越摩天岭的跋涉开始了。曲折的山路坡道全长 11 公里，我用了一个半小时才跑到垭口。垭口处的气温也降低了，我吃了些能量食品继续出发。往前一公里，就进入山西内蒙的分界线，一块"内蒙古界"的大牌子立在路口。内蒙段路线沿摩天岭山脊而行，明显感觉气温比一线之隔的山西低得多。路面上的雪一点都没化，是脆硬的感觉，踩上去发出清脆的"嘎吱"声，风也加大了。

在摩天岭的山脊上，我再次出发，即使阳光很明亮，温度还是很低，风很硬，穿透力也特别强。我和小妖，在一块大火成岩旁边拍了出发视频。

接下来一路下坡，长达五公里的坡路，满是积雪。在双树村，地势转入山谷平缓地带。一条小河封冻在山谷中，两侧长满灌木，路面的雪在阳光下，白得耀眼。山谷里没有风，当我停下脚步，去掉了"嘎吱嘎吱"踩雪声的干扰，就能听到周边萦绕着云雀的鸣叫，"啾啾啾，啾——"，清脆婉转，带着音调，很多只云雀，互相唱和。

从出发时起，我就一直比较担心山西段的跑步环境，就怕运煤大货车一路横扫。非常幸运，大同段建好的长城一号旅游公路，

八台子村的天主堂遗址

摩天岭段长城已经进入内蒙古境内

就沿着晋蒙边界一线，最关键是基本没有车流量。

到目前为止，在山西段长城的跑步环境都非常安静，经常比我在燕山里跑还安静，没有车，没有人，只有长城，只有树木、牛羊和狗子。

经过路旁写着"残虎堡——距离150米"的指示路牌，很快就到了残虎堡。关堡就剩下西门部分的一小段墙体，其他都已经看不到了。村里房屋低小，多是黄泥土房，间有些砖瓦房，村委会的党群服务中心也很朴素，一间简单的平房——看来村子里刚脱贫不久。路过一户人家，一个老爷子在院子里干农活，门前一段木篱笆，一个树根做的劈柴桩子，他正用一个镐头敲打一堆细树枝。

见我跑过，抬头看了一眼，继续干活。

过了破旧的残虎堡，就是一大片风场，这里地势高，相对平坦，类似一片高原坝子。我已经感受到满满的风能了。一到这片区域，温度又开始降低，风也大了，好在我也快到终点了。

从风场下来经过西樊家窑村，虽然是从村边经过，但因为跟我一个姓氏，我特别留意了一下。

过了樊家窑村路口，就进入了沿长城的山路，路上积雪连车辙印都没有，我们是雪后第一次走这条路的人。小吉在前面压出车辙，我就沿着车辙跑，这样相对轻松些。这段长城的前面就是杀虎口，路右侧的边墙和城墩保持得相对比较完整，在雪景与松林的衬托下，显得巍峨高大。

上坡时，我享受了一下躺在雪地上的放松，躺平真舒服。眼前是蓝蓝的天，空气里有淡淡的松香气息。

哥哥你走西口，
小妹妹我实在难留，
手拉着那哥哥的手，
送哥送到大门口。
哥哥你出村口，
小妹妹我有句话儿留，
……

这就是杀虎口关下山西人走西口的古道

终于跑到杀虎口，著名的走西口之地。从明朝中叶开始，人们就从这里逃荒去往蒙古草原。因为山西土地贫瘠，所谓"无平地沃土之饶，无水泉灌溉之益，无舟车渔米之利，乡民惟以垦种上岭下坂，汗牛痛仆，仰天续命"，又多自然灾害，在明朝近300年的时间里，山西有100多次全省规模的大灾。过不下去，百姓才会冒险走西口，跨出汉地，去往未知的蒙古草原讨生活。

杀虎口现在是景区，在跨越呼北线的位置，建了一个巨大的城关大门，匾额上写着"杀虎口"。下面的西口古道就是数百年来晋人的凄凉之路。与闯关东一样，这百年的路记录了太多悲欢离合、情仇恩怨、生离死别。一曲民歌，唱出多少无奈与凄凉："自古那个黄河向东流，什么人留下个走西口？"

走西口，能做买卖发达的虽然是少数，但这少数人在环境艰苦的口外他乡坚韧不拔，锐意进取，使口外成了晋商的发祥地。

下杀虎口时，遇到一群牛，我嘴里念念有词："牛肉串、肥牛火锅、牛肉丸……"我刚念叨到这，一只大灰牛"噗通"跪倒在我面前。这牛懂人语，我赶紧道歉："对不起，对不起，我不是故意的，我真的没有吃你的意思。"

这一幕还被我正好用视频拍下来了——拍人容易，拍动物难，拍到一只懂人语的牛那是幸运啊。

杀虎口旁就是西口古道，古道鲜有人迹，古桥和被磨得光滑的铺路石，就静静地与时光为伴。

巧克力倒入牛奶

离开杀虎口，沿呼北线跑了3公里，进入乡间路，过黑洲湾、元村，村子很破败，农户的房子都是泥土房，很不景气的状态。跑到终点铁山堡是下午五点多，已是夕阳暮色。

已经快十天没有休息了，就在右玉休整一天，我去超市买了些路上吃的食品，然后去理发店剪了个右玉头。理发师很年轻，也喜欢聊天。我说从北京过来的，他告诉我，自己疫情前在北京回龙观做理发师，因为疫情回了老家右玉，右玉人口少，但是收入比较高，右玉有很多大型矿业，在矿上一个月收入基本都万元左右，这里房价还便宜，好的楼盘也就三千多一平米。

右玉的城市建设很漂亮大气，和左云对比强烈。我们住的酒店是本地服务最好的，服务员的素质可以赶上一线城市五星级酒店的水准了。

休息日天空晴朗，再出发时，没想到我们遇到了跑长城中最大的一场风雪。去往铁山堡的路上，经常能感受到风吹得车身直晃，路上的雪经常席卷着淹没了前面的景物，越往山里去，风雪越狂暴。

在铁山堡停车时，车头都得顶着风停，否则下车时车门容易被大风掀开。我穿好棉服外套，收拾停当下车，瞬间就被风雪裹挟，四周的雪狂飞乱舞，如同身处一个高压蒸锅里一般。

路上积雪很厚，车仍然可以通行，我把小妖裹到我的衣服里，对于这样的大风雪，它一脸茫然。呼啸的北风，带着抽打树木的尖锐破空声音，把漫天的雪花扬撒得到处都是，重力作用似乎已经消失。

当风小点，这个世界，就如同一下掉进了枯墨山水画里，我和这山、这树、这长城如同被魔法画师画到白纸上一般。不同色阶的灰色线条，画出景物的轮廓，但是无法看清细节，也没有光影明暗，如同二维画面。

几声雁鸣，打破了枯山水的维度，哦，是两只赤麻鸭，不知道是早飞回来的，还是

天地已经变成一幅水墨画

过冬没走的。它们被我跑过的脚步声惊起，在满天飞雪与北风的节奏里，依旧可以用自己的力量和鸣叫，在混沌中留下轨迹。

我循着它们起飞的地方，下了公路，踩着厚厚的雪，走了几十米，发现一条小溪。在水墨背景下，蜿蜒的小溪，如同一条墨色分割线，把白色分割成两部分。尤其在拍摄的时候，当我把小溪置于画面正中，它就如同撕裂开的白幕布下隐藏的水世界。

虽然因色差小溪看着是墨色，实际上水清澈透明，可以在流波中见到水底的细石和水草。路边山坡上的墩台，淡得如同做了褪色处理，似乎再多擦几下，这片墩台和山体就都消失了。

再狂暴的世界，都会有生命在跳跃，在大沙口，风舞狂雪中，竟然跳出两只德牧，在雪里玩得不亦乐乎。这是一路上我遇到最

友善的狗狗，它俩摇头晃尾地就蹦跶到我面前，又跟我蹭脸，又允许我摸头。我见到的狗子都是警惕性十足，多数是对我狂吠，尤其在自己的家门口。而这两只德牧，就如同唐老鸭动画片里快乐的布鲁托，它们跟我一

大沙口两只特别欢乐的狗子

雪停后蓝天白云又现，村里老人正在清雪

直玩耍到村口。布鲁托一号还吃了喂给它的面包。出村口，我跟它挥手，告诉它回家吧，再跟着走就太远了。它就安静地站在车边，见我们走了，它才回过身，快乐地踏着布鲁托步伐回大沙口了。这两只德牧好快乐，没有村狗的紧张和神经质，似乎这个世界都是友好和欢乐。

快乐如狗，但很多狗真的不快乐，它俩是幸运狗。

上半场是暴雪世界，下半场突然就蓝天白云了。大自然就是这样。完成一个半马午餐后，天气转晴。我拍了一段云气变幻的延时镜头，看着真是壮丽。

经过的村庄实际上差不多都是刚脱贫的状态，房子都属于传统民居、泥土房、石头房、拱形的门窗，形如窑洞，而且多有破败。只有红红的对联显示这里有人居住，或者有主人管理着。

石仁湾就是这样的村子。在漫天飞雪中，却有一户人家的老人，在清理门前的积雪，还不忘问一下经过的我：干啥呢？

我告诉他，看雪呢！估计老人会懂的。

铁山堡的 36 公里，如同摆盘精美、盛着撒上黑松露的炸干酪球的餐盘，浓郁隽永，回味悠长。那风中晶莹的飘雪，就是撒下来的黑松露粉末。

大河堡，这里曾经拍摄过电影《驴得水》

支离破碎的墙体，维持着昔日关堡的尊严。大河堡是明末崇祯十三年（1640年）建的，史称"大河口"，那时的明朝已经处于风雨飘摇之中了。

大河堡村上方竖着一个大大的"影视基地"的牌子，原来这里拍摄过电影《驴得水》。村子里还留有很多石头垒砌的房子，都是传统圆拱式窑洞民居，但是多已废弃。

隔壁就是内蒙古的清水河县，清水河县也有一道明长城，明天我会沿着内蒙清水河段长城跑过。

出了度假村，不远就是八墩，这里跟大河堡村很像，只是山地起伏更大，房屋都在一道道山坡上，如同陕北黄土高原的村子。败虎堡的状态还不如大河堡，其相对八墩村已经是山顶。在连绵的高台地上，满眼都是风车，是老人、孩子的乐园。

晋蒙边界乡村的一个现实问题是没有年轻人。没有后辈照顾的老房子，在风雨飘摇中走向了衰败。我特别喜欢这些巨石堆积起来的老屋，但只能看着它们塌了顶，歪了立柱，曾经雕花的窗棂碎成断片。它们顶起一片幸福天地的时刻，已经没人再记得，我一个路过的遥远征人，却恋恋不舍。记忆随风飘散，力量也随时间逝去，石屋巨人将归于尘土。

从败虎堡出来，我跑了两公里109国道，算是又被扔回了人间，轰鸣的货车带着水雾从我身旁驶过。看到一块国道路牌，"537公里"，这是我距离家的里程，从北京到拉萨的109国道，就经过我的社区。

离开国道后我感觉好像跑在了林区，随着地势的起伏，两侧林地密布。丛林公路

回到酒店，我泡了个热水澡，驱走了一天的寒气。

旅游公路从天镇县开始，一直蜿蜒到偏关县老牛湾，在偏关县长城与黄河相遇，长城旅游公路也改名为黄河一号公路。公路是彩色沥青铺设，加之沿途人烟稀少，整条旅游公路显得安静而整洁。

过了威虎堡，进入山区，路上又满是积雪。沿着彩绘路跑了三公里，右转去往大河堡方向。路面换成土路了，大风吹拂下，白雪和黄土混杂在一起，如同巧克力倒入牛奶里一般，一层层，一缕缕，带着流体的曲线。

上了高岗，可以看到下面大河堡的遗迹，

又是大风大雪，感觉跑了个假山西

上偶尔有肥甸甸的大野鸡费劲儿地扑扇着翅膀，带着自己沉重的肉身和彩色的尾羽从路旁飞起，吓我一跳——它们起飞的声音太歇斯底里了。Tina 还看到一只美丽的狐狸从车前跑过。

跑向当日终点达达井村的一路上，我没有遇到任何人，除了一辆对面开来的车。但是一路上，雪地呈现了自然界的热闹迹象。虽然眼前一片寂静，但我可以分辨出来的有田鼠脚印、鹌鹑爪印、野鸡爪印、牛蹄印、狐狸脚印、兔子脚印，还有很多不认识的足迹。这就如同我看不到有人往来，但是每一个村里，自有不一样的天地。

我的队友

小妖巳经从家居猫的冬眠状态恢复为长城猫。它又开始张望车外的景物，急着下车去玩。一路上人少车少，满地小动物的痕迹，给它增添了很多兴趣点。

第一场大雪之后，松林里小动物的气息和粪便味儿，让它比较兴奋，忘了爪子踩在雪里的冰凉感觉。于是开始在草地上、雪地里追踪。

每当它想出去玩，就会在车里各个角度向外张望，看到有合适的地段，就会两眼放光，充满期待。在清水河段，山谷里人迹罕至，它对车外的大片山坡草地充满热切期待，一停车开门，它就自己跳下来，开始在草地上撒欢。因为没有人和狗子，我也不担心它被惊扰，就没有再给它拴猫绳。它就在山坡上上下下、左左右右地来回跑，撵着扔出去的小石头或者喜鹊。

176

沟沟壑壑如同在陕北

黄河壁立千仞，碧波凝冰

我之前曾多次去过山西，也曾经去过宁武一带的长城，但从来没想到山西长城沿途人口这么稀疏。想象中奔驰的运煤车，只在路过的国道上偶尔见了一些，其余路程很少能遇到其他路人。

过了达达井村，就是亥子峁，也是朔州的最后一个村子，长城蜿蜒往内蒙古清水河方向延伸。在我面前是连续的高大丘陵，上面长满白色的大风车，如同巨人花园里的风车茉莉。我一个坡一个坡地往上跑，又一个坡一个坡地往下跑。

在上坡时，我遇到一辆面包车，车上写着"森林防火"，副驾驶上的老妇把车窗摇下来，问我"干啥呢？"开车的是一个老头，两人应该是护林员，可能是两口子。

我干啥呢？

我用他们认知范畴内能理解的词语告诉他们，"旅游的"，他们就继续在雪里往前开。有的路段坡度都到了30度左右，小吉就如同竖着般开下去了。村里的积雪还比较厚，不过已经开始发黏，今天温度高，雪正在融化。

兔儿水村，一个破砖烂瓦的小村，老房子已经用来养羊做羊圈了。我遇到今天第

天气转暖，积雪已经融化

三个人——在羊圈旁贴着对联的简易板房门口，她听到家里的狗子叫，就出来看情况，穿着棉袄，围着围巾，没看清长相。

　　绕道山谷，沿着漫长的下坡继续跑，这里的地势跟陕北黄土高原一样，布满沟沟壑壑，连地理名词都类似，比如亥子峁的"峁"，在西北话里指顶部浑圆坡陡的小山包。现在已经是雨水节气，这时候的江南已经是满园绿色，在这蒙古草原边缘的世界，春天也在悄然潜入。

野樱桃白来哎连翘子黄，
阳婆婆爬上了哎山圪梁——

　　空气里有一股泥土被冰雪融水打湿的味道，含着干草湿润的气味，闻着有淡淡的香甜和土味。

　　和煦的阳光照在我的身上，这时宁静的山谷里响起农用三轮车的声音，一辆农用车"突突突"地开过来。车上的驾驶员叼着烟，穿着军大衣，从我旁边驶过，一股柴油味混着他的香烟味儿飘过，车上满是装粮食的袋子。

　　跑到将军会公交车等候点，远远看到一个放羊人从谷地边蹦了过去，那辆三轮车停下来，熄了火儿，司机和牧羊人聊了起来。我经过他俩的时候，牧羊人笑着跟我点头致意，他俩在谈粮食收购的事情，我只听到三轮司机说"那收不成"。

　　石灰窑村已经是内蒙古清水河县的地界了，这里有个高大的石牌楼，借鉴窑洞，做了双层拱形结构。看碑文是1915年，一位秀才热心公学，在村里建了学校，还修建了这座高大的石牌楼，2015年又得到重新修缮，恢复了昔日的模样。春日暖阳下，一只公花狸猫在浅黄色的拱门下，到处留下自己春意昂扬的气息。

　　到碓臼坪已经快五点了，住宿地还不明朗，最有可能的地方是山西老牛湾，开车过

我的队友

小妖被房东家的一只老黄猫吸引，老黄猫看到城市小猫也很好奇，总是在门口转悠，就蹲在窗台上，大半宿都盯着窗外。不知道是不是夜里在窗台蹲久了，小妖也感觉冷了，发现炕上热乎，被窝更热乎，竟然钻到被窝里呼呼大睡。

抱小妖出镜，它一直盯着那只花狸猫看，人家都消失在房后了，它还盯着看。后来它在附近的山坡上疯跑了半小时，玩得气喘吁吁，上车就开启睡觉模式。

去还有 42 公里，我们只能去看看是否有营业的民宿或者宾馆。

老牛湾现在是山西黄河边比较热门的一个旅游地，地处黄河大拐弯处的山谷里。十年前，我们和同学朋友一起自驾，路过老牛湾时住了一晚。当时的老牛湾，是一个安静、自然的村子。不像现在，到处装点着四季常亮的红灯笼，满村尽是农家乐、民宿和主题酒店，旅游已经是本地主要发展业态了。

围着村子绕了一圈，才找到一家农家乐。房子是传统拱形窑洞式券口，屋子里也是拱顶，很凉，需要烧炕暖屋子。

晚上炕还是很热乎的，睡着很舒适，尤其是疲惫的双腿被烘得热乎乎的。农村的夜晚，往往是炕上热乎，等炉火熄灭了，屋里的温度就会渐渐降低，地面、窗台，那些除了炕以外的地方都凉飕飕的，这是小时候我很熟悉的感觉。

这次跑山西，路上天气多变，不是准备下雪，就是在下雪中。

早餐后，驾车 40 多公里盘山路，返回碓臼坪村口。一路盘山上坡，这里沟壑相连，离对面几百米，却需要绕几公里才能到。后面的 15 公里，天色更加阴沉，似乎已经藏不住要下雪的意图。沿途的墩台和关堡带来的些许新鲜感，都被折来折去的山路给抵消了。

狂风中，在距离老牛湾还有 5 公里的地方，我结束了奔跑，一路上就惦记回去吃早上订的一条黄河鲤鱼。

回到老牛湾的民宿，房东已经把鲤鱼买回来了，看特征是黄河鲤鱼——所谓金鳞赤尾，体形梭长，体侧鳞片金黄，腹部淡而白，

抱着小妖在草垛山堡前打个卡，再往前就是老牛湾

鱼鳍下叶呈橙红色，胸鳍、腹鳍橘黄色。我们用自己的炉具，做了一个酱焖，不过口感有点软嫩，少了些紧实。问老板，鱼都是之前捕捞上来的，放在池子里养着的。

距离完成山西段长城还有两天的里程，之后山西长城在河曲跨黄河到陕西。早晨 Tina 准备好中午的补给米饭，我们收好物品，把小妖放到车上，就离开老牛湾出发了。路上覆盖着薄雪，天空虽然还是铅灰色，但是不再有雪花飘落。由于是回环往复的山路，去的时候驾驶得很小心。过了老牛湾的路口，下面最大的镇子是万家寨，然后就是河曲了。

经过马道咀、乾坤湾时都没看到人。路边一片不再运营的生态农庄里有一些卡通设施，有粉老虎、小青蛙、秋千。路上除了黄河和城墩，也没有什么好玩的，我就和粉老虎拍了个自拍，在这铅灰色的混沌天地里，这些卡通雕塑就如同一碗寡淡的汤里的两片红辣椒，增添了些许滋味和亮色。

从老牛湾路口到万家寨 12 公里，万家

硫磺窑的水渠遗址

寨水利枢纽是国家级水利风景区，但路口观音庙下面"手托黄河水"的钢铁雕塑已经锈迹斑驳。

观音庙对面是财神爷的神龛，我双手合十，念念有词，祝他老人家寿比南山，也顺便保佑一下远道而来的我。观音庙再往前，道路旁就是绝壁深渊，万家寨老堡就坐落在深谷里的孤峰之上，只有东面有通道，但需要下到谷地才可进入。即使在公路上，远远望过去，也能感受到当年杜绝一切外来侵犯的凌厉之气。

阳光从散开的云气中照射下来，在古堡残留的墙体上留下明暗分明的光影。即使经过了数百年的自然侵蚀与人为破坏，墙体还保持着硬朗的横竖线条。这高大的孤峰是青砖砌筑，远望过去，在群山和沟谷里，就像一座荒废的末世摩天楼，曾经的居民已经离开，灯火不再亮起，只有这高耸的筋骨还如

同丰碑一样，挺在狂野中。

这座万家寨古堡不只是一座孤峰、一个古城。2300万年前，最后一次晋北的地质运动，构成了今天我所看到的黄河峡谷，500年前万家先人在这个2300万年的根基上，再次让孤峰有了生命。

建筑界有一句话：每座建筑都是有生命的，砖瓦的积木只有与具体的地理环境、人文环境在一起，才有了生命。这就是万家寨的生命，砖瓦会成为断垣残壁，但是一起构成的建筑记忆会永久存在。山西段外长城沿线，我喜欢两个建筑，一个是八台圣母堂遗迹，一个就是这座万家寨古堡孤峰，这两座遗迹，都充盈着不屈服与坚忍的精神内涵。

旁边的黄河冰面呈绿色，有的河段是一片片的冰裂，冰面由于冰裂的折射而呈现白色。光线与冰体的折射，形成了同一块冰在同一片天下不一样的色彩。形成这片景观的原因，就是冰的一次次分裂、碰撞、挫折。无论平如明镜的黄河冰面，还是如白鳞片片的黄河，都有着未经雕琢的原始美。

今日终点是硫磺窑遗址，其沿河一带曾经开采烧制硫磺几百年，几百年的苦难矿业开发，就如同窑址处的艺术装置上的两个大字"记忆"，都凝固在历史长河的记忆里；就如同一铲泥土、一块石头，经过火焰烧制，经过斧凿刀削后，共同铸就了万家寨孤峰的整体。

"我见青山多妩媚，料青山见我应如是。"生命在互相投射中，绵绵不绝。

山西的长城一号旅游公路、黄河一号旅游公路，我应该是目前唯一跑完它们全程的人。

黄河两岸壁立千仞，非常险峻

西口古渡，鸡犬相闻

从硫磺窑遗址到西口古渡33公里，是我在山西最后一段沿长城的奔跑。旅游公路过硫磺窑9公里后就到了尽头，这也是偏关与河曲的交界处。远望河曲方向，天空灰暗朦胧。身后偏关一侧，则一片清朗。河曲就如同一个嫁到贫困山区的女人，已经被生活的重压折磨得容颜凋零，目光呆滞。

马上要进入河曲地面，我围上围巾，捂住口鼻，缓步跑进前方的灰色迷雾。空气带着煤烟味道，呼啸的大货车卷起浓重的灰土，路边满是黑色的粉末，就连路两侧的植物上都是一层黑尘，细腻乌黑，如同打印机墨盒里的碳素粉末一般，附着在枝条上，这一切都是我想象中要跑过的山西，现在成真了。

我跑的这段336国道长16公里，我跟Tina说，我带着水壶，不用她密集补给了，公路窄，大货车密集，不便停车，而且空气粉尘太大，我也不想吃进去太多"佐料"。我的心思只有一个，尽快完成山西最后一跑，我受不了了。

跑过路边一个黑色院落，一只拴着的黑狗冲我狂吠，我感觉这条狗好像是从狗窝旁的黑色尘土里幻化出来的，就如同电影《终结者》里T—1000液态机器人从地板里幻化出来那一幕一样，这只黑狗从这片黑色中滋生出来，它的狂吠会喷出黑色的烟尘。我赶紧踩着黑灰，绝尘而去。

沿途一切都笼罩在这黏稠无边的黑色色谱里。经过弥佛洞村口时，我前面一位老太太，夹着一箱方便面，缓慢地经过村口写着"弥佛洞"字样的白墙。白墙和红字已经快被车辆进溅的黑泥浆遮挡住了，老太太胳膊下的方便面箱子的红色，黑白墙上露出来的暗红字体，在一片灰黑色中，具有强烈的冲击感，我用手机拍了几张照片。

楼子营镇，这段国道上最大的镇子，主

进入河口县界，才是进入了真正的山西

我一直怀疑黄河水能否把楼子营镇洗干净——也太脏了

2月23日下午14:40,我跑到了西口古渡的广场。

西口古渡是我跑山西段长城的终点,到此明代的外边长城,从山海关到嘉峪关全线就基本被我跑完了。山西段奔跑了522公里,已经完成总里程3675公里。抱着小妖,Tina给我俩拍了很多的视频和照片。晚上多喝了几杯庆祝,历时五个月,我们完成了河北、辽宁、天津、北京、山西、内蒙古、陕西、宁夏、甘肃嘉峪关到景泰段,现在终

色调也是黑灰色,即使所有建筑都曾经亮丽洁净。镇政府已经灰白色的楼宇上,立着几个大大的灰红色字体"创建全国卫生镇"。镇政府门前的汽车站已经看不出本来颜色了,丢弃的饮料瓶和塑料袋理所应当地散落在地。不远处就是清澈的黄河,冬季的黄河水呈现碧绿色。我觉得用黄河水来刷洗楼子营镇都不一定能洗干净,不过一定要有梦想,万一实现了呢?希望有一天楼子营镇能成为国家级卫生镇。

在县城入口,我转入沿黄河的临陕大道。路口的喷绘牌楼,就如同两界门,门外是污浊的世界,门内是歌舞升平朗朗乾坤。这里还有红色沥青跑道。距离最后的终点西口古渡还有10公里,我也慢下来缓缓,呼吸呼吸黄河边的清新空气。黄河滩上数量巨大的鸟类在栖息,这里也是鸟类迁徙的落脚点,河上响彻大天鹅和野鸭的高亢鸣叫声,我补充了些食品,抱着小妖看了很久的天鹅。

长城跑步地理

西口古渡

西口古渡本名水西门渡口,上溯汉唐,也是明长城边口的大码头。清代、民国时期,这里是晋、陕、蒙水陆通衢之地,"南来的茶布水烟糖,北来的肉油皮毛食盐粮",集散于此。古渡口对岸右边是内蒙古准格尔旗大口渡,左边是陕西省府谷县大汕渡,为河套地区的入口。

黄河边巨大的鸡雕塑

比例了。更好玩的是，母鸡屁股下面还有一个鸡蛋筐，鸡屁股有个黑洞洞，原来应该有一只鸡蛋，呈现鸡蛋下出来的状态。鸡蛋一定被好事者给拿走了，就剩下了一个洞洞，估计设计者都没有想到这一层意外的发生。

墙头村距离鸡鸣雕塑 10 公里，就在河曲的对面。在墙头村长城起点处，可以清晰听到对岸的唱戏声音，真是隔河鸡犬相闻。

于开始进入收尾阶段，马上就要跑完全线了。

山西和陕西之间的长城还有一小段我没跑，需要补上，就是从陕西段最东端黄河边的墙头村到麻镇，跑步距离 15 公里。

从河曲到陕西府谷的墙头村，需要行驶 40 公里，过楼子营镇，跨晋蒙交界的黄河大桥，要沿黄河过内蒙，进入陕西。在三省交汇之地，有一块三角体界碑，分别刻着"山西、陕西、内蒙古，国务院 2013 年"字样。

陕西在这里做了一个高大的山巅写实雕塑大公鸡，寓此地鸡鸣闻三省。黄河在这里是一个大拐弯，能看到对面昨日打卡的河曲县西口古渡广场和禹王庙等建筑。

抱着小妖上了至少 200 级台阶，我站到大公鸡的爪子下面，红红的大公鸡鸡头朝向内蒙和山西方向，大公鸡后面还有一个母鸡的雕塑，体量只有其十分之一，这样太不合

我的队友

从黄河边到麻镇，需要穿越山谷。在中途，有一片干涸的小溪河床，很适合小妖玩耍，河道里是细沙，河边是干草坡，比较开阔，适合它跑动。

我停下来，让 Tina 带小妖下去河床里。小妖开始打滚，洗沙土浴，身子在红沙里左扭右扭，一股红色的尘雾飘起。一会儿它被鸟鸣吸引，看到大树又跑过去磨爪子。Tina 一直没有抓着猫绳，让它在这一带自由活动。小妖看我们在身边，就哪都敢去，顺着山坡蹿到半山腰，它又对着坡下的 Tina 跑去，冲下山坡，在距离 Tina 不远熊孩子突然转向，跑向一棵大树，嗖嗖嗖爬到树杈处，挂了一会儿又跳下来，好不过瘾。

已至阳春，天气转暖。村里人家忙着田里的活计，一个老大妈坐在自己门口扒豆荚，我跑过时跟她问好，她笑着爽快地大声回应"你好啊"。村口还有一座天主堂，我一直对有天主堂的村子怀有一种纯净的好感。

2018 年春节，我和豹子，还有豹妈，在云南白马雪山下的老姆登村过年。村里教堂的倒影映在门前的水潭，远处白马雪山也倒映在水中，清冽的空气与教堂的寂静构成一幅恬静的画面。今天墙头村这座小教堂，在春日暖阳下，混着空气里泥土的味道，带来的是一种心情舒适的喜悦感。

我们继续往麻镇进发。明清时山西人走西口，旱路为杀虎口，水路为河曲西口渡。过了黄河就是墙头村，沿着我跑步这一线，过黄甫川河，到麻镇，下一站就是出麻镇的长城口子，往纳林去。纳林现在位于准格尔旗，地理位置处在陕西、山西通往包头、呼市、"后套"的通道上，因而成了走西口人的必经之路。二人台《走西口》唱词里就有

"头一天住古城……二一天住纳林……"

明嘉靖年间（1522—1567 年），延绥境沿边开放了 10 处互市，黄甫川为其中一处，麻镇在边墙脚下，为蒙汉贸易入口。我从麻镇的南口子跑进来，又见麻镇"君子街"牌楼。清末和抗战时期，麻镇为东西贸易重镇，店铺林立，商家讲信誉，童叟无欺，因此有"君子"之称。

跑完麻镇这段，也就意味着，我完成了明长城从山海关到嘉峪关外边长城全线，总共奔跑 3690 公里。

很开心，我抱着小妖拍了视频。接下来就要前往嘉峪关。跑完山西，小妖也成为目前唯一游历过明长城山海关到嘉峪关的猫。它应该也是见过黄河各段最多的猫——甘肃景泰段，宁夏银川段，山西河曲老牛湾段，还有以前带它去过的陕西壶口瀑布段、佳县段，河南开封段，山东济南段、东营段。以后它还会看到更多的江河湖海，在它小小的猫头里，会有更加广阔的世界观。

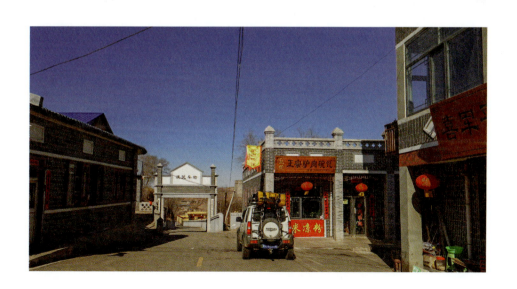

跑 步 路 线
2 月 8 日 — 2 5 日
3126km—3690km

内蒙古
呼和浩特市

残虎仁
走西

老牛湾——坪头村
接上黄河1号旅游公路，
长城、黄河一路相伴，河
水清澈，冬季河面如镜

127

129

133

132

130

134

131

陕西墙头村
陕西明长城的起点，
与西口古渡隔河鸡
犬相闻

西口古渡
山西段长城的终点，
也是山西人水路走
西口的渡口

乐虎口
山西人走西口
的重要关口

134

老牛湾

大河堡

西口古渡
坪头村
陕西墙头村

墙头起

西口古渡

大河堡
明末崇祯十三年(1640)建，
电影《驴得水》拍摄地

朔州市

126

124

125

123

122

121

120

平远头

麦二口村
山西长城一号公路的起点，
彩色沥青路面，少有车辆

八台子村
八台圣母堂遗址所在地，1900 年遭焚毁

大同市

山 西

3月1日，跑长城的第 140 天，开始最后一段嘉峪关到玉门关的征途。

第 **8** 章

遥望玉门关
八千里路云和月
春风吹拂玉门关

甘肃 天

十四 公里

492

嘉峪关以西的一片茫茫戈壁，远处是清代的双井子遗址

重返嘉峪关

从麻镇出来返回嘉峪关，我们用了三天时间，驾车 1400 公里。我们没有按照跑长城的原路返回，而是从麻镇走内蒙，从鄂尔多斯、阿拉善到嘉峪关，穿过腾格里沙漠、巴丹吉林沙漠，到达嘉峪关。

出了嘉峪关，实际上就跟明代长城没关系了，明长城只修到嘉峪关。我执着地要以玉门关为终点，是因为觉得在中华文化意象上，玉门关才是万里长城的西部终点，只有跑到玉门关，我的长城奔跑才算到了终点。

这一段路线总体上是按照汉代长城的走向，同时考虑到按现在的通行条件，我和小吉能否顺利通过。

嘉峪关向西的第一天，阳光明媚。

与河西走廊的张掖武威一带相似，这里也是去往新疆的主要通道，连霍高速、312国道、铁路，甚至油气管线，都挤在这里。我只能沿着 312 国道跑，虽然其车流量比山西、陕北的公路要小，但大货车川流不息。

早晨从嘉峪关关城前的广场出发，过了黑山湖，发现路旁不远处有一条沙土便道，是正在施工的管线的工程路，很平坦也没有车辆，小吉完全可以通行，我们就沿着这条路西行。

出城 10 公里是双井子堡遗址，这是一处清代关防遗迹，清朝经过三代百年才平定新疆，很长时间以来，嘉峪关往西都是境外之地。但在汉唐时期，这里却属于关内，玉门关、阳关距离这里还有近 500 公里。而玉门关之外到葱岭（兴都库什山脉），依旧是汉唐的范围。

无尽的戈壁在我眼前展开，特有的戈壁灰石色夹杂着沙黄色，干枯骆驼刺的灰白色一簇一簇夹杂其间。骆驼刺看着低矮，可生命力极顽强，可以在戈壁滩恶劣的环境中熬过很多年。看着很小的一棵，往往也已经有几十年的树龄。

当年张骞、霍去病、李广、玄奘、岑参、陈子昂等人经过这里，看到的风景，就是我眼前的样子。戈壁单调没有变化，千年如一日，唯有岁月不断流逝。

我一直很敬佩汉朝人，他们的开拓与探险精神让后人仰视。在张骞通西域之前，汉人对外面的世界知之甚少，可以说是近乎空白。但汉朝的先贤们敢于把目光投向遥远的陌生世界，敢于迈开双腿走向未知。

张骞出使西域时年仅 24 岁，一个自出生就未曾走出过汉中和长安的年轻人，对将要去的西域，谈不上有任何知识储备。国在哪里，有什么族群，什么语言，什么习俗，气候如何……一概不知，却还是坚定地踏上去往西域之路。历经磨难，他最终为强大汉朝平定西域作出了重要的贡献。

我一直认为，汉朝才形成了中华民族精神气质的内核——勇于探索，勇于面对未知。

我的队友

我在路上补充了食物，吃东西的时候，就让小妖在路边的戈壁滩上玩耍。它玩累了，躲在车底下不想出来，我就用鹰羽毛逗它，把它引出来抱到车里。然后它就一直想玩那根大羽毛。我跟小妖说，一会儿在戈壁滩上给你捡一根羽毛玩。

之后一路上，我跑步的时候，都会仔细盯着路旁的地面和骆驼刺，可是一根小羽毛都没有发现。戈壁滩里，鸟也很少见，只是偶尔有几只掠过。这就是西部，连生灵都稀少的世界，这是需要勇气支撑才能生存的世界。

吾艾斯拱北，吾艾斯唐初来东土传教，贞观二年归真于新民堡

如果没有亲身站在戈壁上，是无法真正理解这一点的。

阿拉伯诗人马哈姆德·达尔维什在诗里写道："我望见我的灵魂从远方来。"

我想每一位走向这片大戈壁的勇者，都会在天地交集的远方，看到自己的投影。

终点新民堡，有一座回回墓——吾艾斯拱北。吾艾斯，唐朝时从西方而来传播伊斯兰教的圣者，伊历七年在这里归真。伊历七年，是唐朝贞观二年，公元628年，在李世民治下。

贞观元年，年轻和尚陈玄奘呈表请求大唐皇帝允许他公费去西方天竺求学取经，李世民瞥了一眼这份折子，扔到了一旁。公元629年，玄奘未经批准，私自动身前往天竺。他过酒泉郡，应该与贤者吾艾斯的麻扎（贤者之墓）擦肩而过。一东来，一西往，都在远方看到自己灵魂的归属。

一年一场风，从春刮到冬。从吾艾斯拱北到赤金镇这段路，妥妥让我感受到了戈壁大风的力量。嘉峪关外的第一场风，鼓足了劲儿迎接我，我一路向西，风一路向东，纯纯地与我迎面相逢，势头强劲，5—7级的大风，刮得我头疼。

耳朵里一直是呜呜的风声，加上大货车疾驰而过的轰鸣声，噪音折磨让我很无奈。没办法，都挤在一条孔道里。

经过一个城墩，这应该还是明代嘉靖初年打击哈密吐鲁番可汗满速儿时期修建的，路边远处有座城池遗址，是骗马城，这里曾是满速儿手下大将牙木兰归附明朝后驻牧的地方。之前经过双井子城，民间又称为木兰城——跟花木兰没关系，跟牙木兰部有关系，但后来以讹传讹，就演绎出花木兰在玉门的故事。

过清泉村看到墙上写有人参果种植的广告。这一带看来在搞果蔬种植。在清泉乡的小市场，有八九户农民开着农用车卖人参果，我过去跟他们聊了几句。粉红头巾是西部女人的永恒配饰，两位扎着粉红头巾的村妇给我看她们家的人参果，五块一斤，看着很水灵。我不喜欢吃，觉得人参果不是水果，但为了能顺利聊天，还是在一位穿军大衣的农民哥那儿买了几个。我问他们，在路边能卖出去吗？

称货的军大衣老哥，只顾着给我挑果子，旁边另一位老哥用浓重的西北口音告诉我：能，能卖出去好多呢，别看在路边。

这天午后，我好像身处一座巨大的风洞，如同一个被拿来实验的仿真人一般，测试在不同风力下，哪种方式可以降低风阻，减少能量消耗。

我弯着腰，低着头，每跑出一步，膝盖都是弯曲状态，手里的两根跑步手杖，与步伐协调一致，支撑着地面，给我前进增加推力。

我现在处于"四驱状态"。儿子小时候，我经常带他去登山，有时候他说自己是四驱模式，手脚并用，还说人是最厉害的四驱吧，哪里都能去。我经常回答他，是的，人是最强四驱，没有任何地形能阻挡人类。

我觉得自己实际上特像一只小乌龟，还不是忍者神龟级的，只知抻着脖子，用力往前，抗击着气流的抽打，小短腿儿在不停地一二一往前摆动。狂沙飞舞，前方的丘陵和高速路都被湮没，即使我戴着围巾，也能感觉尘土在嘴里的味道。

往玉门关方向的第二天，跑完40公里，在赤金镇路口收工。这里建有一座"玉门之光工业体验馆"，在铁人王进喜的纪念塑像前，我抱着小妖拍了结束视频，我俩全身都是尘土。在去玉门酒店的路上，打开嘉峪关产的杏皮茶，"吨吨吨"喝下去，狂风吹得快发狂的焦躁立时就消失了，安神润燥，还得杏皮茶。

从嘉峪关出来一路上都与卡车为伴，景色更是枯燥

老君庙镇，这里走出了铁人王进喜

玉门老油田见闻

我们这一代人，在初中地理课本的中国资源篇中学到，中国不是贫油国的标志，就是甘肃玉门油田打出来中国的第一口油井。

铁人王进喜，玉门人。赤金镇和平村是王进喜的家乡，他就是中国石油自强的楷模。原来的玉门市，现在被称为老君庙镇，中国第一口油井就在这里。在20世纪七八十年代，玉门市是人们眼中的繁华都市，玉门油田岗位也是梦寐以求的好工作，现在一切都已经随风而逝，随着资源枯竭，玉门走向了衰落。玉门市政府从老君庙搬到了现在的玉门镇，玉门石油管理局也迁到了酒泉市。

我从赤金镇出发前，特意先去老城区看了看，感受一下这里昔日的辉煌和今日的寂寥。

赤金到玉门老城区这一大片区域，位于祁连山下绿洲上，与周围的戈壁滩完全不一样。有一条石油河流过，还有几条小溪，形成一片湿地和草原。南面白雪皑皑的祁连山连绵不断，老城区就在这雄壮的背景之下。

老君庙位于沟谷中，是一座不大的道观，河对岸是夹杂着红色土层的土崖壁，崖壁下是当年石油员工的窑洞。

老城区现在虽然人少了，但是还有烟火气，街头不再亮的红绿灯，衬托得这里很安静。老城里生活的人大多心态坦然，留在熟悉的老地方不急不躁。我跟铁人干部管理学院门口的保安老哥聊天，问他，这空气里是什么味道？污染吗？

他说，是的。

我说，是北面的化工厂放出来的吧？

老哥默默地看了我一眼。

老玉门的背景环境十分壮观，上有雪山，下有碧波溪流草场湿地，山下冲积扇沃野千里，仿佛甘南草原——雪山、草原、溪流、厚厚的云，直到312国道。即使"阅城无数"，老玉门南依巍巍祁连雪山的景象，还是让我震撼。从老城出来，20公里后到王进喜的家乡赤金镇。

玉门，别停，我继续向前。

疏勒河在戈壁流淌

从玉门之光工业体验馆继续向西，我找了一个便捷的方式离开轰鸣的卡车——离开公路。在戈壁中奔跑，只要方向对，我就不会走错路。跟 Tina 说不用等我，我带着水壶踏入公路旁的戈壁。

当你真正踏入无人之地，感觉会变得敏锐。我能分辨出来哪里一年内无人触及，哪里的痕迹显示最近有车辆驶过，哪里的石头千年未变。不是我的知识渊博，是在旷野中我的感知开始恢复，就如同我们的智人祖先，跑在旷野中，能分辨哪里是猎物的踪迹，哪里是远方梦想乐土。

在戈壁中奔跑，我竟然有一段时间像睡着了，我的感官屏蔽了外界，我的脚自动起落，我感觉不到风吹，不记得跑了多远。

"喵"，小妖在叫我？

哦，是旁边铁路上火车的一声短笛，叫醒了我。

这种跑步的感觉很少出现，不是困，不是累，是一种我说不清的精神外化，仿佛身体是身体的，灵魂是灵魂的，两者互不相干。

在东部晚霞满天的时候，我在亮堂堂的

嘉峪关以西的长城，已经都是汉代长城，两千多年依旧屹立在风沙中

195

午后阳光里，迎着玉门的大风车，完成了当日跑步任务。

汉代长城分布在疏勒河与北部山峦之间，有的就在戈壁沙漠之中，距离玉门城区很近。我们计划先去汉长城遗迹看看，吃完早饭，我们先往干海子遗址方向行进，路过柳湖镇兴旺村，在路上远远就看到一片浅土黄色的残垣——遗址就在一大片田地里。我抱小妖下来，也顺便让它玩玩。

然而这样的恶劣环境里，还真有人在生活着——就在看到汉长城的高地，我看到一家门前停着卡车和 SUV，门口国旗在风中猎猎飘扬。他们并不孤独，在一里地外，还有一户人家，土墙土房，仅有的亮丽色彩就是门前飘扬的国旗。

无法知道这户人家是常驻还是暂住，但可以确定的是，在戈壁，这已经是难得的放牧之地。古河滩虽然不再有地表水流淌，但

为了躲开大货车，我在公路下面的戈壁跑，一个被丢弃的小玩偶孤独地躺在沙土中

玉门附近的干海子遗址

汉代长城十九墩遗址

从古河滩出来，在一片高地上，赫然发现右手不远处，就是熟悉的长城颜色，连绵横亘在戈壁之中。古城墙断面夯土痕迹很清晰。烈烈风中，远处有一大团沙尘从戈壁深处升起，正向我的方向滚滚而来，我们离开之时，黄云还在身后。

这里干燥，土里没有任何水分，即使是红柳和梭梭树也如同枯木。如果我在这里徒步一天，一定是口干舌燥满脸通红，非常狼狈，但这就是生活在这里的常态。

地下还有绵绵的水汽，所以这里有丰富的植物。

最后几天，我们在最终穿越玉门关附近的戈壁时，就看到了水草丰茂的湿地和湖泊。

跑至这里，每次我补给喝水，都感觉渴极了。这里年蒸发量 3000 毫米，却依旧有河流经过，真是上天眷顾的幸运之地。只有在异常干燥的环境下，才能感觉到水给人带来的安慰。

在腰站子村里，遇到一户人家，门口摆

196

了一长溜鞭炮。一位村姑抱着孩子坐在门口的旧沙发上，一位脸色黑红的高个儿老哥，夹着烟，站在前面，穿着粉色上衣的小女孩在开心地蹦来蹦去。

我上去搭话："准备这么多鞭炮，是有什么喜事啊？"

老哥的方言很重，告诉说"买了一辆车！"

"恭喜，恭喜！什么车啊？"

为汉人看到第一眼干旱世界时，想的一定是未来，是大汉的雄兵饮马疏勒河，村庄鸡犬相闻。

这里属于饮马农场区域，在"文革"时期，饮马农场有很多来自各地的知青，在荒凉广阔的戈壁中，无处释放的青春激情，可能就是这些刻在墙上的名字所有者的驱动力。一个个拥有名字的人已经湮灭在历史中，而长城还在。

古城墙上的刻字

戈壁里的纽约梦

布隆吉古城建于清代，建成后又因水患拆除

老哥说了两遍我没听懂，抱孩子的村姑用手比划着说"挖掘机"。

这确实要准备鞭炮——一是价钱高，二是赚钱小能手，当然要好好迎接。刚到终点就听到身后噼里啪啦的鞭炮声连成一片，回头看，是他家的挖掘机进门了。

这就是长城脚下人家的朴素情感，在他们眼里，挖掘机也是一个活物，是家庭的一个成员，今天把它接回来，要一起努力过上更好的生活。两千年前，当张骞走到这里，

我已经跑入瓜州地界，过了瓜州，就是敦煌地界，也就是说我已经顺利进入倒数第二个县城了。完成瓜州段，就距离终点不远了——终于快看到终点了。

田地旁的水渠里流淌着灌溉用的河水，空气里有一股农家肥的味道，小鸟在水渠附近叽叽喳喳地鸣叫，一个春日迟迟的好天气。过了腰站子村的田地，就是大片的湿地和草原——看景观根本无法相信这是干旱区。很多大大小小的海子和溪流，冰面还没有融化，

疏勒河

疏勒河在西汉时叫籍端水，清代以后叫"疏勒河"。"疏勒河"是西部蒙古语，意为"来自雄伟大山的河流"。该河最后流入敦煌西部的哈拉淖尔，现在属于敦煌西湖湿地保护区。

虽然疏勒河一带的自然环境无法与黑河、山丹一带相提并论，但是在这方圆千里之地，已经是难得的美丽地方。我们自东向西穿越疏勒河大扇面，十条支流辫状分布，中间的冲击平原成为富饶的土地。这些巨大的扇骨在出玉门后，又收拢起来，汇聚在一起，在布隆吉开始被称为疏勒河。

雪白的冰面布满即将融化的纹理。在这种阳光温暖、坚冰消融的环境下跑步，感觉非常惬意。

路上偶尔会有农民的车辆经过。我跑过一片杨树林时，一辆紫红色电动三轮车在我前面缓缓停下。

捂得严严实实、只露出两个眼睛的驾驶员转过头，一个脆生生的声音跟我说：我带你一段啊？

普通话还蛮清晰，是个年轻的女子。我告诉她，我在跑步，谢谢她的好意。

她明白我的意思，又继续往前了。

奔跑在途中，有人对我表示关心或者想给予帮助的时候，我会感觉很开心很温暖。

路过一大片草原，是小妖撒欢儿的好地方，我也休息一下。Tina停车后把小妖抱着，跟我走进这片草原。草原好大，已经超过我的视野，一路上我总是被戈壁中的绿洲震撼。这片草原被称为布隆吉草原，水草丰茂，前面就是布隆吉乡，古城台基前有一条小溪河道，冰还没有融化。

连霍高速通车前，布隆吉曾是国道上一个繁华的地方，现在镇里除了两家饭店、几个小超市、两家汽车修理部，就是镇政府的机构。出了镇子，远远就看到开始有零星的雅丹风蚀土堆分布在路边。

我的跑道是老312国道，不远处就是奔向霍尔果斯的连霍高速，两条路中间，赫然标着"全国重点文物保护单位 汉长城"，路南是连绵的雅丹地貌。雅丹下面都是小黑石头，地面灰土也少，上午小妖在布隆吉草原没玩够，这时候总算可以出来玩了。

寂寞瓜州冷

进入瓜州的第一个终点在双塔水库附近。在黑戈壁中，阳光下有一片闪闪的银光，那就是双塔水库。双塔水库淹没了清代双塔堡，据说水落时还会出现古堡遗迹。双塔水库是20世纪60年代建在疏勒河上的水利工程，对疏勒河中游的农业灌溉起了非常大的作用，我沿途看到的农田都依赖于双塔水库的灌溉，而我在瓜州跑步的大部分路段都在安西总干渠旁。

干渠旁的这段汉长城保存得比较完好

在戈壁地带，水总是让我感到欣喜，水库岸边就在路边不远处，我就跑了过去。

水边停着一辆皮卡，水里有个人正在收鱼笼。我们都想吃开冰鲜，就问有没有鱼，想见面分一半。

这是几位河南朋友，应该是在瓜州一带工作，昨晚放的笼子，今早来收货。水里的哥们儿，把鱼笼一段一段收拢，冻在笼子上的薄冰，发出"叮叮咚"的清脆响声。笼子里不见有大鱼的迹象。他走到岸上，我和车里的几位都凑到前面，年龄大一些的老兄翻腾着笼子，只有两条寸长小鱼。看来水库边缘还没有大鱼，不远处坚冰还没有融化，要吃到鱼，还得等些日子。

我继续往西，他们的车从后面超过了我，我们挥手再见。

水库的南面是我跑步的方向。我在水库边与安西干渠相遇，湍急的疏勒水在渠中奔涌向前，流速飞快，水深碧碧，透着凉气。在北面近千米开外是汉长城，我沿着长城跑

双塔水库遇到打渔的工人，可惜湖水还没有完全解冻，只捕到两条小鱼

了一段，边墙把戈壁挡在了耕地之外。不用再赞叹先人们的伟力了，只在这丝滑的春天阳光下，在戈壁的寂静中感受长城的厚重。在背阴的墙体下，阳面和阴面的温差很大，还有没融化的冰雪。我又费力地跑过满是土面粉的道路，走过田地，跨过水渠，回到干渠旁的路上。我没想过会在戈壁里一整天听着流水声、看着荡漾碧波奔跑，而且这水边与周边环境反差巨大。

阳光非常好，没有风的时候，戈壁就会很热，我在阳光下越跑越热，就先把头巾摘下来，这时候太阳已经转向西侧了，正好晒晒我的白额头——冬天一直戴着头巾跑，额头被捂得比较白，现在正好把黑白脸统一晒黑。

Tina和小妖在车里已经开冷气了。田里农民正在平整土地，拖拉机开过，细细的尘土飞扬起来，久久不散。土地平整好，施好肥料，就该放水灌溉了，这滚滚的干渠水，就是他们的希望和依托。

在环保主义者眼里，双塔水库就是疏勒河下游荒芜的罪魁祸首，然而你能说这个水库是错的吗？走一次千里之途，看看沿途民生，就知道这水是日子，是身家。各种主义张嘴就来，但民生得土里刨，用金贵的水来浇灌。

8日休息了一天，我就着这瓜州古域西风，探访了周边几个汉唐遗迹——榆林石窟、锁阳城、踏实墓群，9日上午又参观了瓜州博物馆。

博物馆出来，继续返回何家庄起跑。又是艳阳高照，再次看到哗哗流淌的碧玉般的渠水。顺着渠水跑下去，远远地在戈壁里有一个烽燧，我从戈壁滩上跑过去，Tina从公路上绕了过去，这里也是布满黑色小石头的戈壁滩，比较适合小妖玩。

烽燧依旧高大，地面到处是陶片，分布在烽燧百米半径之内，我竟然还发现一小片铁器碎片，看着像铁锅碎片，略微带着点弧度。烽燧地下有一个挖掘洞穴，可能以前有人在这里搜寻过文物。在不远处还有一个挖掘的洞穴，很深，有些像墓穴的盗洞。Tina怕小妖掉进坑里，就没让小妖下车。

玉门县附近的破城子遗址

榆林石窟，敦煌艺术的重要组成部分

锁阳城规模巨大，此为西夏塔尔寺遗址

风沙大得我都看不清前面

穿越黑戈壁

穿过瓜州城区时，天气干热，特别适合吃凉粉或者酿皮，Tina 在我途经的路上，找到一家专门做酿皮的清真小店。味道太好了，我竟然吃了两碗。嘴里带着酿皮的余香，我继续沿着瓜州大道往前跑。瓜州是座小城，不久我就到了郊区，景观也开始变为田地。我这是进入了瓜州最大的乡西湖乡，它西接敦煌，东西近百公里。

风开始增大，我现在是向西跑，顶风。干如面粉的尘土被风刮起，天空开始呈现浅黄色，随着风力的大小不同，我眼前的尘流也呈现出不同的浓度，有时候一阵大风，整个世界都消失了。在风和尘土中，农民们还在打理着田地。一对老夫妇，正在田里平整土地，已经是春时，水库开始放水，他们需要先清理好田，施上肥料，然后开渠放水灌溉，让田里灌满水，如同江南的水田，等土壤吸饱水分，再覆盖地面种植。这里以种植棉花为主。

在快到本日终点四工农场时，尘涛迎面

而来，我就如同汪洋里的一条小船，一下就被巨浪吞没，什么都看不到了。在村子的尽头，小吉在我 30 米外，我都看不清。尘土太大了，不忍心让小妖吃土，就没有抱它拍结束视频。我捂着头巾，在风中喊着把视频拍完。

回来路过村子，在漫漫风尘中，羊还在棉花地里找吃的。在院子门口，竟然还有几

风沙中劳作的农民

201

六工古城，应该就是唐代的玉门关

位扎着鲜艳头巾的农村女人坐着聊天。我眼里的黄风怪，他们好像不以为然。无论古今，能生活在瓜沙之地的人都是强者，有着强大的抗压心理，在这里生活除了需要毅力，还需要智慧，只有深深体验过这片土地，才会明白古代先人们的强悍，也能理解现代瓜沙人的生活。

过了六工农场，我将进入90公里无人烟的黑戈壁路段。从安逸的瓜州酒店出发，天空依旧阴沉，阵风烈烈。在六工古城附近，我见到长江商学院的学员在进行戈壁挑战赛前的拉练。

风停了，空气里有雨的味道，小雨打湿了路面的小石子，带着淡淡的土腥味，这应该是戈壁里最好闻的味道了。从四工农场出来，6公里后就跑到了戈赛线路，我的路线与比赛线路垂直相交，交点处有一座高大的汉代烽燧，一条东西走向的汉长城遗址就在路旁。保护碑最早是1981年立的，这也是我见到的年代最久远的长城保护标志牌。

过了这座烽火台，我就进入了戈壁荒漠，景观变得单调，地上是黑灰色的石子，少有植被。依旧是刮东风的季节，我也是顺风状态。在阴沉的天空里，这片深色的戈壁，空旷得让人有些想大喊，冲破这层包裹。太大了，我只能一步步往前跑，期待能跑出这片看不到头的荒漠。

3月10日，在黑戈壁上，我跑长城总里程达到了4000公里，总海拔累计抬升41657米，用时149天——很快就到玉门关了。八千里路云和月，岳飞《满江红》里的文学夸张，已经在我的脚下成为现实了。

这应该是最早的长城保护碑了

202

长城跑步地理

黑戈壁

黑戈壁的核心地带在内蒙古与新疆之间的甘肃西北角、河西走廊的西段。黑戈壁是这一大片戈壁的俗称，其东起内蒙古最西侧阿拉善盟的额济纳河，北抵中蒙边界，南临河西走廊西段，西依天山东段，为约 20 万平方公里的荒凉旱地。

之所以黑，是因为戈壁昼夜温差大，晚上石头表面会凝结水，这些水溶解并带出了石头里富含的铁和锰，年复一年地沉淀在表面，就形成了这片黝黑发亮的黑色景观。

去往玉门关的路长 90 公里，途中需要在戈壁里露营一晚，在漫天飞沙中，我们进入大戈壁

胡杨树荫下泡脚

在北河口路口的路石边，与找骆驼的牧民聊天，他是我这一天遇到的唯一的人。

"你家养了多少骆驼？"

"几百头骆驼。"

"哇，这么多，骆驼不会走远吧？"

"不会，过一段时间就来看看在哪。这面路不好走，你们怎么走到这来了？"

"我们沿着长城，我跑步，她开车，路还可以。"

老哥抽着烟，用脚把一个啤酒瓶子拨到路石底下。我继续跑步，他骑着越野摩托继续找骆驼。看似黑黝黝、少有生命迹象的黑戈壁，却也是生命的家园。大梁戈壁距离敦煌市的距离比距离瓜州城区要近，我们就转移到敦煌住宿——终于来到敦煌，这一程最后一个县域。接下来的一天，我们需要去探路，寻找能从黑戈壁沿着汉长城跑到玉门关

的路径。如果按照正常的路线规划，我从西湖乡进入敦煌后，要沿着 215 国道向西南方跑到敦煌市，再转向西北方向跑到玉门关，一个倒三角形，远离汉长城的走向。不能沿着汉长城遗址跑向玉门关，我实在有些遗憾和不甘心。老地图上有一条县乡路，但是在百度、高德等电子地图上看不到，我又用奥维高清卫星地图仔细研究了一番。

通过车辙痕迹和道路判断，这条线应该可以走通，即从黄渠镇的张家湾子村进入，沿着砂石路进入戈壁。只要农用车或者牧民车可以通行，小吉就没任何问题，另外最长路程也就 100 多公里，算上走错路折返等意外因素，满箱油也够用。在奥维地图上设置了起点，虽然路很糟糕，但我们还是顺利到达张家湾子村，进入戈壁的起点。一条土路伸向远方，有门儿。

我们的目的是找一条通道，所以只要能往西就 OK。第一站盐池庙，有一个海子，

应该是盐湖，还留有碱土搭建的建筑遗迹。

第二站是半个墩子，有汉长城的文物保护碑。

第三站是跨越 240 省道，路虽然被一道栅栏门挡住了，但是可以打开。

第四站是古丝路遗迹保护碑，这里原来是古丝路途经处。因为考虑到过两天会跑过这里，就没有下车研究。

第五站丝路雅丹大门。

第六站是一个大海子，旁边有一户牧民家，停了好几辆车。

第七站，从一溜高压线塔下穿过，有一条南北向的电力道路，砂石路面，不远处立有一个敦煌林业局的生态保护牌。

第八站波罗湖，湖边有一条牧民路，路面已经开始有泥坑了。我带着满满的自信碾过一个泥坑，悲剧了，陷车了，里面的泥比较深，挂上四驱，不行，挂上低四，还不行，倒不出来，也无法前行。

下车，把脱困板和铁锹都拿下来，脱困板垫到前轮下面，开挖。这应该都是万年老泥了，散发着臭泥塘的味道，而且是草根和泥的混合物，挖起来也比较费劲。

忙活了半天，车还是一动不动，我跟Tina 说，我去找牧民给拖一下，让她在这里等着。天气有点热，我走了一公里就口干舌燥，刚才出来没带水，又走了近一公里，看到前面有灰尘升腾，一辆白色皮卡车正对着我驶来。

欧耶，太棒了，有救了。

我挥着手，车停了，是一位本地的牧民，我跟他说了情况，他说知道那里。

我上了他的车。果然是戈壁人家的车，满是尘土。

他说："你咋走那去了，春天水大，路都不能走了。"

我说："我还以为能过去，没想到陷了。"

老哥叹着气，"嘻，那里容易陷车，前些日子有一辆越野车陷里了，连续从县里来了三个车，后半夜才弄出来。"阳光很强烈，车里热了起来，老哥打开空调，一股尘土从出风口里蹿了出来。

很快就到了我陷车的地方，我下车从小吉车顶行李架取下拖车绳，分别挂到两辆车的拖车钩上。老哥弄好后，告诉我倒车时看着点他车上装载的木杆子，别碰上。老哥的车往前，我的车倒车，两辆车同时踩油门。

在 Tina 的加油声中，小吉终于脱困成功。太棒了，下车感谢老哥，老哥说，掉头回来，路口右转后，他会继续给我们指路。收拾好装备，掉头往后，一公里后的路口右转，不久就再次遇到老哥，他正在整理车上的木杆。老哥告诉我们沿着这条路往前，到

旁边有一个盐湖，这些建筑应该是当年采盐人所建

小湖那的路口左转，上了远处的岗，直直开下去，遇到一条路，右转就能到玉门关。

按照老哥的指示，我们继续往前，湖那里有户人家，我们猜应该是老哥家，有两条高大凶猛的藏獒，其中一条藏獒还是放开的，正围着我们的车狂吠转圈，表明这里是它的领地。我们往上开了一小段路，景观就又切换为戈壁模式。沿着戈壁里的车辙跑了不久，看到戈壁滩上躺着一只死去的狐狸，蓬松的大尾巴，还能显现它活着时的美丽样子。因为无法确定我们还需要多久才能出去，就打算等跑步经过时，再把它埋了。

到此，戈壁上已经没有路，只有两道很久前的车辙。按照老哥的说法，这里没有路，按照大致方向开就行。我们又对照奥维地图，确定通往玉门关的303省道的方位后，继续在戈壁滩上奔驰。陆续绕过几个沙窝子后，Tina眼神好，看到公路上的建筑和信号天线。终于要出去了，我们可以全线跑通这段路了，心里的疑惑烟消云散。

上公路大概是下午五点，再开车到玉门关景区，把最后近100公里的路线全部捋了一遍。现在对于到最后终点的路线不再有任何疑问了，就等穿过戈壁，到达玉门关。

我们赶回敦煌，当地朋友正等着给我们接风。青海油田的王庆平、刘公民、项红是参加2020年环青海湖超级马拉松的选手，他们一直关注着我的奔跑，早早就说到了敦煌给我们接风。

老友相见分外开心，晚上还有不少其他的敦煌跑团成员，都期待着我最后一天的收官之战，要陪我一起跑完最后一程。

朋友们的欢聚，让我喝了不少酒，不过

90 公里黑戈壁里见到的第一棵树

早晨醒来状态还不错，继续出发。我们从敦煌开车到北河口的戈壁，接上前天的路。天空非常清朗，微风，东风，顺风。戈壁异常安静，起跑后，Tina 先带着小妖在戈壁里玩。我带着水壶，这样的话就不用 Tina 经常停车给我补水了，而且天气越发干燥，我的补水频率也比以前高，带着水壶方便。

太安静了，我停下来，没有脚步声之后，一切归于沉寂，我能清晰听到自己的心跳声。我需要跑一个全马，这样就能给明天留下不到 40 公里的距离，剩下的时间足够我们再去把进入戈壁的路线重新走一遍，争取找一条相对更平坦的路。探路时找的入口位置，经过的都是坟地，而且非常不好通过。

从戈壁起点到西湖乡是 22 公里，也就是说我在戈壁里再跑 20 公里就出了这片荒漠。这是一路上我穿行的最长的一段戈壁公路，近 100 公里没有生命的迹象，在我经过的路上，除了那位牧民，我没看到任何生灵。

黑色的戈壁依然蔓延到远方的天际，这景象让我想起小时候一个梦境。

梦里也是在一片黑色中，父亲骑着自行车带着我回家，是那种老式的二八自行车，好像大梁上还有一个儿童座椅，自行车的摩电灯照着前面的路，在黑色的地面上形成一个光晕。奇怪的是，我们的路两边有很多如同农村大锅的土灶，大铁锅上还盖着木头锅盖，沿路排开很远。

这个场景我一直无法区分是真的还是梦。如果是真实场景，不可能有那么多大锅在路边啊。我小时候也经常梦到黑色背景，有时候是巨大的黑山，我怎么都出不去——就这样被梦魇住。不像现在，再大的黑戈壁我都能跑出去。

一棵胡杨，屹立在戈壁上，下面有水干涸的痕迹，还长有几簇芦苇。这棵胡杨至少得有百岁了，有力的枝丫伸向天空，粗糙的树皮抗拒着戈壁里的寒冷与酷热。在西部，

胡杨是最常见的耐旱高大乔木，胡杨的叶子从下到上有三种不同样子，所以又称"三叶树"，古代胡杨又被称为"梧桐"或者"胡桐"。据说胡杨死后千年不倒，倒后千年不腐。在深秋时分，胡杨叶子会转化成明黄色，特别具有视觉冲击力，所以，每到秋天很多人就会去额济纳黑河或者塔里木河观赏胡杨，实际上在敦煌的疏勒河下游也有大片的胡杨。

远远的我已经能看到天际线处的黑线，那是西湖乡的树木林带。看到林带的阴影，我心里升起温暖的欢愉，是那种看到家里炊烟的温情。我现在的心情，应该与每一位走出戈壁的人，即将见到村落人烟时产生的情感相同。从古至今，这种简单的对温情的期许没有改变。

这里有两个村子，红柳村和西湖村，都属于瓜州的西湖乡，也是离瓜州最远的村子。村里人见我从戈壁方向过来，都觉得不可思议，仔细地看着我。我和他们打招呼，和小朋友问好，大人们还很大方地让孩子"跟叔叔问好"。

Tina 已经在村外的水渠边找了一个阴凉的地方，拿出午餐。我坐在胡杨的树荫下，把满是尘土的鞋袜脱下来，在冰凉沁骨的河水里泡了泡脚。啊，好凉，好舒服，很久没有在跑步途中泡脚了。上次在河里玩水，还是在跑过陕北的时候。那时是深秋，冬去春来，现在我在春天阳光里，用疏勒河水冲刷着奔跑的脚丫子。村里道路两旁、水渠边都长满了粗大的胡杨，至少都在百年以上，有一棵直接有好几抱，树龄应该有几百年了。

这里的秋天一定非常美丽，想象一下，金黄色覆盖着这座戈壁中的村庄，湛蓝的天空下，是黑色的戈壁和黄金色的村落，如果从空中看，一定也非常具有色彩的冲击力。

离开西湖乡，就开始沿着215国道奔跑，终点是三个墩子道班，距离跑进敦煌界还有10公里。

茫茫戈壁中的古丝路水路与旱路段交汇处

敦煌、敦煌

第 154 天，最让我激动的是跑进了敦煌界。沿疏勒河、汉长城遗迹和古丝路到玉门关的路线已经探清楚，三个墩子这一线是进入玉门关东部地带前最后一跑的路线。虽然是国道，但基本上没有车辆，我跑得很无聊。

到了碱墩子，我已经正式跑进敦煌。这是路线上的最后一个县域。我抱着小妖在这里开心地拍了张照，比我过 4000 公里节点时还兴奋。

回到敦煌已是傍晚，但是太阳还高高在上，我们先找了一家大些的超市，买了蔬菜水果桶装水和主食，又去市场路的日杂店买了两把马扎椅子，在戈壁里露营，有椅子能舒服一些。

在买小椅子时，看到店家门口挂了好多颜色绚丽的风筝，我觉得在戈壁里放风筝应该比较有趣，就买了一只蓝色大海豚风筝，

还买了 10 米风绳，以防大风起时帐篷的风绳不够用。

3 月 14 日早晨，出发前，我把在戈壁用不到的物品寄存在酒店——顺利的话第二天晚上我们就回来了。开车到黄渠镇加满油，这箱油足够我们出戈壁再返回城区了。

起风了，开始扬沙，天空也是灰黄色的。还没到张家湾子，就已经是强风吹拂。出发地点在戈壁滩上，土的表壳是硬的，下面就是面粉状的细土。车辙里都是粉尘，风一过，就是滚滚黄尘。我找了一块地表相对硬点儿的地方，下车热身，抱着毛都被风吹得凌乱了的小妖，我们在阵阵黄沙中拍完出发视频。

出发！

是东风，好在一路顺风，Tina 开车在我前面近一公里，这样我就不用吃她的车灰了。

在漫天的沙尘暴中开启了戈壁穿越跑，由于出发这一带距离垦区近，地表裸露面积

半个墩子烽燧

大，所以扬尘的浓度也特别高。天空昏黄，温度也低，每一脚下去都是尘土飞扬，虽然戴着围巾，只露出眼睛，但我还是能感觉到嘴里浓重的土味儿。

盐池庙这里有一片庙宇遗址，看残墙，是用碱土块搭建的，可见碱土也是坚固耐用的。不远处有一个小海子，那就是盐池。这里盐碱度很高，地表和遗址都泛着白色，有的简直就是碱块儿。

没作过多停留，在东风的推送下，我继续向前。我今天需要完成至少一个全马，才能保障明天顺利出戈壁。今天的跑步配速一直比较快，在这种越野路段配速基本都在6分钟左右。

过了盐池庙，地势就开始呈现丘陵的起伏状态。植被也变得稀疏，细土平原开始过渡到沙砾地带，扬尘的程度也降低了，但是

四周天际看着还是土黄色的。汉代烽燧"半个墩子"，就坐落在路边的高岗上，风太大，我没上去，但是可以想见，在墩子上视野开阔，四方八极都一目了然。

我现在满身尘土，步履匆匆，一路向西，跟两千年前丝路上的旅人没啥差别，现代科技带来的唯一特征就是手机。

满目黄沙，没有太阳，停下来就会觉得凉，好在滚滚尘涛已经没有了，头顶的天也露出来一点蓝色——实际上是晴天。路面如同下过雪一般，白得耀眼——白色是盐碱粉末。戈壁里也有湿地和海子，尤其是这片戈壁属于疏勒河尾闾范围。海子干涸后，水里的矿物质在地表就形成了盐碱滩，矿物质含量越高，盐碱的浓度越大，最后形成的碱粉越多。

在一片开阔地，我停下来吃个午餐，

也顺便遛遛小妖。昨天一路上都没有适合它玩的环境，今天上午又是尘土飞扬，现在沙尘小了，地面也是沙砾，可以让它出来撒会野。我在车里吃了些馕和牛奶，小妖在外面大戈壁排空，又奔驰了一圈。继续出发，还有20公里，现在已经是下午一点多了，最晚也要在下午五点前结束奔跑，作露营准备。

前面就是自南向北去往肃北县的240省道，一条砂石路。我们垂直穿过公路，进入对面的牧场路。牧场路被栅栏挡着，需要先打开栅栏门，小吉开进去后，我再把门关上。这道门是防止牲畜跑出去用的。在牧区经常能碰到路被铁网拦上的情况，一般都会留一道活门，但是过去要再帮着关好，这也是牧区里的一个生活常识。今天这片草场两道门

长城跑步地理

敦煌

敦煌，一个有两千年历史的地域。"敦，大也；煌，盛也。"东汉应劭注《汉书》释名时如是说。季羡林先生对敦煌的认识："世界上历史悠久、地域广阔、自成体系、影响深远的文化体系只有四个——中国、印度、希腊、伊斯兰，再没有第五个，而这四个文化体系汇流的地方只有一个，就是中国的敦煌和新疆地区，再没有第二个。"在这样一个四大文明交汇的地方，结束长城奔跑，正体现沿长城一路最大的丰富性。

敦煌的汉长城走向，起于瓜州，依次经过碱墩子（就在公路边的汉代烽燧遗址）、臭墩子、小月牙湖、通望燧、酥油土墩、卡子墩、贼娃子泉、盐池墩、当谷燧、马圈湾、后坑、榆树泉、广武燧、步昌燧、凌胡燧、厌胡燧，止于广昌燧（湾窑墩）。

都拦着，所以我来来回回开关了四次。

再往前就是古丝路遗址——我真是孤陋寡闻了，都不知道丝路在瓜州和沙洲之间还有水路。保护碑上写着："丝绸之路北道的水路和旱路在南泉的汇合处，遗址范围为东起南泉水路、旱路汇合处，西至捷门子碱墩。"

水路是指可以沿着疏勒河航行，到无法航行时，就下船上岸，改走旱路。这块保护碑显示南泉是上船位置、碱墩子是下船位置，也就是说这之间是一段水路，"波河而行"。现在疏勒河与我还隔着一大片湿地，我继续往前跑。已经进入雅丹地貌区域了，有些土山非常高大，如同一座座矮山。在过半个墩子那片，有座雅丹如同狒狒的脑袋，我喊为"狒狒山"，而现在土山的形状更加多样搞怪——有一座特别像马云坐在那里安心听课。他曾说最想当一名乡村教师，没想到是在戈壁深处枯坐，听大自然讲课。

两边的山体形成了关口，通行其间，如同穿越一座高大的门，跑过大门，就进入另一片世界，没有湿地与芦苇，取而代之的是黑戈壁般的地貌。

抵达玉门关

我们继续出发。这里不只是戈壁，还有绿洲，在荒漠里，只要有一点水，就能绽放出最灿烂的生命。"嘎嘎嘎"是赤麻鸭的叫声，翱翔的是苍鹰，静静立在水面的是白鹭，这就是我在戈壁湿地看到的自然。一小洼水，一大片海子，让我赞叹连连，它们与极度干涸的戈壁相伴相生，又是自然的神奇。

天气暖和得让我在跑到 30 公里时，干了一罐青岛啤酒。距离今天的终点还有 12 公里，我们根据奥维地图上的高清卫星图估算，营地应该在前面那片雅丹处。

下午 5:00，我按计划到达了雅丹区，现在需要找一个合适的营地。今天刮的是东风，风还没有停，所以需要找东部和北部有雅丹挡风的地方，而且南面还要开阔，能晒到早晨的太阳。我们仔细找了半小时，才确定下一个合适的位置。

我跟 Tina 分工，她先带小妖去玩，我来整理营地，搭帐篷。我先把帐篷从车顶行李架上卸下来，这次出行，我选择的是一款冬钓帐篷，双层夹棉保暖，内高可让人站在里面，伞撑结构，搭建简单快速。这还是跑长城后的第一次露营。把帐篷四面拉开，挖土把底下的雪裙盖好，这既能防止小妖钻出去，也能防风；铺好地席，外面拉紧风绳，因担心晚上起大风，又把额外的风绳固定在东侧小吉车梯上。

接下来，就是把防潮垫、睡袋放进帐篷里。小妖又淘气，蹿到后面陡峭高大的雅丹上，Tina 怎么叫都不下来。我只好放下手里的工作，取了一个猫罐头，用刷子柄敲着罐头盒。小妖听到敲罐头的咚咚声，喵着从崖壁上飞奔而下，就这样顺利把小妖哄骗进帐篷。

Tina 开始洗菜烧水，准备做饭。我把帐篷外的物品收拾好，固定好，终于可以休息一下了。小妖从帐篷气窗眼巴巴地看着我，它还没野够，还想去外面玩，太晚了，我们可没有力气和精神头陪它耍了。

趁着气温不算冷，我用湿毛巾擦了擦身子，洗了头，原来车上还有一套淋浴装备，但跑长城过北京时就没再带着。晚饭是用牛肉罐头煮白菜粉条，我们在举杯庆祝戈壁这一天非常顺利且完成今日的既定目标时，突然发现还没有拍当天的结束视频。此时我满是灰土的跑步衣服已经脱了，于是就穿着家居服，把已经睡得迷迷糊糊的小妖从它的热被窝里拖起来，拍了家居服版的本日戈壁结束视频。

戈壁营地，这也是一路上唯一一次露营

吃饱了，喝足了，整理好物品，可以躺下了。这时候天已经全黑下来了，我还是想看看外面的星空，顺便拍点儿夜景。虽然空气里还有些许浮尘，但是星空很明亮，我对星图不是很懂，能认出来的就是金星、北斗星和北极星。在戈壁的夜空里，它们非常明亮，好像这夜空就是巨大的黑幕布，星星的位置就是幕布上的空洞，星星的光亮，就是幕布背后明亮的世界透过这些小洞洞，撒下来的光。

帐篷在灯光下透着温暖的黄色光晕，在戈壁雅丹的世界里，柔软得如同刚刚出壳的小鸡。

Tina给我做完理疗，我就靠在枕头上，盖着睡袋写日记，小妖已经睡得呼噜噜了。不一会儿，我就手机砸脸，睡着了。

醒来，天色已亮，我发现云层比较厚，期待的日出和朝霞没有出现——昨晚也是因为云量和沙尘厚，没有看到晚霞。不能什么都十全十美，有些遗憾才是真实的世界。

快11点了，地面只剩下我们扎营的印痕，物品也收拾完了，起跑。风沙已过，天气恢复正常，温度适宜，阳光和煦。我经过雅丹里的一片海子和湿地，继而又是一片不毛之地，这里有一条电力工程的沙土路穿过。巨大的绿色公告牌，写满了在戈壁禁止的各项行为。

穿过这片砾石戈壁，又是雅丹地貌。在一座高大的雅丹上有座烽燧，Tina在等我的时候，跑过去看了会儿。我过来时，她正从烽燧往回走，她隔空喊话，告诉我那个是"卡子墩"。

巨大的雅丹

午休时在戈壁里放一个海豚风筝

依旧是细土覆盖的路面，我身后扬起一片尘埃，跑鞋也被厚厚的尘土覆盖，我特意拍了一张布满尘土的鞋子照片。在距离我们之前陷车的位置附近看地图，到了我们该左转的路口，想起前两天牧民大哥告诉我们，沿汉长城一线的疏勒河沿岸都已经是湿地状态，车辆通不过。

牧民大哥的皮卡车停在院子门口，家里没人，我是坐车通过他家门口这段路的，他家那两条威风凛凛的藏獒依旧在领地上到处巡视，围着行进的车狂吠。一直到出了他家

这片绿洲，到了戈壁的坡上，我才下车，这里是那两头藏獒领地之外的安全区域了。

逝去生命的小狐狸，就在不远处，还静静地躺在戈壁上。Tina 停车，我从车顶上取下铁锹，在旁边挖了一个坑，用锹把它托进坑里，它的身体好轻。《礼记·檀弓上》："古之人有言曰：狐死正首丘，仁也。"

狐首摆向东方，我不知道它的家在哪里，就当有美丽芦苇的东方那片湿地是它的家吧。

在 20 公里处休息，想起买的风筝，准

备放了试试。现在的风筝都非常容易操作，很快就组装好，嗖一下，大海豚就飞起来了。在毫无生气的戈壁滩上空，一条蓝色的海豚在一片蔚蓝中游弋，这是不是这片沙海里的第一条海豚？

完成了在戈壁里放风筝的浪漫愿望，该吃饭了，今天中午就是简单的"馕蘸西瓜"——这也是夏天戈壁沙漠里的一种吃法：一块馕饼掰开，在瓜里泡软，就着西瓜肉，一起放到嘴里，嗯，甜甜的，凉凉的，加上馕饼的香味，果然名不虚传，一个小西瓜，一个馕饼，加上牛奶，我俩吃饱了。

还有18公里，就完成这段戈壁穿越了。

当最后的终点越来越清晰，近到自己都不舍得完成的时候，这段远征就真的要结束了。我的速度很快，即使在没有路的戈壁中，配速都到了6分钟左右。

按计划和时间到了既定地点，这里是我独自奔跑的终点，也是最后一天，3月18日，我和朋友们一起完成万里长城奔跑的收官之战的起点。

这里距离通向玉门关的公路5公里，到玉门关的距离是15公里。我和Tina布置了最后一站的起点标识——在一个沙包上插一面万里长城小旗子，旗杆是路上捡到的一根竹竿；Tina在下面用戈壁黑色石头摆了一个"START"。

我又用铁锹在戈壁地面上划出一个大大的"START"。近4200公里奔跑，即将在两天后结束。16日、17日两天我和Tina、

与伙伴们一起奔向玉门关

小妖要休息一下，静候朋友们的到来，一起完成最后的征途。

"砰"，香槟酒打开的那一瞬间，我的4182公里奔跑已经结束了。

雪白的香槟泡沫从玉门关的空中散落下来，大家的欢呼和喝彩声，显得整个戈壁都不空旷了。

早晨，《三联生活周刊》的李伟、小韦、加贝，《南方周末》的在磊，坐车与我们一起出发，经过七里镇青海油田大门时，王庆平他们已经等在那里了，冲我们挥手打招呼，他们的三辆车也加入我们，一起开向最后一天的起点。

156天以来，这是最浩浩荡荡的一次出发，也是最热闹的，14个人陪我们一起完

4182公里的长跑终于完成，我也成为第一个从山海关老龙头跑到玉门关的人

散发喜悦的香槟，如同大家的心情

217

在 Tina 和小妖的陪伴下，在大家的支持下，我们圆满完成万里长城奔跑，到达玉门关

李伟给大家颁发奖项，Tina 获得全能队友奖牌，小妖喜提"踏遍山河猫"奖牌

我们终于跑到玉门关啦！

成了最后一段奔跑。

早晨风有些大，体感温度有些冷。我们先下车拍了一张合影，又在收官之战的出发处留下一张张纪念照。

出发视频里除了我一个人的声音，还有大家齐声高喊的"老樊小妖跑长城，收官之战，我们在一起"。

顺风，加上大家兴奋的心情，每个人都跑得很快，戈壁里的沙地和砾石根本就没有减慢大家的步伐，我被大家带着也跑得很快，感觉转眼之间，我们就出了戈壁。与一群人一起奔跑，我被大家围拢在 C 位，没有平日的寂静，大家的兴奋和爽快的笑声充盈其间。通往玉门关的戈壁公路平坦安静，只有我们在跑步。平日里，我会计算跑 10 公里的用时，有时会觉得跑了很久还没有跑到 10 公里，而在大家的陪同下，感觉时间过得很快。江博士在后面一本正经地开玩笑说，"这跑得小腿都跟大腿一样粗了"。

刘公民穿着环青海湖超马的 T 恤，庆平说这种感觉像他们在青海湖参加比赛的时候，也是在无人的路上，三三两两地往前跑去，气氛融洽，带着亲切和温情。

敦煌文旅局和玉门关景区非常支持我们的收官之战，特别允许我们在小方城前作相关布置，还给加贝提供了所需的桌子等物品。我们从玉门关的员工通道直接跑进来，Tina 和小妖在入口处等我们。因为人多，小妖有些紧张，Tina 就先带它在入口附近的戈壁滩放松了一会儿，然后我和 Tina 轮流抱着它跑向最后的终点。小妖现在太沉了，我们抱着跑了 100 米——小妖比较喜欢被抱着跑，颠颠晃晃的感觉。

在终点与迎接我的伙伴们

大家已经等在小方城前面了。

我抱着小妖很有仪式感地跑进小方城。终于到了这里，我和小妖在里面留下此刻的影像，应该不会再有第二次了。小妖似乎也知道这是我们万里长城奔跑的终点，喵喵地嘟嚷着，两个前爪紧紧地抱着我的胳膊。

加贝很细心地准备了冲刺线，大家在等我们冲线，我与小妖一起撞线，完成了这场奔跑，大家的祝贺和鲜花也围拢过来，开心。从有移动信号开始，直播就一直开着，尤其在终点，直播用的大疆运动相机，没有固定在支架上，一直在我们的手里传递，画面应该很有现场感，终点的欢乐，应该也感染了镜头另一面的朋友们。

三联的朋友还特意准备了奖牌，小妖被授予"踏遍山河猫"奖牌，Tina 被授予"全能队友"奖牌，我被授予"跑步队长"奖牌。沿万里长城奔跑的最后时刻在欢乐中结束。我曾经设想过很多种到达后的场景，比如我到了小方城底下，跪在这片土地上，或者热泪盈眶，抱着小妖、Tina 流眼泪。

最后，这些都没有发生，我们都很嗨皮，如同一个 10 公里跑的小比赛，一切都平静、美好，没有强烈的感情浮动。

李伟问我现在心情如何？我说，感觉很平静，没有感慨和狂喜。

我会怀念路上的日子，不论开心的还是无奈的，都会是美好的记忆。

这场奔跑结束了，一切还要继续，加油向前。

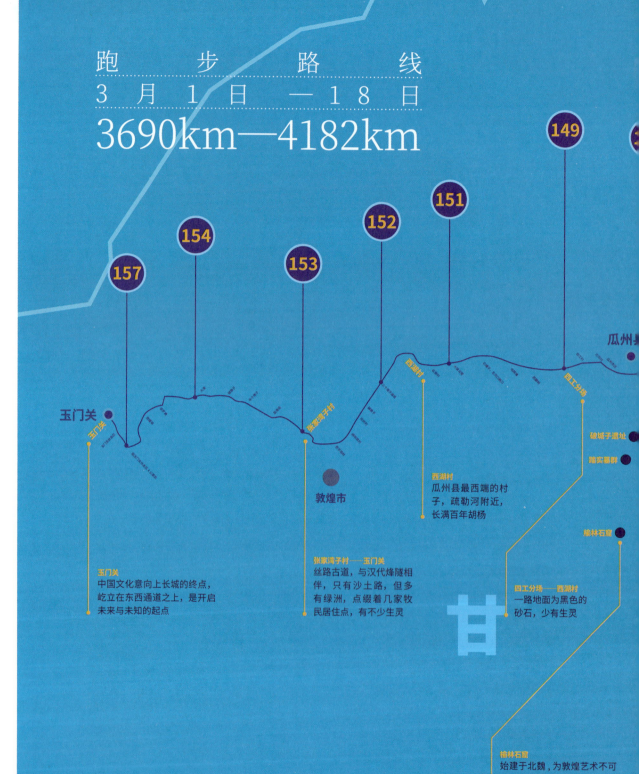

跑 步 路 线
3 月 1 日 — 1 8 日
3690km—4182km

157

154

153

152

151

149

玉门关

瓜州县

西湖村

敦煌市

四工分场

破城子遗址

喀实墓群

榆林石窟

甘

西湖村
瓜州县最西端的村
子，疏勒河附近，
长满百年胡杨

玉门关
中国文化意向上长城的终点，
屹立在东西通道之上，是开启
未来与未知的起点

张家湾子村——玉门关
丝路古道，与汉代烽燧相
伴，只有沙土路，但多
有绿洲，点缀着几家牧
民居住点，有不少生灵

四工分场——西湖村
一路地面为黑色的
砂石，少有生灵

榆林石窟
始建于北魏，为敦煌艺术不可
分割的重要组成部分，开凿于
初唐时期，历经唐、五代、宋、
西夏、元、清历朝营造

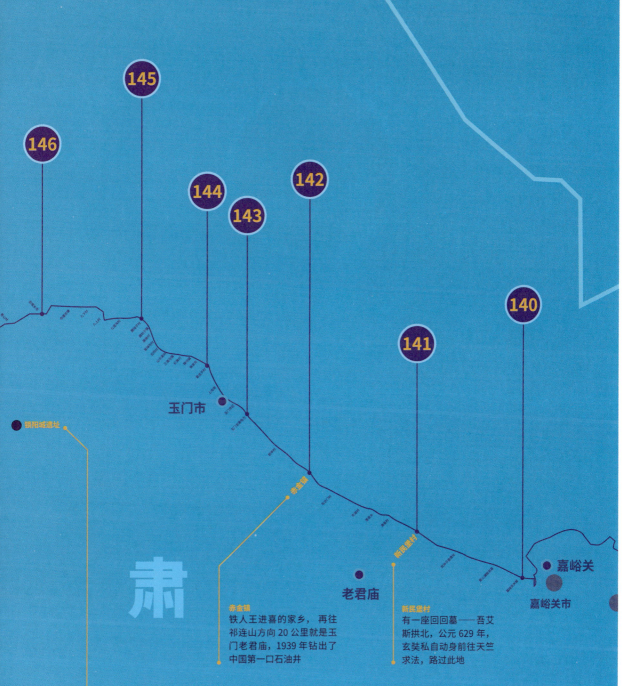

146

145

144

143

142

141

140

锁阳城遗址

玉门市

肃

赤金镇

老君庙

新民堡村

嘉峪关

嘉峪关市

赤金镇
铁人王进喜的家乡，再往
祁连山方向 20 公里就是玉
门老君庙，1939 年钻出了
中国第一口石油井

新民堡村
有一座回回墓——吾艾
斯拱北，公元 629 年，
玄奘私自动身前往天竺
求法，路过此地

锁阳城遗址
位于瓜州县锁阳城镇东约 20
公里处，坐落在废弃的疏勒河
支流绿洲上，城池规模巨大

海南骑行西线，总里程512公里，我们用了五天半。平均每天要骑行 90 公里，对于 15 岁的孩子，这个运动量还是比较大的。

番外篇

葱郁海南岛
春节父子骑行

海南

五 天半

512 公里

春节快到了，我决定返家一趟。在疫情防控解除前，我就答应豹子，在我跑长城期间，春节我会休整，陪他去骑行。我想让他的内心世界有一个温暖的缓和，让畅快的呼吸、挥洒的汗水、身体的疾驰与疲惫，给他带来恣意的自由感。虽然那时候还不知道能否顺利踏上去三亚的旅途，还不知道全国防疫政策会迅速放开。

他想去海南骑行，骑西线，我又给他加了中线，共需骑行十天。利用十天运动，一是让他心态回归平静；二是讨论一些话题——作为高中生，他已经开始关注社会和政治，我也需要跟他聊一聊；第三是希望他对未来的学习和发展目标，有更清晰的认识和规划。

想解决的问题很多，十天也不一定能全部解锁，但只要有一个目标达到了，这次骑行就是收获满满。

回到北京，留一天会友，一天整理骑行物品。11日晚上，我们登上了飞往海南的航班，到达时间是12日1：15。

这次海南骑行，对我来说，是想和儿子有一场共同的旅行——在旅行中，我们一起去解决问题，安排行程，一起经风历雨，通过数百公里的骑行，对彼此增进了解。虽然我们是通过骑行看别人的世界，但实际上是为了更深入地了解我们自己的内心世界。

我们本来计划先骑行海南西线，到三亚后再骑行中线，穿越五指山后返回海口。按当时的规划，我俩要在路上度过大年三十。儿子到三亚后，着凉发烧了，我们就临时改变了计划，在他退烧后，取消了中线骑行，返回北京过大年。

在第二次去往海口的夜航上，我们已经能感受到国内旅游的回暖——飞机上满员，小朋友的比例很高。午夜的海口机场人流攒动，这是久违的场景。海南的西线，从来不是海南旅游的热点，而且我们走的线路，大部分远离省道国道，感受不到旅游的氛围，感受到的是比较真实的海南风味和乡土气息。不像东部经济和旅游设施发达，我们在沿途经常需要找餐饮与住宿地。虽然我们带了露营装备，但是能找到客栈宾馆，还是不想在野外露营的。

尤其中午，经过的村庄往往没有餐馆，这种情景很像在陕北黄土高原奔跑。

我们路过的抱舍村，只有一家小店，还没有招牌，问了本地人才找到的。店虽小，饭菜也很简单，但是滋味很好。老板也朴实热情，和网上爆锤的春节期间三亚旅游乱象相比，如同世外桃源。这样的场景，我们一路上每天都能遇到，对于儿子来说，他看到的是真实的海南，是一个他能触摸到、品尝到、闻到的本色海南。

在三亚，我跟儿子说要不要找一个不真实的酒店住，他倒很真实，查了查价格，直接给否了。

有一本书叫《禅与摩托车维修艺术》，讲述了作者与儿子及友人夫妇，骑摩托车跨越美国大陆的见闻，与自己分身"斐德洛"的对话，以及寻求自我精神解脱、探寻生命意义的旅程。

这本书我一直没看完，但记得里面有一段讲述的是在冷天里骑行的一次经历，写他和儿子感觉都很冷，小家伙快被冻坏了。

在海南骑行，我们也经历了春节前的寒潮——第一天下雨，第四天降温，第五天下雨。在东方市期间，气温降到11℃，感觉来了一个假海南。在途中，我们没有停下来躲雨，一直冒雨骑行，虽然有冲锋衣、雨裤，但雨水还是冰冷的。

儿子一直没要求停下来，只有第四天在骑往莺歌海的路上，雨水打湿裤子，他觉得凉，我们在超市买了本地人骑电动车用的雨裤，把他的湿裤子换下来。换上干爽的裤子，套上雨裤，小伙子就觉得一切OK，可以继续了。

看到他在我前面冒雨骑行，我就会想起《禅与摩托车维修艺术》里，波西格写他10岁的小儿子感觉冷的那段——这种冷，父亲与孩子感同身受。好在骑行需要不断蹬车，儿子很快从冷的状态里恢复了过来。

这一路上他经历了晴天、和风、烈日、下雨、大风、降温各种天气；骑过烂泥路、沙土路、硬化路、县道、国道、田间路、未完工的桥等各种路况；沿途遇到许多热心帮忙的人，

穿越龙沐湾沿海公路，骑往海滩，防风林与道路成为一道有意味的悠远景象

1月12日与儿子开启海南骑行，很久没有陪他了，利用这段时间好好交流交流

我们骑行海南西线，有的路就是烂泥路

儿子喜欢骑行超过跑步

雨过天晴，让小伙子因为疫情压抑的内心得到洗涤与释放

也遇到过有脾气的本地人，各色人等；他在海里游泳，在沙滩上睡觉，在椰子树下嘘嘘，在泥泞地跋涉，在路上摔倒，在碧绿的森林里疾驰；经历了肌肉酸痛，全身疲惫，感冒发烧……小伙子一直没觉得辛苦，反而很享受骑行中的酸甜苦辣，这是正值青春年少的孩子最渴望的状态。

除了想让他释放疫情以来内心的压抑情绪，我也想与他有一个好的交流环境。

本来计划十个话题，一天一个，因为骑行时间缩短了，所以话题数量也没有硬加。我们聊了历史观，聊了中国特色政治，聊了乡土中国，聊了出国留学，聊了地理，聊了宗教，聊了高中必读书目《红楼梦》，聊了如何多角度思考，他还给我讲冬季环岛骑行的风向和最佳环岛走向。

虽然很多问题他目前还不能有更深的认识，但是这场交流，能给他开启一扇思考的窗，就是这次长途骑行的最大收获了。我也没有想通过一次长途骑行，就能有立竿见影的显著教育效果。古人云，行万里路，读万卷书。逐渐增加的阅历，会让他的人生更丰富、感触更敏锐。

人生旅途里的这些所见所闻所思，会在未来前行路上潜移默化地给他带来良性的影响。

从大年初三开始，我除了下楼跑步之外，就没有再出过门。新闻中说的摩肩接踵、拥堵严重，我都没有经历。除了通过跑步恢复状态，这几天我一直在追《三体》电视剧。如果说2023年春节的大变化，一是欢乐与喜悦再次回到人间，另一个就是《三体》上映。目前来看第一部水平很高，最起码能达到我对《三体》电视剧的预期。

另外就是在读李硕的著作《翦商》，这是一本宏大的再现殷商社会生活的历史佳作。商朝人的世界，与我们熟知的华夏文化完全不同，这个世界充满血淋淋的杀戮，大量人牲在频繁的祭祀中，被各种残杀、吃掉。抓人、杀人、祭祀都是习以为常的社会活动。

这本书看完后很压抑，因为按照我们现在的道德观，完全无法接受商朝人以杀人取悦神灵的行为。

周灭殷商后，周公旦废除了商朝人残暴的宗教仪式，毁掉了所有相关痕迹，开启了中华文化的新纪元，我们祖先的黑色历史也被清洗掉了。

说到这本书，是因为今年是卯兔年。"卯"在甲骨文里，本意竟然是把人牲从脊柱后面剖开——"卯"字两边，就是张开的肋骨的象形，而这是商人祭祀时经常采用的一种方式。"卯"后来指代时辰，也是进行献祭的时间。甲骨文是商朝人的文字，很多文字的本意都是描绘祭祀场景，有的就是处置人牲的状态。历史的本源往往透露出冷酷的含义，如同《三体》里的黑暗森林法则一般无情。

我在跑长城时，也一直说长城实际上是一条流动的社会生活史长河，是历代无数人的生活构成了长城。但长城的本质就是为了战争而修建的建筑，是冷冰冰的生与死的对决。

而长城又被赋予了刚强、勇敢等民族之魂的意象。这就如同当人性的光辉在商周之交闪烁时，周公旦在全国推行不杀人祭祀的理念，更新国家的道德观一样。

阳光会冲破乌云，春天会再次吹拂大地，欢乐会再回人间。我们更加珍惜那些经历的美好，哪怕是微小的美。

长途骑行第二天，坐到后座行李上缓解屁股疼

海头到昌江的摆渡船

吃完午饭，小伙子在棕榈树下睡着了

小伙子完成了 512 公里西线骑行，经历了狂风日晒雨淋，也经历了疲惫与快乐

图书在版编目（CIP）数据

沿长城奔跑 / 樊龙智著 . -- 上海：上海三联书店，
2025.1. -- （生活实验）. -- ISBN 978-7-5426-8671-8

Ⅰ . I267.1

中国国家版本馆 CIP 数据核字第 2024WU1915 号

沿长城奔跑

著　　者 / 樊龙智
策　　划 / 三联艺文 club× 古鲁工坊
责任编辑 / 匡志宏　李巧媚
装帧设计 / 钱若斐
监　　制 / 姚　军
责任校对 / 王凌霄

出版发行 / 上海三联书店
　　　　　（200041）中国上海市静安区威海路 755 号 30 楼
邮　　箱 / sdxsanlian@sina.com
联系电话 / 编辑部：021-22895517
　　　　　发行部：021-22895559
印　　刷 / 山东新华印务有限公司

版　　次 / 2025 年 1 月第 1 版
印　　次 / 2025 年 1 月第 1 次印刷
开　　本 / 787mm×1092mm 1/16
字　　数 / 112 千字
印　　张 / 15
书　　号 / ISBN 978-7-5426-8671-8 / I·1907
定　　价 / 78.00 元

敬启读者，如发现本书有质量问题，请与印刷厂联系：0538-6119360